悪魔の論理学

「おまえ……おれのこと、好きなんやろ?」

　怜悧な瞳が一瞬見開いて、けれどすぐ、からかうように細くなった。

「さあな。どうだと思う?」

悪魔《あくま》の論理学《ろんりがく》

水森《みずもり》しずく

illustration／蔵王大志《ざおうたいし》

ECLIPSE ROMANCE

CHARACTER PROFILE

柏木瞳一郎 TOUICHIROU KASHIWAGI

16歳/181cm/水瓶座/AB型/生徒会会計
拝金主義の策謀家。かなりクール。
スゴいんだかセコいんだか。
好きなもの/現金（多ければ多いほど良）
嫌いなもの/意味のない思考・行動・そして支出

杵島大志 TAISHI KIJIMA

16歳/180.5cm/魚座/O型
女の子至上主義の関西人。ナルシスト。
ニブくはないけど、だいぶバカ。
好きなもの/ナンパ
嫌いなもの/自分より美形な男

槙 圭介 KEISUKE MAKI

17歳／185cm／双子座／AB型／弓道部
部長兼体育部総長
権力主義の二重人格者。ぱっと見、爽やか。
裏で色々やってる（らしい）。
好きなもの／秘密
嫌いなもの／自分に逆らう人間

久我美想平 SOUHEI KUGAMI

17歳／177cm／蟹座／B型／放送部所属
悲観主義の暴れん坊。三白眼。
バカじゃないけど、めちゃくちゃニブい。
好きなもの／槙
嫌いなもの／槙を好きなやつ全員

CONTENTS

初出一覧
『種を蒔く』『芽が発る』『柵で囲う』『VS槇』――全編書き下ろし

種《たね》を蒔《ま》く

「あんたはいつかやる思てましたわ、大志《たいし》」

母が冬至梅の枝ぶりを確かめながら、静かな、しかし深い怒りの色をにじませた口調で言った。養子の立場の父は沈黙し、ふたりの妹は固唾《かたず》を呑《の》んで大志のほうをうかがっている。

「学校中の女の子に手ぇつけただけやったら飽き足らんと、先生にまで、やて？　しかも相手は結婚してはるそうやないの。お母ちゃん、思わず笑《わろ》てしまいましたで。ほほほほほ」

「せやかて、お母ちゃん、おれっ……」

「黙り」

ぱちん。梅の細い一枝が切って落とされる。

「どうせ、あんたから誘たんやろ。相手の先生もえらい迷惑やわ、あんたのせいで学校辞めさせられて。……ほんまに、あんたいうたら死んだお祖父《じい》ちゃんそっくりや。見た目ばっかり気にして、女に手ぇ早《はよ》て。ご近所さんのええ笑いもんやで。杵島《きじま》の血筋や言われて、後ろ指差されてるわ」

叩《たた》きつけるような冷たい言いざまに恐れおののきながら、大志は殊勝に首をうなだれた。畳の縁《へり》を仇《かたき》のように見つめ、言いたい言葉を呑みくだす。せやかて、お母ちゃん、おれ…………

母は梅の枝を眺め回しつつ、独り言のようにつぶやいている。

「この枝ぶりはあかんなあ。他のもんとの調和が取れへん。いらんとこ切ってしもて合う形にせな」

ばちんっ。花鋏《はなばさみ》にねじ切られた太い枝が、畳の上にぼたりと落ちた。びくっとして大志が顔を上げると、母は満面に笑みを浮かべ、梅を花器《かき》の中の剣山に突き立てたところで。

「さっき東京に電話したんよ。お母ちゃんも英一《えいいち》も、あんたのことは任せとき言うてくれたわ」

ほっとして、こくこく、うなずく。

「一週間前にこっち来たばっかりなんや。杵島ていうねん、よろしゅう……」

言いかけて、口をつぐむ。ふたりとも、奇異なものでも見るように大志を見つめている。こっちに来てから何度か遭《あ》った目付きだ。

「……関西弁がそんなめずらしいんかい」

憮然《ぶぜん》とした口調で問うと、三白眼があわてたように首をふった。

「や……けどテレビ以外で初めて聞いたぜ」

な？　とメガネくんに同意を求めてる。

「おれかて東京弁なんかテレビでしか聞いたことないわ」

ぼそりとつぶやいたら、メガネくんがにやりと笑って訂正してきた。

「東京弁じゃなくて標準語だろ。どうして関西の人間ってのはそう、こっちが中心だって認めたがらないんだろうな」

かっちーん。大志の頭の中で民族意識……もとい地域意識が、点火、燃え上がる。

「なんやねん、正味《しょうみ》、四百年くらいしか歴史ないくせに、えらそうなこと言うなやっ」

「歴史より発展の密度が重要だろう。戦後日本が世界のトップと比肩《ひけん》し、最近どん底低迷を続けてるとは言え経済大国として急激な高度成長を遂《と》げたのも、首都を東京に移してから後の官僚体制の充実と……」

べらべらとわけのわからないことを言い出した相手を、大志はぽかんと眺めた。メガネの奥の怜悧《れいり》な瞳が、まっすぐこっちを見つめ返してくる。完璧な造作の、切れ長二重の瞳。平坦なようでいて微妙な韻律のある声が、非常な説得力を持って耳をくすぐる。

なんや言うてること難してようわからへんけど、こいつ、めっちゃ賢いんちゃうん……

元来、複雑な思考様式を持たない大志は、理論武装をした議論派人間には無条件で全面降伏してしまうところがある。ははあ、先生のおっしゃる通りでんな、ほんま、わては勉強不足ですさかい、えろうすんません、てなものだ。

だからメガネくんがこう結んだ時にも、反論はもちろんできなかった。

「つまり、今や政治経済文化、ありとあらゆる面において、ここが日本の中心なんだ」

ははあ、えろうすんません。

メガネくんがにたりとくちびるをゆがめる。大志はぞぞん、と寒気を感じて身をすくませた。

「きじま…なんていうんだ?」

メガネくんがたずねてくる。大志はびびりつつも、返答した。

「た、大志……」

メガネくんの笑いがますます深まる。

「俺は柏木《かしわぎ》瞳一郎《とういちろう》。そっちの粗忽者《そこつもの》は久我《くが》美《み》想平《そうへい》」

「瞳一郎、てめえソコツモノってなんだよ!」

この出会いの時点で、大志、瞳一郎にきっちり条件付けされてしまっていたのだ。


柏木瞳一郎、口の達者なわけわからんやつ。

久我美想平、口の悪い乱暴者。

大志のふたりに対する第一印象は、そんなところ。ここに、瞳一郎、大阪のオバちゃんも引くでってな金勘定の鬼、想平、女とつき合ったことない奥手の純情照れ屋さん、という評価がプラスされるも、一年と半年のあいだ友達関係は続いてきた。二年生になってまたまた三人同じクラスになった時には、かなり喜んだりもした。ええ友達できたねん、なんて妹たちに電話で報告したりもしていたのだ。

それが。それが、ですよ。

「おいー、いいかげん機嫌直せよ大志。日直、瞳一郎とだろ？　なんでおれが手伝わされんだよ、あいつとやれよ」

教室の窓から両腕を突き出し、けほけほとむせつつ黒板消しをはたいてる想平に、うん、と横向いてみせて、大志は口の中でぶつぶつ、つぶやいた。

「絶対いややっちゅーねん。絶交してるっちゅーねん。死んでも許したれへんっちゅーねん」

「おまえに許しを請《こ》わなきゃならんようなことは一切してないぞ」

耳元でぼそりとやられ、大志の全身に鳥肌が立つ。ばっ、とふり返ったら、瞳一郎が見慣れたにやにや笑いを浮かべて真後ろに立っていた。

「おおおれの後ろに立つなや！」

「どこに立とうと俺の勝手だ。それともなにか？　ここはおまえの私有地か？」

ずずい、と迫られ、う、と詰まる。

「おまえとは絶交しとんねん！　半径一メートル以内に入ったら殺すでっ！」

子供じみた言い分に、想平がうんざり声で口をはさんできた。

「いつまで怒ってんだよ。あんなのただの悪ふざけだって」

おまえもかブルータス二号がなにを言うか。悪ふざけが聞いてあきれる。

二日前の化学室での一件がばばばっと脳裏を駆け巡《めぐ》り、大志は我知らずうなった。

瞳一郎は、この冷血男は、ホモの味方をしてる男は、大志がちょっとホモの悪口を言っただけで、大志の体をさわりまくって、舐《な》めまくって、しかも思い出すのも恥ずかしいほどめちゃくちゃヤラしいことを耳元でささやき、その上……（ここで大志、憤怒のあまり絶句）とにかく、大志の男のプライドをずったんずったんのぎったんぎったんにしてくれたのだ。

「死ぬまで絶交しといたるさかいな、ぼけっ。このホモセクハラ男！」

「大志、瞳一郎は…」

「うるさいわ！　想平、おまえかて絶交やっ。助けるどころか手ぇ貸したんやからなっ」

化学室で大志が身動きできないよう手首をつかんでいたのは想平だ。こいつは夏ごろにクラスメートの体育部総長とホモ関係になって以来、怒濤《どとう》の恋愛道を間違ってるにもかかわらず突き進んでくれて、大志が口をすっぱくして別れろと説《と》いても聞く耳持たない。相手の槇圭介《まきけいすけ》はどこを取っても完全無欠なやつで、大志だって想平が女の子なら一も二もなく「つかまえとけ！」と激励するところだけれど、なにしろ双方男なのだ。

「あああ、おれのツレは全員ホモに汚染されまくっとるううう」

床にくずおれて、よよ、とばかりに嘆きはじめた大志に、屈《かが》みこんだ瞳一郎がささやいた。

「いいかげんにしろ。それ以上バカ言ってると、セクハラ第二弾を敢行《かんこう》するぞ」

「ぎゃー！」

飛び起きて逃げようとした大志の腕が、がっしとばかりにつかまれる。

「いややあっ、ホモ菌がウツるううっ！」

「菌じゃなくてウイルス感染だ」

「う、うそ……ほんまにウツるんっ？」

「って言うか、おまえ、もう感染してるぞ、化学室で。ホモ・ウイルスは接触感染するんだ」

「う、うそやっ！」

「本当だ。しかも毎秒二分割でウイルスは増殖し、ネズミ算式に増えたそれはおまえのDNAにどんどん組み込まれ、全身ホモ化のために染色体をがんがん書き換えて……」

「うそやうそうそ、ぜええったい、うそ！」

「本当だ。もはや全身ホモまみれだな、おまえ。髪の先まで汚染されてるぞ」

「ぎゃー！　どないしょう！　どないしたらええんっ？」

髪をわしづかみにして取り乱す大志に、想平があきれたように注意する。

「んなわきゃねえだろ。なんだっておまえはそう瞳一郎の言うこと、いちいち真に受けんだよ」

からかわれたんだと気づいた大志がぎぃっと睨みつけても、瞳一郎はまったく反省していないどころか、あっけらかんとして肩をすくめるばかり。だから、その顔面へ黒板消しを投げつけ（もちろん悠々かわされた）、再度宣言してやった。

「やっぱり絶交！」

「ほう、絶交ね。そういう可愛くないことを言うやつは…」

いきなり背中を突き飛ばされる。うわっ、とよろめいた大志、そばにあった机にすがりついた。すかさず瞳一郎の手が伸びてきて肩を押さえつけられる。上半身を机に突っ伏した格好になった。瞳一郎の体が上から伸《の》しかかってくる。

「離さんかい！」

じたばた暴れても、うまく押さえこまれていて身動きできない。イヤな予感がして青くなっていると、はたして化学室の時と同じに、長い指が腰のあたりを這《は》いだした。

「ちょっ…！　やめれや！　おまえっ…！」

シャツが引きずり出され、冷たい手が侵入してくる。

「やめろてっ…！」

冗談じゃない。男にさわられて感じるなんて、二度とごめんだ。

なんとか逃れようと必死になって手足をばたばたさせる。耳元で意地の悪い笑い声が湧《わ》いた。

「抵抗されると余計そそられるぞ」

「このっ……ヘンタイ！　ホモ！　人類の敵いっ！」

罵《のの》ってる間にも、瞳一郎の指先が胸をくすぐってくる。もう片方の手に腰から背にかけてを探られた。首筋をぞっとするほど官能的な舌が這う。それぞれの、性感帯を知り尽くしたような、淫《みだ》らな動き。

「やめっ…！　とういちろっ…」

弱点の脇腹を絶妙な力加減でさわられ、これまた敏感な太股から腰にかけてをなでられ、膝から下が、くたくたん、とくずおれる。苦笑を含んだ声が、色っぽくささやいてきた。

「感じやすいな……」

「んっ…！　ちょっ…も……さ、さわらんといてっ……」

「もっとさわってほしいくせに」

「ちがっ……んんっ！」

ああ、今までで一番上手だった人妻より全然うまいかも。いっそこのまま、なし崩し的に……

「……って、ちゃうやろ、おれっ！　なに流されそうになっとんねーん！」

すんでのところで自分を取り戻した大志、助けを求めるべく、あせって周囲を見渡した。

とたん、硬直する。クラス中の生徒が、まさしくムンクの叫び状態でこっちを凝視していたからだ。

「な、なにしてんだ、こいつら……」

「なんか感じてる……なんか感じてるよ……」

「うそだろ……あの女好きの杵島が……ヤリまくり大王の杵島が……」

大志が、違うねん、これは瞳一郎が勝手に！　と弁解するより早く、だれかの怒号が事態を決した。

「杵島と柏木がホモってるううっ！」


「お、杵島！　読んだぜ読んだぜー。今日はダーリン柏木くんと一緒じゃないのかよー」

「だれがダーリンやねん、あほんだら！　あいつはただのホモセクハラ男じゃ、ボケっ！」

「ああ杵島ー。おまえがホモでおれらはうれしいよー。これで女の子がこっちにも回ってくるー」

「勝手にホモにすな！　ちゃう言うとるやろがっ！」

次々と降りかかってくる好奇の視線や揶揄《やゆ》の言葉を撥《は》ね退《の》け言い返し、大志は第一校舎一階の新聞部部室へと急いでいた。

「くっそおお、新聞部めええ。人をホモ呼ばわりしくさって、えらい目ェに遭わしたるさかいなああ」

八つ当たりとばかりに、手にした校内新聞をぐしょぐしょ丸める。『光徳《こうとく》の好色一代男杵島大志、実はホモ!? お相手の柏木瞳一郎を直撃！』という朱文字が一面をでかでかと飾ったそれには、二日前の教室内ホモセクハラの一部始終をかなり脚色した内容が載っていて、近来マレに見る販売部数を更新中らしい。

つまり、杵島大志ホモ化説は、嵐のごとき勢いで今現在も学院中に広められているということ。

「瞳一郎のボケもしょーもないこと吐《ぬ》かしくさって、もう絶対許さへんからなあああ」

『ご想像におまかせする』なんて瞳一郎のコメントが載った日には、大志＝ホモ説は決定したも同然だ。

「うおおおお！　どないしてくれんねん、おれのおれのバラ色のハイスクール・ライフがあああっ」

廊下で突如頭をかきむしりはじめた大志を、生徒たちが見ないふりで避けてゆく。

「それもこれも瞳一郎と新聞部が悪いねや。許さん。許さんで、おのれらああっ！」

丁度たどり着いた新聞部部室のドアを乱暴に開けようとしたところで、室内から怒号が聞こえてきた。

「こんなゴシップ記事をトップにもってくるなんて、新聞部の名折れです！」

そうだそうだ！　という喚声が起こっている。

大志はちょっと迷ってドアを細めに開き、中をうかがった。奥に、写真がべたべた貼られ、細かい文字が記入された、大きなホワイトボードが設置されている。その前に、フットワークの軽そうな長身と、フレームの小さいスクエア型モード系メガネがばっちり似合うシャレた風貌《ふうぼう》を持つ男が、腕組みをして立っていた。大志も顔だけは知っている新聞部部長、エアコンみたいな名前の霧ヶ峰《きりがみね》だ。

「まあまあ諸君、そういきり立たないで。いーじゃねーの、いーじゃねーの、売れてんでしょー？　売れりゃこっちのもんじゃない」

おちゃらけふざけ口調と恥知らずなまでの馴れ馴れしさで人を煙《けむ》に巻き、ゴシップネタを暴露する。実際、霧ヶ峰に泣かされた生徒は数知れない。それでも問題が起きないのは、彼に天性の勘の良さがあるからだ。突つくと蛇が出そうな藪《やぶ》には決して近づかないという、勘の良さが。

がたん、とひとりの部員が席を立った。一年らしき彼は、熱血にもこぶしを机に打ちつけて叫ぶ。

「いいかげんにしてください！　あんたが部長になってから、校内新聞は三流ゴシップ紙に成り下がっちまってる！　個人のプライバシー無視で、取材も裏付けもない記事を載せるなんて！」

顔を真っ赤にした熱血少年が言い終わらないうちに、霧ヶ峰が高笑いと共に決めつけた。

「個人のプライバシーがなんぼのもんじゃい！　売れりゃいいのさ、事実なんてデッチ上げろデッチ上げろ！　嘘も突き通せば真《まこと》になる！　オレは進むぜ、今日も芸能レポーター目指して人に蔑《さげす》まれる人生を！

ついてこい、おまえら！」

「ついてきたくねえよ、独りで進め！」

「おれら、まともな新聞作りてえ！」

「いつか後ろから刺されるぞ、あんた！」

部員たちから猛烈なブーイングが巻き起こっても、霧ヶ峰は聞こえないふりで涼しい顔だ。大志はあきれを通り越して怖ろしくなってしまった。

「な、なんちゅうやっちゃ……あいつには良心いうもんがないんか……」

冷や汗が流れる。中では熱血少年がめげずに糾弾《きゅうだん》を続けていた。

「とにかく今回の杵島先輩と柏木先輩のネタは、やりすぎですよ！　聞いたところによると、杵島先輩、全面否定してるらしいじゃないスか！」

ここがチャンス！　と感じた大志、おもむろにドアを開いて、主役登場とばかりに颯爽《さっそう》と踊りこんだ。

「その通り！　霧ヶ峰、おのれはようも人のことホモなんかにしてくれたなっ！　おれはっ…」

たたみかけようとするより速く、霧ヶ峰が喜色満面で飛びついてきた。

「杵島じゃねえかあ！　よく来た座って座って楽にして。あ、だれか飲み物さしあげて。いや相変わらずいい男っ。この女殺しっ」

「いや、そんなおまえ、当たり前のことを、でへへ……はっ！　ちゃう！　おれはやな、この記事っ…」

手にしたぐしょぐしょの新聞を指して言いかけるのを制し、ペンとメモをすばやく手にしたヤリ手の新聞部部長は、さも親しげに問いかけてきた。

「さあさあ、オレを信用してなんでも打ち明けな。言いたくないことは言わなくていい。秘密は守るぜ」

「せやから、おれと瞳一郎はそんなんちゃうねや！　おれはあんなやつ大っ嫌いなんや！　いつかギャフン言わせたるて心に誓《ちこ》とるんや！」

「おうおう、わかるぜ。秘密の恋が突然明るみに出て、とまどい照れてんだな」

「ちゃう！　あのアホ瞳一郎がおれがホモ嫌いなん知っとって、わざとイヤがらせであんなことしくさって、おれはマジでムカついてムカついて今かて絶交しとるんやてっ！」

「ふむふむ、公衆の面前で暴露した柏木に腹を立ててスネてるわけか。早く仲直りしろよ」

「なんでやねん！　おまえ、おれの話聞いとんのかっ？　耳、ついとんのかあああっ！」

「よし、次回臨時号は『杵島の告白、ふたりの爛《ただ》れた関係』に決まり！　内容はさらに過激にきわどく。性的関係も匂わせて、あざとく。ゴシップネタは売れる時に売りつくしてしまえが基本だぜ！」

ポンッ

飛び上がってしまう。そんなウソ満載書かれては、二度と学校に来れない。

「ややややめんかいっ！　おまおまおまえっ、なんでそんなんっ……！」

ぐるぐる状態でパニック寸前の大志を見て、霧ヶ峰がぶぶっと吹き出す。

「おんもしれー。冗談に決まってんのに真に受けちゃって」

頬が引きつる。この、つらっと嘘を言える厚顔さ、あきれる良識のなさ。

相手が悪かった、と抗議に来たのを後悔していると、霧ヶ峰がにやっと笑って部員たちに指示した。

「ちょっとおまえら、出てって。杵島と話あるからよ」

大いに不満気な部員たちが、部室から出てゆき際《ぎわ》、霧ヶ峰に吐き捨てる。

「あんた以外、二年いないから必然的に部長はあんたに決まったけどさ。おれら絶対あんたをリコールしてやるからな。こんなワンマンがいつまでも許されると思うなよ」

霧ヶ峰はそ知らぬ顔でうそぶいた。

「部会規則を忘れたのかよ。生徒会の承認がなきゃ、リコール権を発動しても交代は認められねえぜ」

生徒会と癒着《ゆちゃく》してやがんだ、いや生徒会の弱み握ってんだ、と聞こえよがしな声を残して、部員たちが荒々しくドアを閉める。霧ヶ峰は笑いを崩さずに、大志にたずねてきた。

「よう。さっきの話ってほんとかよ？」

「さっきの話て？」

「柏木にイヤがらせされてて、ムカついて絶交してて、ギャフンて言わせてやるって話」

ちょっとためらったけれど、事実なのでうなずく。すると霧ヶ峰はこれ以上ないってほどに口をゆるませ、ささやくようにこう言った。

「おまえに仕返しのチャンスを与えてやろうか？」

「ドジョカイ？」

勧められた椅子に腰かけ、色の薄い出がらしの紅茶を飲みながら大志がうさんくさげに問うと、霧ヶ峰は肩をすくめて訂正を入れてきた。

「《互助会《ごじょかい》》だよ、《互助会》。近隣の高校の生徒会が参加する、言わば同業組合みたいなもんさ。まあ発足当初は名前通り、各校の連携とか親睦を目的にしてたみてえだけど、ここ何年かは学校行事を対象にした賭博《とばく》が活動内容の中心になってるらしい」

はあ、なんやわけわからん話やのう、と心中ぼやきつつ、相手の手元に視線を漂わせる。霧ヶ峰の紙コップの中身は、濃い茶色だ。使い古しのティーバッグで大志の分を淹《い》れた後、それを捨てて自分用に新しいのを出したのだ。どうやら本格的な自己中心人間であるらしい。

「来週の土曜、《互助会》主催で賭博絡みのチェス・トーナメントがあるから、オレとおまえで忍びこんで、動かぬ証拠をつかもうや」

はあ、なんや知らんけど忍びこむ……忍びこむっ？

「な、なになに、なんやてっ？　どこにドロボウ入って、なにをパチクるてっ？」

「泥棒なんて言ってねえだろ。証拠をつかむんだってばよ」

「な、なんの証拠？」

霧ヶ峰が値踏みするような目付きで、じろじろ眺めてくる。

「……理解度ゼロなわけ？　こりゃ相棒にするには頼りねえかなあ」

むっとして言い返す。

「おまえの説明の仕方がマズいんちゃん？　もっとおれにわかるように、親切な言い方をせえ」

はいはい、と苦笑いした霧ヶ峰が、子供に言い聞かせるような口調で話し出す。

「生徒会がね、他の学校と一緒になってギャンブルとかしてるの。ほら、このあいだ駅伝とかあったでしょー？　ああいう学校行事でね、どこが勝つかなって競馬みたいに賭け率とか決めて、お金を賭けてるの。賭け率ってわかるかなあ？　それでね、そのお金っていうのは、生徒会費なの。学校のお金なんだねー。お金を賭けたりするのもね、法律で禁止されてる悪いことなんだ。つまり生徒会は二重に悪いことしてるわけだよ。お兄さんの言うこと、わかるかなあ？」

大志、話の全容が理解できて、ふんふんとうなずいた。

「なんやー、おまえもちゃんとした説明できるんやーん。初めからそない言うてくれたらよかってん」

「はーい、じゃもうちょっと聞いてねー。来週の土曜日にね、その悪いことしてる、ここいら辺の生徒会が集まってね、また賭けをするの。だからね大志くんとお兄さんがその現場に…現場ってわかるかなあ？現場にこっそり忍びこんで、スパイみたいにカメラとかボイス・レコとか使ってね、証拠をつかむわけ」

「おお、そうかっ。スパイみたいに証拠をつかむんかっ。よっしゃ、つかむぞ！　ほんで、どないすん？」

「生徒会役員が賭けしてるって証拠をつかむとね……」

霧ヶ峰のやさしげに笑んでいた顔が、一転して悪人のそれに変貌した。

「それをネタに役員どもをユスれちゃうんだよう！　言うこときかせまくりの命令しまくり！　お兄さんはこのまま新聞部部長として君臨し続け、大志くんは柏木の弱みを握ってこの先安泰《あんたい》、ぎゃふんと言わせまくれるのさ！　しかもおまえがオレに協力してくれた暁《あかつき》には、今回の記事について嘘八百でしたと紙面で全面謝罪するってステキな特典も付け加えよう！　つまり、ホモ疑惑を晴らしてやろうってことだ！」

ががーん！　とショックを受けて、大志はぱかんと口を大開きに開いた。瞳一郎に言うことをきかせまくりの命令しまくりのぎゃふんと言わせまくり。しかもホモ疑惑も晴らされる！

そんな魅惑のコンチェルトを耳元で奏でられて、一口乗らずにいられようか。いや、いられまい。

「おおおれおれっ、ぜぜぜひ、やらしてもらいまっ…」

「ま、なにしろ学校側にバレたら退学になっちまうような証拠だからな。役員どものあわてふためく顔が見ものだぞう」

「た、退学っ？」

一挙に血の気が引く。霧ヶ峰は薄気味悪い笑いで顔を縁取《ふちど》り、大志を覗きこむように見て言った。

「そうよ。学院側にしてみりゃ、とんでもねえ不祥事だからな。生徒会役員が賭博に興《きょう》じてるなんて」

「退学はヤバいやろ……」

放課後、下校時の混雑を避けるため（というか、ホモ呼ばわりされるのを避けるため）、渡り廊下脇に隠れるようにして座りこんだ大志は、足元の雑草をぶちぶち引き千切りながら、つぶやいた。

明後日に迫った《互助会》のチェス・トーナメントに忍びこむ件だ。霧ヶ峰には前日まで返事を待ってくれと言ってある。つまり、明日中にどうするか決めなくてはならないということ。

頼みの綱の想平に相談を持ちかけようとしたけれど、放送部の引き継ぎでパンク寸前な上、槇と弟がどうとかでイライラ極限、大志が「校内新聞でえらいこと書かれて…」と言いかけたのを「うるせえな、忙しいんだよ、見りゃわかんだろっ。相談なら瞳一郎にしろよっ」とすげなく切り捨ててくれた。どうやら校内新聞を読んでないどころか、瞳一郎と絶交続行中だというのもご存じないらしい。薄情この上なし。それもこれも槇のせいだ。あのホモ男が想平を惑《まど》わし、目を眩《くら》ませ、大志や瞳一郎から引き離し、……いや、今はそんなことよりも。

「退学はマズいて……」

心配なのは霧ヶ峰だ。あの非常識な男が、つかんだ証拠を、例えば校内新聞で公表してしまう可能性がないとは言い切れない。そうなったら生徒会会計である瞳一郎は、即刻退学。

ホモ疑惑はできれば晴らしたいし、瞳一郎にも仕返ししてやりたい。でも、霧ヶ峰に協力して、万が一にも瞳一郎が退学の憂き目に遭ったりしたら、それこそ取り返しがつかないことになる。

「やっぱ、やめとこか……」

瞳一郎の弱みを握るというのは、かなり魅力的な話だけれど。

霧ヶ峰には断って、それからトーナメントに忍びこむのはやめろと言おう。でないと生徒会にバラすぞ、とでも脅《おど》せば、さすがのあの男でもあきらめるだろう。

「ちえーや。おれってむっちゃ友達ガイのあるやつぅ」

ぶちん。大きな根っ子が引き抜けた。

せやのに、なんじゃい、瞳一郎のアホ。ボケ。カス。なんであんなことすんねん、変態。あんな……一連のホモセクハラシーンがまたしてもばばばっと甦《よみがえ》ってきて思わず赤面し、赤面した自分に腹が立って、座ったままで地団太踏む。

「くっそー、絶対許さん、おれは感じてへん！　あれはウソ！　あのおれはおれとちゃうんじゃあっ」

叫んでみても、体が反応してしまった事実は消し去りがたく。

イライラして髪をかきむしりかけ、セットにかかった時間を思い出して、やめる。

瞳一郎との絶交は未《いま》だ続いていた。というより、無神経にも話しかけてくるのを大志が無視してるって形だ。ムカつくので休み時間も昼休みも教室を逃げ出して行方《ゆくえ》をくらましてやるのだけれど、瞳一郎は大志がどこにいるかを完全に把握していて、憎たらしいことに「次、自習だぞ」とか知らせに来たりする。

そういうお釈迦《シャカ》のような全知全能ぶりが、こんなふうに絶交している状態だとやけに鼻についた。

「どないな神経しとんねん。まさか、まるきし悪いと思てへんちゃうやろな」

あの男ならありえるかもしれない。なにしろ、金のためならどんな汚いことでもする、と噂されるほどの冷血人間なのだ。

はっ、とある可能性に思い当たって、怖気《おぞけ》を感じた。

「もしかして、槇か？　槇がおれのジャマにムカついて、瞳一郎に金払《はろ》ておれを自分とおんなじホモ道へ……ぎゃー！　あの人類の敵め！　やっぱし悪の大幹部やったんかあぁっ！」

勢いつけて立ち上がり、こぶしを握り固めた大志の頭が、背後から、ばこん、と殴られた。

「いたっ、いたっ！　なにすっ……げ。と、とういちろ…」

「なにくだらん妄想してんだよ、おまえは。槇がそんなバカげた手、使うか。やつがおまえのことを本気でジャマだと思ったら、影から指図して効果的かつ陰険かつ合法的なやり方できっちり排除するさ」

「くっそー、ほんだら、おまえはなんでそないおれをホモ教に入れさそ入れさそとすんねんっ。いくら想平と槇のこと認めさすんでも、あっこまでやる必要ないやろっ」

「なんでだと思う?」

にやにや笑って、反対に聞き返してくる。ほんっとに憎ったらしいやつだ。

「知らんわ!　どけや、おれもう帰るんやからっ!」

「こらこら。そうやって考えることを放棄するから、思考能力が育たないんだぞ」

「じゃかっし、だあっとれ!」

決めつけて、早足に下足室へ向かう。瞳一郎はしっかり後ろからついてきた。途中「ホモのカップルの人だ」というひそひそ声が何度か聞こえ、それにいちいち「ちゃう!」と訂正を入れる。

校門を出ても瞳一郎の気配が消えないので、ふり向きざまに怒鳴ってやった。

「おまえ、どっか行けや!」

「生憎《あいにく》、帰る方向がおまえと同じでね」

くっそー、この鉄仮面男めええ、いっつもいっつもシャラッとした顔しやって、ムカつくう。

怒り極限までできた大志が、こうなったらなにがなんでもふり切ったる、とダッシュの体勢に入った時。

「待ってたよ、杵島くん」

ぎくっとして上げた視線の先に、三人の女の子の薄ら寒い笑顔。

「ひっ…相川《あいかわ》ちゃん、野原《のはら》さん、まゆちゃんっ」

同じ清和《せいわ》女子のセーラーを身に着《つ》けた三人は、目尻を吊り上げてじりっと大志に迫ってきた。

「ねー、なんかこのコたち、杵島くんのカノジョだって言ってんだけどォ。アタシがカノジョよねー?」

「バカ言わないで。私よ。だって杵島くん、私のこと好きだって言ってたもの!」

「まゆだって言われたよっ。いっちばんまゆのこと好きだって!　ね、そうでしょ杵島くん!」

「いや、その……」

久々の泥沼展開だ。いつもならこうなる前に、瞳一郎がうまく処理してくれていたのだけれど。

しどろもどろになっている大志に、嫉妬と疑惑で顔をゆがませた女の子たちがどんどん詰め寄ってくる。

「どうなのよ、杵島くん！　事と次第によっちゃ許さないからねっ」

ひええ、だれか助けてええぇ、と大志が犬に祈るのと、見知った背中が女の子たちとのあいだに割って入るのと、同時だった。

「久しぶりだな、三人とも」

「柏木くん、いたのっ？」

女の子たちの声のトーンがワンオクターヴ上がる。瞳一郎は性格が未だバレていないのか、近隣の女子高生たちに「瞳一郎サマ♥」（ゲー！）なんて呼ばれてかなりの人気を博《はく》しているのだ。

その「瞳一郎サマ♥」が、営業用のタラシこみ笑顔を浮かべて、お得意の丸めこみ術を駆使《くし》しはじめた。

「相川、うちの二年の津崎《つざき》知ってるか？　バスケ部レギュラーの」

「うん、アタシ、バスケ好きだから、試合見に行ったことある。わりかしカッコいいよねー」

「あいつ、試合に来たおまえを見かけて、えらく気に入ったらしい。あの迫力満点の美女のこと調べてくれって、しつこく頼まれたんだぞ」

うそー、ほんと？　と相川嬢が目を輝かせる。

「そうそう野原さん、新任の小田《おだ》先生とはどうなってるんだ？」

「な、なんのこと？」

「いや、清和女子の子が言ってたぜ。久々ヒットな若くて美形の男教師が、野原さんばっかり見てるって。

今時めずらしい、おしとやかで古風な良妻賢母タイプだなあ、なんて感心してたって」

かあっと野原嬢の頬が染まる。

「ああ、まゆちゃんも、可愛い顔してあんまり男をやきもきさせるなよ」

「え……だってまゆ、杵島くんとしかっ……」

「牧村修《まきむらしゅう》、うちの一年。幼なじみだろ？　大志なんかに大事なまゆが引っかかったって、泣いてたぞ」

えー修くんが？　とびっくりしつつも満更《まんざら》ではない様子。

というわけで、瞳一郎、見事に女の子たちを退散させてしまった。

さすがの手腕にぽかんとしている大志を、ふん、と鼻先で笑って、傲岸不遜《ごうがんふそん》に。

「やっぱりおまえは俺がいなくちゃならんようだな」

いけしゃあしゃあとそんなことを言う。かちん、ときて、ふてくされ顔を作ってやった。

「おれ、別に頼んでへんからなっ。おまえが勝手にやってんやから、礼なんか言わへんぞっ」

「こんなことくらいで恩に着せようなんてセコいこと思ってないさ」

縁なしメガネを指先で押し上げて、にやり。この裏のありそうな笑みが怖いのだ。

「ところでおまえ、明日朝イチ提出の化学のレポート、仕上げたか？」

ぎゃあ、忘れとった！　と真っ青になった大志に、甘い誘惑の言葉が。

「見せてやろうか？　今回は特別に授業料免除で」

いつもなら絶対に金を要求するくせに、めずらしいこともあるものだ、と面食らいかけ、もしや、と思いつく。これは、ごめんねってことなのか？　これで今までのことチャラにしてって意味なのか？

「そっ、それでホモセクハラのこと許してほしいとか言うんちゃうやろなっ」

「ま、そんなとこ」

驚いた。あの瞳一郎が、自分から折れて出るなんて。強引な屁理屈で丸めこむか、最後まで突っぱねてこっちに折れさせるかが、いつものやり方なのに。

口元がにやけるのを感じる。ちょっと気分がいい。想平だって、瞳一郎には折れて出られたことはないって言っていた。五年つき合ってる想平だって、だ。

だから。

にまにまん。笑い出しそうになるくちびるを必死で叱咤《しった》し、大志、尊大にうなずいてやった。

「しゃーないなー。そんなに言うんやったら見せてもろたるわ」


十日ぶりくらいの瞳一郎の部屋は、相変わらずモデルルームのように片づいていた。すべてのものに定位置があり、規則に基《もと》づいて整理収納されている。口うるさい祖母が休みのたびに片づけろとわめき立てる大志の部屋とは、雲泥《うんでい》の差だ。

「あーやっと終わった。おまえの字ィめっちゃ細《コマ》いんやもん。おれ、目ェ痛なってきた」

丸写しという最低の見せてもらい方をしてレポートを仕上げた大志は、シャーペンを放り投げて万歳をした。瞳一郎がやれやれとつぶやいて、出来上がったレポートをホッチキスでとめてくれる。

「あ、ありがとお。そんなん後で自分ですんのに」

呑気《のんき》に礼を述べたら、相手はため息をついて独りごちた。

「まったく、俺はおまえには甘いよ」

気分がいい。すこぶる気分がいい。

浮かれ状態でベッドに倒れこみ、鼻歌シンギング。すると瞳一郎、とがめ口調でぴしゃりと言ってきた。

「その鼻歌、即刻やめろ。毎度毎度、同じ曲なうえ、音程が狂っててイライラしてくる」

「狂てへんもんっ。お母ちゃんがこない歌《うと》てたもん！　ちゃんとした子守歌やもんねっ」

「聞いたことのない曲調だぞ。ママの自作か？」

訊《き》かれて、ぷいとそっぽ向く。母のことはあまり話題にしたくない。

「知らん。……それより、今日ご飯ない日やろ？　おばあちゃんに電話するさかい、うち来て食べるか？」

外資系製薬会社の研究所に勤める両親はそろってドイツに赴任中、姉は仕事の関係で別にマンションを借りているとかで、瞳一郎は実質この家に独り暮しだ。週に二回、派遣のヘルパーがやってくるけれど、彼女が来ない日は簡単なものを自力で作ったり、出前《でまえ》を取ったりしているらしい。祖母にその話をすると、ええ若いもんが店屋《てんや》もんなんかあかん、ということで、機会があれば誘うようにと厳命されたのだ。（祖母は瞳一郎をかなり気に入っている。実の孫なんかより、全然）

「もー、おばあちゃん、おまえ連れてこい連れてこいてうるさいねん。彼女おるんかーとか、お姉さんおるんやったら婿養子はOKかーとか、わけわからんこと言い出すしよ。十月の連休におまえがうち泊まりに来てからやで、あんなん言うようになったん。あん時、なんかあったんか？」

問うと、瞳一郎は縁なしメガネを指先で押し上げ、にたりとゆがんだ笑みを浮かべてみせた。

「酔った勢いで日本のしまりのない金融について独自の見解を語った。ついでに株の話も少々。……おい、寝るなよ、そんなとこで」

「寝てへん。目ェちかちかしててんねん」

ごしごしと目元をこする。と、その手が急につかまれた。

「う、わっ！」

なにが起こったか考えるヒマもない。瞳一郎がベッドに乗り上げてきて、押し倒される形になった。硬直する。体が金縛りにあったように言うことをきかない。体格的には互角で抵抗しようと思えばできるはずなのに、メガネの奥の怜悧な瞳に凝視されると蛇に睨まれた蛙《かえる》よろしく身動きとれなくなってしまった。

「ちょっ、ちょお待っ…おまえ、チャラにしよて言うたやんっ。悪いと思たんやろ、おれにホモセクハラしたことっ。せやし、謝る代わりにレポートっ…」

瞳一郎が意地悪く喉《のど》の奥で笑った。

「だれがそんなこと言った？　俺はただレポートを無料で見せてやろうかって提案しただけだ」

「せやけど、おれが『許してほしいんか』て訊いたら、『そうだ』てっ…」

「正しくは『そんなとこ』だ。『そうだ』は完全肯定だが、『そんなとこ』は曖昧表現で否定要素を五十パーセント含有《がんゆう》している。おまえは肯定部分を拡大解釈した上、俺のセリフを自分勝手に捏造《ねつぞう》したんだ」

「うおおお、なに言うてんかわからんっ」

お得意の屁理屈満開だ。冷や汗だらだらで対抗処置を考える。考えつかないに決まっているけど、一応。

「おまえときたら、相変わらず学習能力が欠如してるな。簡単に家に連れこまれて、しかも自らベッドに寝そべってたんじゃ、その気があったと見なされて強姦罪も成立しないぞ」

メガネをはずして伸しかかってくる相手に、必死になって訴える。

「ひーっ。おれおれおれら友達やんなっ？　おれは信じてんでっ、おまえはええやつやって！」

「ほほう。なかなか心打たれる評価だが、誤った認識は早めに改めてもらわなきゃな」

白い顔が近づいてくる。とっさに目をつむったけれど、薄いくちびるは、口をはずして首筋にキスを落とした。舌がぬれた感触を残して鎖骨まで這い降りてくる。ぞくぞくするような、おかしな浮遊感に襲われそうになり、それをふり払うように大志は絶叫した。

「わかった！　わかったさかい！　もう絶対ホモ嫌いとか言わへん！　約束するっ。槇のことも認めるっ。ホモ万歳！　ホモ大好き！　せやし、許してくれえっ！」

この場を逃れるためなら、信念をねじ曲げて口から出まかせも言ってしまおう。

「やっと折れたか」

にんまりと笑った瞳一郎、笑みをますます深くした。

「けどおまえには、その場を逃れるために理解していないことを理解したと言う、虚言癖《きょげんへき》があるからな」

きゃー、心の中、読まれまくり。

「めっちゃ心の底からこれ以上ないいっちゅーぐらい死ぬほど理解さしてもろてますっ」

「それが嘘じゃないなら、さらなる反復学習で理解度を深めてもらおうか」

言うなり、シャツを首までめくり上げられた。ぎゃあ、と叫んでる間にベルトが抜かれ、ズボンが膝《ひざ》まで下げられる。うそうそうそ！　とわめいてる隙に、黄金の指とプラチナな舌で陵辱《りょうじょく》が開始され、これがまたもう、的確かつ、お見事な指使いアンド舌使いで……

「…って、待て、おれ！　また流されそうになっとるやんけ！　いやすぎるっ！」

三度もいいようにされてたまるか、と本気で抗《あらが》う。すると瞳一郎、大志の体を引っくり返してうつ伏せにし、あろうことかトランクスの中に手を差しこんできたのだ！

頭が真っ白けっけになる。女の子にお願いして手を使ってもらったことはあるけれど（もちろん口もある）、こんなふうになんのためらいもなく、無理やり、力づくで、しかも男にさわられたことはない。怖ろ

しいというか、嫌悪感で喉が詰まる。けれど、それも瞳一郎が指を動かしはじめるまでのことだった。

「あっ……！」

もれ出た声に、あわててくちびるを引き結ぶ。な、なんやこれっ。こいつのこの指っ。こんなこんなっ……こんなんがあってええんかっ？

官能の波がどんぶらこと押し寄せてきて、大志はそれを堪《こら》えるためにベッドカバーを握り締めた。それでも堪え切れずに、小さなうめきが口をついて出る。この完璧な力加減、どこまでも行き届いた愛撫の加え方、男の体を知り尽くした（当たり前だ）快感の高め方。まさしく、絶品。

翻弄《ほんろう》されまくっていると、瞳一郎が耳たぶに舌を這わせて訊いてきた。

「……いいんだろ？」

ああ、もう、最高です……。

「…うわあ、なに考えとんねん、おれ！　ええことないっ、いやや、こんなんっ！」

叫ぶやいなや攻撃が更に激しさを増して、大志はあっけなく、瞳一郎の手の中に怖るべき粗相《そそう》をしでかしてしまった。

失神しそうになる。とうとう……とうとうおれは男なんかの手ェでこんな……こんなっ……

「やけに速かったな。たまってたのか？」

地獄の底まで堕《お》ちこみまくっている大志の耳に、追い討ちをかけるような瞳一郎の言葉が突き刺さる。

怒りのあまり、めまいがした。許さん、こいつだけは、死んでも許さんっ……！

「お、おのれはああ、覚えとれよおお、絶対に、絶っっ対に仕返ししたるさかいなああ、どんなズッコイ手ェ使《つこ》てでも、復習しちゃるさかいなああっ！」

ズボンを引き上げ、シャツをそこに入れこむって情けない姿で、それでも人差し指を突きつけ、予告する。瞳一郎は汚れた手をティッシュペーパーで拭《ふ》きつつ、しらっと返してきた。

「おまえ今、復讐《ふくしゅう》の讐を習うって字で思い浮かべただろ。それは間違いだぞ。正しくは隹《ふるとり》ふたつに言《ごんべ》…」

皆まで聞かずにカバンを引っつかみ、ドアを蹴り開けて部屋を飛び出した。あまりのくやしさに涙が出そうになる。理由もなくあんな真似をして、ちゃらっとした顔で「たまってたのか?」なんて言った。どこの世界に友達をこんなひどい目に遭わせるやつがいる?

「もうどんな謝ってきても許したらへん。一生恨んだる。死ぬまで絶交しといたるっ!」

暗くなった街を走り抜けながら、決心する。

明日、霧ヶ峰のところに行こう。そして言うのだ。喜んで協力させてもらう、と。


「OKもらえるとは思ってなかったぜ」

問題の土曜。松陵《しょうりょう》学園の濃紺の学生服を身に着《つ》けた霧ヶ峰は、ふてくされた様子で言った。本日の伊達《ダテ》メガネは、おとなしめの茶系セルフレーム。目立たないようにとのセレクトらしいけれど、スタイリッシュな雰囲気は制服とメガネを変えても崩れていない。

「断ると思とったんか?　なんで?」

同じく松陵の制服を着た大志は、詰襟《つめえり》の窮屈なカラーをいじりながら憮然として返した。

「えー。だって退学ってオドシは利《き》いてたハズなのによー。ちぇー、メンドくせんだよねー。せっかくオイラが予防線張ってやってんのに、なんでいきなり気が変わ…あ！」

　ぶつぶつつぶやいていた霧ヶ峰が、突如、口をO型に開き、銃に見立てた人差し指で、大志の額を打ち抜くマネなんかした。

「おまえ、柏木になんかされるか言われるかしたろ？　こう、怒りめらめら燃えまくるようなことをよ？」

　見てきたように図星を指され、顔がゆがんだ。

「ははん。そうかよ。そういうことね。やっこさん、なかなか……」

　意味不明な独り言をつぶやいて、にまにま笑いを浮かべた下劣な新聞部部長、しきりにうなずいている。またなにか非常識なことでも考えているのだろう。こいつと関わるのは今回きりにしたいものだ。

　下校する生徒であふれている道を、流れに逆行して進む。すぐに私立松陵学園高等部と書かれた校門が見えてきた。濃紺の学生服に混じって、何食わぬ顔で門をくぐり、校舎のほうへと足を向ける。チェス・トーナメントは、表向き和睦親交のための集まりと称されて、松陵の最近新築したという記念館で開催されるらしい。松陵の制服を着てきたのはそのためだ。同校生を装《よそお》えば、記念館まではなんなく近づける。

　大志はまたもやカラーに手を伸ばした。霧ヶ峰が抜かりなく用意していた制服は、上はぴったりだったが、ズボン丈に難があって、大志には少し短い。そのことにちょっと気をよくしたけれど、カラーの存在は中学もブレザーだった大志にはやっかいだ。

「おい、ほんで、どないやって中、入るねん？　生徒会のやつしか入られへんなってんやろ？」

「チェスプレイヤーも入れるぜ。各校、何人かずつ連れてくるんだ。うちからはパソ部の一年と将棋部の二年が参加してるはずよ。きっちり口止めされてな。侵入方法は……ま、なんとかなるさあ」

　お気楽な口ぶりに、不安が募《つの》ってくる。ここまできたら絶対に証拠をつかんで瞳一郎をぎゃふんと言わせてやりたい。作戦が成功してもらわなくては困るのだ。

霧ヶ峰の案内で三の字に並んだ校舎連を抜けると、正面に広い校庭が開け、左手に体育館らしき建物が見えた。その体育館から少し奥へ入ったところに、鹿鳴館のような二階建ての瀟洒《しょうしゃ》な建物が建っている。

霧ヶ峰が「あれだよ」と耳打ちしてきた。

「懐古《かいこ》趣味なんじゃねえ、ここの経営者って」

カイコがなんやて？　と聞き返したいのをこらえて、再び質問する。

「どないやって入るねん？」

両開きの扉の前には、遠目からもはっきりと見張りの姿が見える。椅子に腰かけて、ふたり。両方とも大志たちと同じ、濃紺の詰襟姿だ。

霧ヶ峰がにっこり笑って、すたすた見張りのふたりのほうへ歩み寄ってゆく。

「お、おい、霧ヶ峰っ…」

あたふたしている大志にウインクなんかしてみせて、霧ヶ峰はうさんくさげに立ち上がった見張りのふたりに声をかけた。

「よお、ごくろーさん。おたくら帰っていいってよ。あと、オレらが交代するから」

「……そんな話、聞いてないぞ」

「え、ほんと？　だってオレら、そう言われたんだけどな。おかしいな」

「ちょっと中に確かめてくる」

見張りの片方が用心深く言って、扉に手をかけた時だ。霧ヶ峰の手刀《しゅとう》が、背を向けたそいつの後頭部をすばやく一打した。ぎょっとなっている大志に、鋭い声音が飛ぶ。

「後ろ！　殴れ！」

うわあ！　とパニックに襲われながら、体は霧ヶ峰の指示通りに動いていた。やぶれかぶれでふり回した腕が、ごつん、となにか硬《かた》やわらかいものにぶち当たる。それがもうひとりの見張りの顔面だと気づき、しかもそいつががっくりと大志に向かって倒れかかってきたのに驚いて、どん！　とばかりに寄りかかってくる体を突き飛ばしてしまった。よろん、と傾いた体は、うまい具合に玄関脇の植え込みの中へと後ろ向きに沈み落ちてくれる。

霧ヶ峰が、自分のやっつけたやつを同じく植え込みの中に隠し、口笛を吹いた。

「やるねえ」

「ひーっ。おれおれおれっ、ひひひ人、殴ってしもたっ」

「非常事態、非常事態。さ、行こうや」

さっさと扉を開け、するりと中に入ってしまう。大志はしばし腕に残る人間の顔面の感触に呆然としていたが、ひとつ唾《つば》を呑みこんで心の中でごめんなとつぶやき、霧ヶ峰の後を追って扉の中にすべりこんだ。


扉を開けると、そこは吹き抜けの玄関ホールのような造りで、左手にゆるやかな曲線を描いて昇るアンティーク調の階段、正面に今入ってきたのと同じ重厚な両開きの扉があった。

霧ヶ峰とふたり、用心しつつ、扉を開けて忍び入る。中はかなり広い長方形のスペースで、片方の壁にフランス窓がいくつか設けられていた。ふたり掛け用のテーブルと椅子がそこここに設置され、ふたりの人間が向かい合って座っている。テーブル上には白と黒の市松模様のボードが置かれ、その上に白黒の駒《こま》が散在していた。それぞれのテーブル脇に、美術で使う画板《がばん》ほどの大きさの黒板を胸の高さに掲《かか》げた人間が待機している。黒板には白のチョークで、数字とローマ字の記号が書かれていた。テーブルごとに、対戦を見守る丸い輪状の人だかりができている。

霧ヶ峰が、ふむ、とうなずいて言った。

「ブロック対戦方式だな。数字はオッズ、ローマ字は各校の頭文字か。うおっと、万単位の賭け金かよ。こりゃまた……ま、いっか。うちの役員ども探そうぜ。さっさと写真撮って、さっさと帰りましょ」

同感だ。殴って気絶させたやつらの目が覚めないうちに、退散しなければ。

人波を縫って光徳の制服を探す。ふたり、見つけた。副会長の鰐崎《わにざき》と庶務の原《はら》だ。壁際に並べられた椅子に仲良く並んで座っている。

小柄で大きな黒目がちの瞳から、子鹿のバンビちゃんとからかわれることの多い原は、ひどくびくびくした様子で周囲をおどおどとうかがっていた。小心者な彼は、退学もののギャンブルの場にかなり怯《おび》えているらしい。普通の神経なら、それが当たり前か。

対照的なのは鰐崎で、顔はいいのになぜか変人のそしりを受けている彼は、ぱかっと口を開けてよだれを垂らし、正体もなく寝こけている。こちらは単純に賭け事に興味がないのだろう。

「うわー、場違いなふたり。けど、いちお、撮っとこ」

霧ヶ峰がポケットから万年筆を取り出し、それをふたりに向けて、側面を押した。小さな、カシャ、という音がする。大志が面食らっていると、自慢げにそれを指先でくるりと回して。

「マジもんのスパイみてえだろ？　最新デジタル方式よ。このメモリ・スティックの薄さ、見てみなって」

「ほんと。すごい精巧だなあ」

「だろー？　めちゃ高かっ……わあっ!?」

「ぎゃあっ！」

飛び上がる。霧ヶ峰の背後に、慈愛に満ちた菩薩《ぼさつ》のごとき笑みがひょこりと現れた。おっとりと整った公家顔は、捜していた光徳学院生徒会会長、犬伏《いぬぶせ》のものだ。

「いいいぬぶせっ？　おまえ、いつからおったねんっ？」

大志の問いに、犬伏は上品に微笑んで温柔《おんじゅう》に答えた。

「さっきから。挙動不審なふたり組がいるなあと思ったら、松陵の制服着たうちの生徒なんだもんなあ。驚き。な、柏木」

にこにこ笑顔の犬伏が横にずれる。後ろに無表情な瞳一郎が腕組みをして仁王立ちしていた。冷ややかな瞳に射すくめられる。

と、たちまち大志の口は勝手にべらべら動き出してしまっていた。

「ちゃ、ちゃうねん！　せやかて霧ヶ峰が生徒会の悪さの証拠つかむとか言いやって、手伝ってくれとか頼まれて、おれもおまえに仕返しできるかもて、つい思わずっ…」

「……ほう。なかなか楽しい潜入理由だな」

「ああ、しもたっ！　なに全部バラしとんねん、おれえっ！　くっそー、こんなはよ見つかるやなんて、おい霧ヶ峰、どないす…霧ヶ峰っ？」

相棒であったはずの男の姿は忽然《こつぜん》と消えていた。あわてて辺《あた》りを探す。茶色のセルフレームメガネをはずした霧ヶ峰が、はるか彼方で、べえ、と舌を出しているのが見えた。

「あああいつ信じられへんっ……ひとりで逃げやった！」

ひどい裏切りに歯ぎしりしている大志に、瞳一郎があらぬ方に目を凝《こ》らしながらたずねてくる。

「訊くのが怖いが、どういう手を使って中に入った?」

「霧ヶ峰がひとり殴って、おれもひとり殴って、木ィんとこ隠して…」

「最も杜撰《ずさん》で発覚度が高く、しかも後始末が面倒な手段を採《と》ったわけか。早速ツケが回ってきたようだぞ」

瞳一郎が顎《あご》をしゃくると同時に「見つけたっ!」という叫びが聞こえた。鼻を押さえた見覚えのある松陵生ふたりが、大志を指差し、すごい形相《ぎょうそう》で人波をかき分けかき分け近づいてくる。殴って気絶させた見張りのふたりだ。後ろに何人か松陵生を引き連れている。

「霧ヶ峰のやつ、初めからおまえを囮《おとり》にして逃げる気だったたな。でなきゃこんな乱暴なやり方しないだろ」

うぎゃー、霧ヶ峰、絶対殺ス!　と心に誓っている間にも松陵生たちは大志に迫《せま》り、怒りに燃える瞳をらんらんと輝かせて、ぐるりを取り囲んだ。

「きさま、さっきはよくもっ!」

「もうひとりいたはずだぞっ、どこにいる?」

鼻から血を流しながら、大志が殴ったほうの男が詰め寄ってきた。半泣きで答える。

「ににに逃げてまいましたっ」

「なんだとうっ?　ちくしょう、おまえを倍殴りしてやるっ」

しゃにむに殴りかかろうとしてくる男たちから、瞳一郎を楯《たて》に逃げまどう。

「ひーっ!　ととと瞳一郎、助けてっ!」

「自分の始末は自分でつけろ」

「友達やんかっ、友達やよなっ?」

「おまえとはただ今絶交真っ最中だと、俺の優秀な脳は記憶しているが?」

「くそっ！　大体おまえが悪いんやぞ！　おまえがおれにホモセクハラなんかするさかいっ…」

「今度は責任転嫁か。底の浅いおまえらしい論理の展開だな」

「わけわからん理屈はええからさっさと助けえ！　おまえらがバクチしてたて学校にバラすぞ！」

我ながら汚い手だと思いつつ、大志、必死で訴える。やれやれ、と肩をすくめた瞳一郎が、騒ぎに気づいて集まりはじめた人垣のほうへ、ちらと視線を走らせた。そのままなにをするでもなく、考えこむように顎に手をやり、瞳を細めている。犬伏も、ほけらっとした顔で事の成りゆきを静観する構えだ。

どうやらジャマは入らないようだと算段つけたらしい松陵生たちが、これで遠慮なく殴れるとばかりに嬉々としてこぶしをふりかぶる。

ぎょー、もうあかん、ドツキ回される、と目をつぶった大志を、きれいなヴァリトンが救った。

「待ちたまえ。こんな場所で乱闘騒ぎを起こされては、皆が迷惑する」

殺気がさっと薄れた。顔を上げた大志の目に、モーゼの海渡りの奇跡さながら二手に分かれた人波のあいだを、にこやかに笑みながら歩いてくる人物の姿が映った。目の前で歩をとめたその男の顔に息を呑む。どこをどう見ても、どの角度から比べても、ひとつひとつのパーツを競わせても、完膚なきまでに自分の負けだと認めざるを得ないほどの、美貌。精緻《せいち》すぎてアンドロイドめいた印象さえ受ける。しかもこの男、したたるほどの色気というか、えろえろフェロモンまき散らしまくりで、くやしいことに背までほんの少し（あくまでほんの少しだ）大志より高い。

物腰艶冶《えんや》、眼差し涼やか、容貌端麗、声は魅惑の深みのあるヴァリトンときたものだ。世紀の艶福家を自負する大志もたじろぐ、この非の打ち所のなさ。おまけに着ている制服は、学費と偏差値が光徳より少々お高い、秀明館《しゅうめいかん》のもので。

初めての敗北感に打ちのめされて立ち尽くしている大志の耳に、ヴァリトンが届いた。

「……きみが自分の身を挺《てい》して人をかばうとはね、柏木」

その言葉で、初めて自分を守るように立つ瞳一郎に気づいた。抑揚のない声がヴァリトンの主に応える。

「一応、うちの生徒で……俺の友人なんでな」

「友人」

おうむ返しにささやいた男が、大志に目を移す。感情の読み取れない、漆黒のガラスのような瞳。

「きみの艶聞は聞いているよ、杵島大志くん。私は秀明館生徒会長の伊集院《いじゅういん》。《互助会》の運営委員長でもある。この場の責任者ということだね。要するに、きみの処分を決める立場の人間ということだ」

圧倒されるほどの威圧感だ。槙の存在感と似ているかもしれない。そこにいるだけで他者をねじ伏せ、従わせるだけの力を持つ者。

「今日この場で見たこと聞いたことを、きみにしゃべられては、とても困る。わかるね？　それは、とても困ることなのだよ、杵島くん」

機械的なまでに整った伊集院の顔を、背筋がそそけ立つほど残忍な微笑がよぎった。猛禽類《もうきんるい》の笑いだ。魅入られたように動けないでいる大志のほうへと、長く優美な腕が伸びてくる。喉を狙った秀明館会長の腕は、しかし寸前で瞳一郎の手に阻まれた。

「ルールを忘れたか、伊集院」

にたりと余裕ありげな笑みを作った瞳一郎に、腕を下ろした伊集院も艶《つや》やかな微笑を返す。

「……よろしい。きみの言う通り、ここでのルールに従い、揉《も》め事はゲームで解決するとしよう。来たまえ、杵島大志くん。異端審問での代戦士のごとく、ふたりのチェスプレイヤーがきみのために戦う。きみの命運は勝ったほうの手にゆだねられるのだよ。つまり、ここに忍びこんだことを後悔するほど痛めつけられるか、とりあえずの口止めをされて柏木と無事帰れるかだ」

ホール真ん中の壁際に、対局の用意はなされた。テーブル上にチェスボードはなく、代わりに普通の三倍ほどの大きさのボードが、壁にかけられる形で設置される。NHKの囲碁番組のようだ。観客が見やすいようにとの配慮らしい。駒はマグネットでボードに密着するようになっている。下二列に白の駒、上二列に黒の駒が並んでいた。それぞれの駒を動かす係が椅子を踏台《ふみだい》代わりにしてボードの左右に控えている。

すべてのゲームは中止され、その場の全員が特別仕様の対局に参集していた。この対局自体、賭けの対象になるようで、皆、興味津々《きょうみしんしん》といった顔付きをしている。

伊集院が優雅に指示を出した。

「さて、では私のほうのプレイヤーを。——藤間《ふじま》、席に着《つ》きたまえ」

集まった観客のあいだから、おお、と歓声が上がる。秀明館の制服を着て、顎をつんと上向けた生意気そうな少年が、眉間に神経質なシワを寄せて進み出てきた。伊集院が示したほうの椅子に、いかにも尊大に腰を下《お》ろしている。

「では、光徳の生徒会長殿。柏木の大事な友人のためにも、最善の選択を」

状況がわかっているのか、いないのか、茫洋《ぼうよう》とした笑みを浮かべた犬伏は、首をおっとり傾げた。

「最善の選択、ね。うちが連れてきたふたりは、藤間みたく連盟にも属してないし、素人《しろうと》同然なんだけど」

「だから、最善の選択を、と言っているのだよ」

「相変わらず意地悪いなあ、おまえ」

あはは、と屈託《くったく》なく笑う温厚な生徒会長に、瞳一郎が何事か耳打ちした。犬伏がやわらかくうなずく。そして、名を挙《あ》げた。

「本人の希望があったので、プレイヤーには柏木瞳一郎を。うちの生徒ならだれでもいいんだろう?」

どよめきが走る。それが悪い意味のものだということは、大志にもわかった。なぜならすぐそばで、「柏木ってチェスの経験ないだろ?」というささやきが聞こえたからだ。

「ちょちょちょお待てや、犬伏っ。もっとええやつ選んでっ。連れてきたやつのどっちかにせえっ」

「考えるの面倒くさい。それに柏木がやったほうがギャンブル性があっておもしろいかも」

これがあの品行方正、温厚篤実《とくじつ》、成績優秀、まじめで努力家、人情味あふれる生徒会運営を志《こころざ》し、かつまた実践し、一般生徒の受けはすこぶる良好、生徒の鑑《かがみ》と先生方も絶賛する生徒会長の言い草か。

「おまえなに面倒くさがっとんねーん! おれの運命かかっとんねんぞっ。頼むから他のやつにしてっ」

拝《おが》み倒しても犬伏は決意を変えず、結局、対局の席には瞳一郎が座ることとなってしまった。

光徳4・6、秀明館1・3と白チョークで書かれた黒板が、秀明館の制服を着た生徒の手で掲げられる。

「オッズは1・3対4・6。各自、エントリーを」

伊集院が告げると、各校生徒会長が我先にと秀明館サイドに記号と数字の書き込みを要求した。光徳側はガラすきだ。藤間はかなりの実力の持ち主らしい。

瞳一郎は負け、自分はタコ殴りにされるという空恐ろしい未来が、さすがの大志にもはっきり予測できた。こんなことなら霧ヶ峰の口車になんか乗るんじゃなかった、と後悔しても後の祭りだ。

「光徳に賭ける者は? これでは賭けが成立しないね」

伊集院の声に、プレイヤーである瞳一郎自身が応えた。

「光徳に、十だ。ついでに秀明館の生徒会長宛《あ》て、別口の賭けを申し込む。俺が勝ったら、《互助会》運営委員に六校目として我が光徳を加えてもらおう」

会場中が水を打ったように静まり返る。だれもが、信じられない、というように瞳一郎を見つめている。

「……それは大きく出たものだね、柏木」

沈黙を破って、伊集院がやんわりと言った。

「運営委員は常任校が決まっているのだよ。五校すべて結成時からの参加校で……」

「古めかしいことを言うじゃないか。そろそろ能力第一主義に切り替えたらどうだ？」

「光徳は最近のひとり勝ちで反感を買っている。少しは余人《よじん》のことも考慮して発言したまえ」

「おいおい、これくらいのメリットがあってもいいんじゃないか？　なにしろ俺はだれかを相手にチェスの勝負をするのは初めてなんだからな。それともなにか？　そこの坊やはさほど信用されていないのか？」

「………どうする、藤間？」

からかうようにたずねる伊集院に、顔を屈辱で紅潮させた藤間が怒鳴った。

「いいですよ！　受けてください、会長。ぼくは七歳から駒にさわっているんだ。もうすぐ初段だって取れるんだ。絶対に負けないさ」

きりきりと目尻を吊り上げ、続ける。

「ハンデをさしあげましょうか、柏木さん？　よろしければクイーンを落とさせていただきますが」

「必要ない。それで負けたと後でゴネられちゃかなわんからな」

怒りで言葉もないらしい藤間をちらりと一瞥《いちべつ》し、伊集院は優雅な足どりで瞳一郎に歩み寄った。美麗な顔を、毒のある微笑がかすめる。ヴァリトンが口約《こうやく》した。

「いいだろう。きみが勝てば、光徳は運営委員の仲間入りだ。運営委員長である私が皆《みな》を説得しよう」

「伊集院！」

「黙れ」

抗議をぴしゃりと退《しりぞ》け、瞳一郎の顎を捕《と》らえて上向かせた伊集院は、瞳を細めて愉快《ゆかい》そうにたずねた。

「そして、きみが負けた場合は？」

キス寸前の至近距離で、歌うように。瞳一郎から一瞬も目をそらさず、舌なめずりするような面持ちで。

大志の背を冷たいものが走る。この男、この伊集院ってやつ、まさか……

「いいかげん焦《じ》らすのはやめて私のものになってくれるのかな？　せめて一晩、ベッドで私のためにその形のいい脚を開いてほしいね」

やっぱり、ホモかいっ！

気色悪さに鳥肌が立つ。頬が引きつった。冗談じゃない。こいつ瞳一郎を、その……いわゆる女の子のように扱うつもりなのだ。

「アアアホか！　そんなん絶対っ…」

言いかけた大志を遮《さえぎ》るように、瞳一郎がとんでもないことにOKを出した。

「いいぞ。一晩と言わず、一週間だろうが一カ月だろうが、おまえにかしずいて朝から晩まで奉仕してやる。おまえが飽きるまで、脚を開きっぱなしにしてな」

「ぎゃー！　待て瞳一郎！　よう考えー！　ここここいつホモやねんぞっ。おまおまおまえをっ…」

「おまえは黙ってろ。大体だれのせいでこんなことになってると思ってんだ」

う、と詰まって、大志、口をつぐむ。すんません、おれのせいです……

「皆、いいだろうね？」

伊集院が周囲に向け、有無を言わせぬ口調で確かめる。全員がこっくりと首を縦にふった。無体なほどの暴君に逆らう気概《きがい》のある者は、ひとりとしていないらしい。このままでは非常識な賭けが成立してしまう。それも、自分のせいで。

大志、ほけっとした顔で突っ立っている犬伏の襟首をつかんでぶんぶんゆさぶり、夢中で怒鳴りつけた。

「なんとかして止めい犬伏！　どないすんねん、あのえろえろホモ男が瞳一郎をっ…と、瞳一郎ををっ！」

「ああ、あいつ、前から柏木にご執心なんだ。藤間が勝ったらうれしいんだろうなあ」

だめだ。危機感ゼロだ。それどころかこの男、この状況をおもしろがってる風がある。

ひとりおろおろしている大志なんかおかまいなしで、事は進められてゆく。藤間が白と黒の一番小さい駒を取り、両の手の中に隠した。瞳一郎が藤間の右手を指差し、開かせる。黒の駒が現れ、先手、白は藤間、後手、黒が瞳一郎と決まった。藤間がうれしそうに口端を上げ、瞳一郎を下からすくい上げるように見る。

「なんや、あのどえらい好かんガキ、なに喜んどんねん？」

「白を引いたからだよ、杵島くん。先手のほうが有利だからだ」

犬伏に訊いたつもりだったのに、答えたのは伊集院だった。匂い立つほど色気のある笑顔を見せて、大志に自分の隣に座れと命じる。「絶対いややね！」と断ると、二、三人の腕が伸びてきて、用意された席に無理やり座らされた。伊集院が美しい口元をほころばせ、注意する。

「あまり手荒に扱わないでくれたまえよ。彼は大事な賞品なのだからね」

ぎりぎりと歯を食いしばっている大志を横目でおもしろそうに見つつ、伊集院は対局の開始を告げた。

「……ポーンをｄ４へ」

藤間が少し上ずった声で言う。壁にかけられた大きなボードの下から二列目、左から四番目に位置する白駒がふたつ前に進んだ。

少し間を置いて、瞳一郎。

「同じく、ポーンをｄ５へ」

上から二列目、左から四番目の黒駒がふたつ前に動く。藤間が動かした白の駒と見合う形になった。

隣に座った伊集院が、大志に耳打ちしてくる。

「きみはチェスの心得は？」

大志が本能的な嫌悪を感じて身を引きながらもかぶりをふると、親切にも解説をはじめてくれた。

「将棋よりは単純だ。駒は全部で六種類。王《キング》、女王《クイーン》、司教《ビショップ》、騎士《ナイト》、戦車《ルーク》、歩兵《ポーン》。キングとクイーンはそれぞれ一駒。ビショップ、ナイト、ルークは二駒。ポーンは全部で八駒ある。ボードは八×八の六十四マス。マス目には地番がついていて、縦の筋が左から順にａからｈ。横の筋は下から順に１から８。ボードの一番左下の角はａ１ということになるね。一番右上の角はｈ８。わかるかな？　駒の中で最強なのはクイーン。縦横斜め、自在に動ける。さっき藤間が落とすと言ったのは、このクイーンだ」

ボード上では、馬の形をした白駒が動かされている。続いて黒の馬も動いた。

「あれがナイト。とても変わった動きをするだろう？　他の駒を飛び越すんだ。……今、動いた白の駒がビショップ。駒の上部に斜《なな》めの切り込みがある。……おや、柏木が駒を捕《と》ったね」

白の一番小さい、たくさんある駒――ポーンがひとつ、盤上から取り除かれた。

「か、勝ってるっちゅーことか？　勝ってんやんな？　駒、捕ったもん」

「駒を捕ったから勝ちというのではないのだよ。いかにキングを詰めるかだ。……ほう、柏木は強気だな。ポーンでビショップを追っている。……さて、藤間が反撃するぞ」

白の馬――ナイトが飛んで、黒のポーンを捕った。斜め前にいた別の黒のポーンがそのナイトを反対に捕獲する。さらにその黒ポーンを白ビショップが盤からはじき出した。瞳一郎が藤間の白ポーンを狙って、後方に控えていたナイトを進める。藤間は捕られる前に狙われたポーンでもう一騎の黒ナイトを捕獲した。

瞳一郎がポーンとナイトをひとつずつ、藤間はポーンをふたつとナイトをひとつ、捕ったことになる。

瞳一郎が黒クイーンを動かしたところで、藤間が「キャスリング」と言った。白のキングと右端のルークが互いの位置を入れ替えるように同時に動く。はらはらしつつ見守っていた大志は飛び上がった。

「おいっ？　二個いっぺんに動かしとんぞ！　ズルや！」

わめくのを、伊集院が苦笑してなだめてくる。

「キャスリングと呼ばれる特殊なルールだよ。見ていたまえ。柏木も使う」

瞳一郎が「ロングキャスリング」と言うと、黒のキングと左端のルークが藤間の時と同様、一手で動いた。今のところ、白がボード右下に駒を展開、黒はボード左上に陣を張っている。

「どうやねん、どっちが勝ちそうなんや？」

イライラしてたずねる大志に、伊集院は物憂げな口ぶりで答えた。

「柏木がやや押され気味だな。だが善戦しているよ。勝負の経験がないにしてはね」

遠回しな言い方に苛立ちがつのる。はっきり負けていると言えばいいのに、イヤな男だ。このままでは大志はタコ殴り、瞳一郎はホモの餌食《えじき》一直線か。冗談じゃない。命より大事な美貌が傷物《きずもの》にされるのも、友達が男に組み敷かれるのも絶対ごめんだ。

「おい瞳一郎、死ぬ気ィでがんばれっ！　おまえが勝ったらホモセクハラのことは許したる！　ついでに一……うう、二カ月分の小遣いやってもええ！　プレミア付き春原めぐちゃんの写真集もゆずったるで！」

「……非常にやる気の出る声援、ありがとう。写真集は即古本屋に売らせてもらうぞ」

「あかーん！　古本屋に売るくらいやったら、おれに売れ！」

「なら元値の倍な」

ああ、よかった、めぐちゃんの写真集売られんで、と大志が胸をなで下ろしていると、伊集院が複雑怪奇なものでも見るような表情をして、ぼそっとつぶやいた。

「きみは……その、少し愚鈍《ぐどん》なのか？」

「うどん？　おれが少しうどんてか？　自分ちょお、おっかしんちゃう？　……あ、もしかして今のん、ツッコむとこやった？　しもたっ。せやかて自分、冗談言いそうもない顔しとるから、つい…」

「…………すまない。きみと話していると私まで愚《おろ》かになりそうだ。少し黙っていてくれたまえ」

めまいでも感じたようにこめかみを押さえている。けったいなやっちゃ、と大志が憮然としているうちに、ボード上ではいくつかの駒の移動があり、互いに退《ひ》き気味になったところで、瞳一郎がポーンで白ポーンを捕った。それに反発するように白のビショップが黒ポーンを捕り返す。

次に瞳一郎が指した手を見て、伊集院が感嘆の声を上げた。

「クイーンでビショップ捕りにいかなかったか！　これは……」

「なになにっ？　どういうこっちゃねん？」

「うまい手だということだよ。驚いたね。しかも白キングにゆさぶりがかかった」

藤間がくやしそうにくちびるをゆがめている。狙いがはずれて当惑しているようだ。

「……ポーンをｆ３へっ」

白ポーンがひとつ前に出る。瞳一郎は静かに応じた。

「ｄ４のポーンを、ｄ３へ」

がたん！

藤間が椅子を蹴って立ち上がった。蒼白な顔色をしている。伊集院は椅子に深く身を沈め、嘆息した。

「………やってくれるね」

「せやし、なにがどうなっとんねんてっ！」

訊いているのに、相手はあでやかに微笑んで黙りこんでしまった。

会場全体を凍りついたような沈黙が襲う。だれも皆、壁のボードを凝視して固まっている。

藤間がしぼり出すような声で指示した。

「……クイ、クイーンをｃ１へっ」

瞳一郎が抑揚のない口調で返す。

「ビショップをｃ５へ。――チェック」

チェックが王手というのは、大志にもわかった。瞳一郎が白キングに王手をかけたのだ。

「キングをｈ１へ！」

藤間が悲壮な形相でチェックを逃れようと叫ぶ。瞳一郎は容赦なく逃げ場を封じにかかった。

「クイーンをｄ６へ」

「クイーンをｆ４へ！」

クイーンにクイーンをぶつけた藤間を、瞳一郎はとんでもないところから叩いた。

「ルークをh2へ。チェック」

今の今まで沈黙していた右上端のルークが一気にすべり降りてきて、キング前のポーンを捕獲する。

「キングをh2へっ……」

白の陣地に単騎乗りこんできた黒のルークは、白のキング自身によってボード上から消された。けれど、瞳一郎はもう一騎、ルークを用意していたのだ。

「d8のルークをh8へ。チェック」

連続チェックをかけられて、藤間の顔色は土気色になっている。だれの目にも勝負の行方は見えていた。けれど藤間はあきらめずにあがいてみせた。

「クイーン……クイーンをh4へ……」

白クイーンが黒ルークの行く手をはばむ。

「ルークでクイーン捕り。チェック」

仮借《かしゃく》ない瞳一郎の攻撃に、それでも藤間は抗った。

「g5のビショップで黒ルークを捕る！」

「クイーンをf4へ」

「…………くそっ!!」

藤間が壁のボードから白のキングをつかみ取り、床へ叩きつけた。歯噛《はが》みして瞳一郎を睨みつける。

「勝負をするのは初めてだなんて言って……騙したなっ！」

「初めてというのは本当だ。ただし、人間相手ではな」

立ち上がった瞳一郎、凍《こご》えるような微笑を見せて会場中を睥睨《へいげい》し、切り口上に言った。

「さて、では戦利品を虎穴から運び出すとしよう。今にも食われそうな雰囲気だからな」

扉のほうへと顎をしゃくり、目で、さっさと退散するぞと合図を送ってくる。一触即発な会場の雰囲気を察知し、大志も恐々《こわごわ》うなずいた。今や松陵の生徒だけでなく、他校の生徒会役員たちも敵意満載の目付きでこっちを睨みつけている。

「い、犬伏らは？」

逃げる気配もなくほけほけ笑っている生徒会長と、どこかにいるはずのバンビな庶務に変わり者の副会長を心配してたずねる。瞳一郎は不敵に笑んで頬をゆがませた。

「ほっとけ。やつらは食われはせんだろうよ」

小声での遣《や》り取りは、「待ちたまえ」という声で中断された。場にさっと緊張が走る。

伊集院がゆったりとした動作で立ち上がった。散歩でもするような気軽さで、近づいてくる。そして、猫のようなすばやさとしめやかさで瞳一郎の両手首を捕えた。

あっという間もない。体を壁に押しつけられた瞳一郎に、伊集院がぞっとするほど整った顔を近づけ、そして……。

目を疑う。頭が一瞬、混乱した。こいつ、この伊集院とかいうやつ、なにしとんねん？

ぼやけた焦点がすうっと合うように、目の前の事実がすとんと落ちてきた。伊集院が、瞳一郎に、キスしてる。キス。そう、キスしているのだ。

しく、と体が冷えるような感覚に襲われる。なんだろう、この血の気が引くような感覚は、なんだろう。

ぴちゃ。湿った音が大志の耳に届いた。それが瞳一郎の酷薄なくちびるを、それをふさぐ伊集院のくちびるのあいだから漏《も》れたものだと理解するのに、数秒を要《よう》した。この男、人目もはばからず、舌まで入れているのか。

こめかみが、どく、と鳴った。鼓動が膨《ふく》れ上がる。怒りで世界が赤く燃えるようだ。瞳一郎があんなやつにキスされてる。あんなホモ男に。恋人みたいに舌を入れられて。あんなやつに、あんなあんな――

ぶち、と大志の中でなにかが切れた。

「…っどりゃあ、シバキ倒したるっ！」

伊集院につかみかかろうと伸ばした手が、だれかに捕らえられる。もぎ離そうとしたのに、反対に後ろから羽交《はが》い締《じ》めにされた。犬伏のおっとり口調がささやく。

「ちょっと辛抱しよう。すぐ終わるから」

「あ、あいつっ！　あいつ瞳一郎にっ……！」

「しぃ。通行許可証代わりだよ。これで皆の溜飲《りゅういん》も下がることだろうし、そう目くじら立てるな。キスくらい、減るもんじゃないんだから」

こいつ、なに言ってる？　なにを言っている？　友達が男なんかにキスされているのに、そう目くじら立てるな、だと？　減るもんじゃなし、だと？

「おまえ、おかしんちゃうんか！　あんなやつにっ……！」

「どうしてもイヤなら柏木もふり払うさ。黙ってさせてるってことは、そうじゃないってことだろう？」

冷水を浴《あ》びせられたような気がした。瞳一郎があいつとキスするのを嫌がってないだって？

「……っつ！」

突然、伊集院がうめいた。瞳一郎から一歩退く。形のいい口端から、血が細くしたたり落ちていた。

「……情熱的だね」

SYUMEIKAN

血を舐《な》め、艶やかに微笑む伊集院に、くちびるについた唾液を舌で舐めとりながら瞳一郎がうそぶく。

「特別サービスだ。……もう行くぞ」

石像のように立ち尽くしていた大志の腕を乱暴に引っぱり、後も見ずに歩き出した。扉を閉めたところで、だれかの怒号が聞こえてくる。

「逃がすな！　《互助会》のことを知られたとあってはっ…」

続いて、伊集院の静かな声。

「ルールに従いたまえ。口止めは柏木が責任を持ってするだろう」

瞳一郎が大志をふり返り、眉を上げて肩をすくめる。

「というわけだ。俺の顔をつぶすようなことはしてくれるなよ」

黙りこんでいる大志に気づいていないのか、瞳一郎はくくく、と喉の奥で楽しげに笑った。

「おまえと霧ヶ峰がバカやって引っかき回してくれたおかげで、かなりの現金と運営委員の座が手に入りそうだ。感謝しなくちゃならんな」

「委員て……そんなええもんなんか？」

「色々特典は多いが、胴元になってオッズの設定ができるのが一番の魅力だな。世襲制になってたから、どう食いこもうかと思案してたんだ。おまえ、今日は絶妙のタイミングだったぞ。厄介《やっかい》なやつは急病でいなかったしな」

心底うれしそうにほくそ笑んでいる。まるで、大志を助けたのはただのついで、みたいな言い方。

ああ、そうか、と思った。瞳一郎とはこういうやつなのだ。どんな状況であっても利用できるものは利用し尽くして、自分にとって最大限の利潤《りじゅん》を追う。チェスの勝負を受けたのだって、結局のところ自分の利益のためだ。大志を助ける、それだけの理由では動かなかっただろう。その後ろにきっちりと計算が働いていたのだ。

むかむかした。自分がすごく軽く扱われたようで。瞳一郎にとってそんなに大事じゃない存在みたいで。つかまれていた腕を乱暴にふり払う。瞳一郎がいぶかしげに眉をひそめた。

「なんだよ?」

なにかをぺしゃんこにされた気がする。大事な、なにか。大志にとって、とても重要な、なにか。

「……よかったなあ、おれがアホなことしたさかい金も委員とかも手に入ってて」

精一杯の、イヤミ。ちょっとでも伝わればいい。大志は傷ついてるんだってことが。

「おまえて、ほんまごっつい商売人。頭ええもんな。なんでも自分の思う通りになって、ご機嫌さんやん。あんまりデキすぎとるからマジ機械みたいで怖なるわ。人のことなんか、こっから先も考えてへんとこあるしよ。めっちゃ底冷たて、人間ちゃうんちゃうかて、たまに怖《おと》ろしっ……」

言いすぎた、とくちびるを噛んだ時には、瞳一郎は不気味なほどの無表情で目を据《す》わらせていた。

「……助けてやったのに、その態度はなんだ?」

ひやりとするような声音に、身が縮《ちぢ》まる。大志が答えずにいると、瞳一郎はあきれたようなため息をもらして、きびすを返した。記念館のほうへ戻ろうとしている。

考えるより先に、去ってゆく相手のジャケットへと手が伸びていた。

「うそっ。ごめん……助けてくれて、ありがとおっ」

瞳一郎が驚いたように大志をふり返り、それから少しだけ口元をほころばせた。

「……まったく、おまえの美点はその素直さに集約されるな」

とん、と肩を押される。そばにあった樹の幹に背中がぶつかった。なにすんねん、と咬《か》みつきかけて、言葉を呑む。

白い顔がすぐ目の前に迫っていた。整ったそれは、三十度ほどななめに傾いている。まるで——そう、まるでキスしようとしてるみたいに。

とっさに目をつむる。そうだと、思ったから。キスされると、思ったから。

けれど降ってきたのは薄いくちびるじゃなく、からかいの言葉だった。

「……キスされるとでも思ったか？」

全身の血が逆流するかというほどの羞恥。開いた目に映る、頬をゆがめて皮肉そうに笑う瞳一郎の顔。

「安心しろ。おまえとだけは絶対にしない」

息がかかるほどの距離で、愛を告白するように、熱っぽく。

「……おまえとだけは、絶対にな」

一瞬、くちびる同士がふれ合ったかと思った。

その感覚が本物か、それとも気のせいか、判断がつかずに息を詰めている間に、瞳一郎はいつもの口調に戻って。

「さて、では約束を守ってもらおうか」

言うなり、ズボンのポケットに手を突っこんできた。財布が引き抜かれる。

「おいっ！」

「二カ月分の小遣いとは豪気《ごうき》じゃないか。写真集の件も忘れるなよ」

ひい、ふう、みい、と札を数えて自分の懐《ふところ》にしまってしまう。小銭まできっちり取り上げられた。

「いやー！　おれの全財産っ！」

カラになった財布を逆さにふって半泣きになっている大志に、瞳一郎、せせら笑って冷たく言い捨てる。

「もうすぐ正月だろ。お年玉もらえ」

「おばあちゃんが全部貯金してまうんじゃー！」

「じゃ、せびれ。その顔を存分に活《い》かして、年上有閑マダムに。言っとくが、俺は絶対全額取り立てるぞ」

ひらひらと手をふって、記念館のほうへと消えてしまう。

「うそやろ……もうデートも買いもんもできへんやんか……うっうっ、マジ援交してまうぞ……」

地面にへたりこんで嘆き哀しんでいた大志、ハッと気づいて、がばりと顔を上げた。

「ちょお待て！　そんなことより、おれとは絶対キスせえへんて、どういうこっちゃねん！　あのえろえろホモ男とかてしたくせに、おれとは絶対て、そら一体どないな理屈やねーん！」

叫んでも、消えた瞳一郎から返事が返ってくるはずもなく、ただただ空《むな》しい沈黙があるばかり。

夕闇が降りてきた松陵の校舎脇に、途方に暮れてひとりたたずむ。

「助けてくれたさかい、ええんやけどな……」

――――安心しろ。おまえとだけは絶対にしない………

「しゃーないなあ。約束やし、ホモセクハラのことは許したるわ……」

――――おまえとだけは、絶対にな………

くるりと回れ右する。校門に向かって、できるだけ楽しそうに、スキップなんかしながら歩いてく。

「あーうれし。おれとだけは絶対やて。めっちゃ安心するわー」

スキップスキップらんらんらんっ。

「おれ、ホモちゃうもん。男とキスなんか冗談ちゃう。せやし、ほんまめっちゃうれしいぞー」

スキップ、スキップ。らんらん…らん。

「……なーんやねん。死ぬほど体さわりまくっといて、キスはせえへん、やて。なんじゃらほい、や」

スキップする代わりに、転がっていた小石を、こつん、と蹴る。

さっきのキスシーンが目の裏でちらついた。抵抗もせず、伊集院にキスさせていた瞳一郎。そう。あの時、瞳一郎は眉ひとつひそめていなかった。嫌がるそぶりを少しも見せなかったのだ。

突然、得《え》も言われぬ衝動が突き上げてきて、大志は背後をふり返った。薄闇を透《す》かして記念館の灯《あかり》が見える。瞳一郎のいる、記念館の灯。

それに向けて、ほとんどやけくそで、大志は叫んだ。

「おれかて、おまえとなんか絶対したないわ、ボケっ！」

そうして、びっくりしている松陵生の幾人かを突き飛ばし、バカみたいに全速力でその場を逃げ出した。


「ああ……お陽さんが黄色い……」

よろよろとよろめきながら学校の門をくぐる。と同時に四限終了のチャイムが聞こえてきた。

祖母にバレたらすごい雷が落ちそうだが、実は今の今まで六つ年上のＯＬのマンションにいた。その前は女子高生とラブホテル、その前は旦那が出張中だと言う人妻の家、その前は……覚えていない。とにかく、土曜の夜から、今日、月曜の朝まで、家にも帰らず女の子たちと寝まくってやったのだ。持って行き場のない、なんだかもやもやした気持ちがあって、それがうとましくて消し去りたくて、女の子たちに死ぬほどキスの雨を降らせた。

「キス、かあ……」

のろのろと教室に向かいながら、つぶやく。女の子たちのくちびるはやわらかい。少し口紅の味がして、シャンプーやコロンの香りが漂う。大志の大好きな味と香り。

「ちえーや。おれにはぎょうさん女の子がおんねん。めっちゃモテとんねん。わかったか、ボケ」

だれに対して毒突いているのか自分でもよくわからないまま、教室の扉を開ける。四限目が終わったばかりの教室内には、瞳一郎の姿も想平の姿もなかった。学食へでも行ったか、と少しばかりほっとする。

どうしてなのかわからないけれど、瞳一郎と目を合わせたら自分が混乱するような気がしていた。

カバンを机に引っかけて五限目の用意をしかけ、空腹なことに気づく。そういえば昨夜《ゆうべ》からなにも食べていない。食欲より性欲が勝っていたということか。ちょっとした自己嫌悪を感じて、嘆息する。

購買へ行こう、と教室を出た。ポケットに手を突っこみ、階段を下りながら、ふと思う。

瞳一郎はもしかしたら生徒会室かもしれない。実は面倒くさがりで無気力っぽい犬伏と、変人副会長、バンビ庶務、それに正体不明の（ついぞ生徒会室で見かけたことのない）書記って仲間で、仕事をしてるのかもしれない。だったらちょっと覗きにいって、土曜はあの後どうなった？　と訊くのは悪くないアイディアだ。他の人間がいるなら、このおかしな緊張感も薄れるような気がする。

ちゃんと帰れたんやろか……。

もしかしたら電話がかかってくるかもしれないと携帯の電源は入れっぱなしにしていたのに、瞳一郎からの連絡はなかった。

まさか、あの伊集院ちゅうやつにあの後なんかされたんちゃうやろな……

急にひどい焦燥感に襲われ、ぐしょ、と髪を混ぜっ返す。ぐしょ、ぐしょ。

もやもやが、ぶり返してきた。瞳一郎と伊集院のキスしている姿が、考えまいとしても浮かんできて目の前で踊る。それと一緒に、瞳一郎の声が耳の底でこだました。

――安心しろ。おまえとだけは絶対しない。おまえとだけは、絶対にな…………

「……くそっ《つ》、なんやねん！　勝手にしたらええわ！　どないなっても知るかっ」

悪態を吐き、購買へと廊下を曲がる。前から来た生徒のふたり組が、大志を見てぎょっとした表情になった。続いて忍び笑いをもらし、ひそひそと小声で何事か言い合っている。

なんや？　といぶかしく思っていると、購買方向から来る生徒皆が、大志と出会《でくわ》すたび同じ反応を見せることに気づいた。ぎょっとして、笑って、ひそひそ。

なんだかイヤな予感がする。

背筋がぞわぞわしてきて、大志は購買まで走った。走って、購買前に人だかりができているのを見つけ、しかもその人だかりは校内新聞を買おうとしているやつらの群れだと悟り、絶望的になる。イヤな予感大的中だ。

眉を吊り上げて、そばを通りかかった一年から新聞を引ったくる。一面に目を通し――絶叫。

「なんじゃ、これっ！」

『三角関係発覚！　柏木、二股かっ？』という朱文字の下に、でかでかと二枚の写真が添《そ》えられている。一枚はあのクソ忌ま忌ましいえろえろホモ男に瞳一郎が無理やりキスされている写真、もう一枚は……目をつむった大志が瞳一郎にキスされてるように見えるもの。土曜の、あの樹に押しつけられた時のやつだ。

「きりがみねえええええ！　逃げてへんかったんかあああ！」

どぴゅん、と廊下を新聞部部室へと駆け抜ける。ドアを蹴り倒す勢いで中へ踊りこんだ大志を、悪びれない笑顔が出迎えた。

「よおよお、我が部の功労者。来ると思って待ってたぜ。さっき売り出したとこよ。いやー、売れてるの売れてねえのって、もう笑いがとまりません状態よ」

うかかかか、と高笑う霧ヶ峰の喉を、本気で締め上げる。

「おーのーれーはー。土曜はおれを置いて、ようも逃げてくれたなあっ」

「気にするな。オレは全然気にしてねえから」

「おまけになんじゃ、この写真はっ？　逃げたフリして隠れてこんなん撮っとったんかいっ！」

「おうよ見ろ見ろ、このそそるアングル！　いやもうオレってば天才っ？　狙い通りのナイスショット！」

この学院ゴシップの鬼には、罪悪感というものが欠如しているらしい。

「狙い通りて……おまえ、生徒会の悪さの証拠つかむ言うとったんちゃうんかっ？　こんなアホな写真、撮っとる場合ちゃうやろが！　証拠つかんで言うこときかせまくりの命令しまくりて言うとったやんけ！」

大志がわめくと、霧ヶ峰、カラーメタルのブロウタイプメガネを、ちゃきん、と押し上げて。

「杵島クンさあ、本気でオイラが生徒会に逆らうようなマネすると思ったワケ？　この霧ヶ峰サンがよ？」

にまにまにま。有名な児童小説に出てくるチェシャ猫そっくりのニヤけた笑いを浮かべる。突つくと蛇が出る薮には、決して近づかない。それが、新聞部部長、ヤリ手の霧ヶ峰の絶対鉄則。

「ほんだら、おまえ、なんで……」

混乱して、目が泳ぐ。わけがわからない。

「さ、なんででしょ。ちょいと考えてみなよ。オレはね、ぜってー部長の座を譲り渡す気はねえの。そのためなら、なんでもすんの。で、生徒会はオレにとっちゃ最後のストッパーなんだな、これが」

ますますわけがわからない。

こんがらがってる大志ににやりと笑んでみせ、霧ヶ峰は足元のダンボールをがさごそと探った。

「ま、愛《いと》しの瞳一郎クンとせいぜい仲良くやんな。かなりイケてるぜ、あのダンナ。おまえをトーナメントに来るよう仕向けた手際《てぎわ》にゃもう感動もんよ。緻密《ちみつ》な計算術にシビレちゃうね。びっくらこくほど、おまえの性格やら行動パターン、把握しまくってるみてえだしよ」

ダンボールから幾枚かの紙きれをつまみ上げ、それをひらひらさせながら、ウインクしてくる。

「うちの生徒からも続々と応援メッセージが届いとります。一部、紹介しましょか。『やったぜ柏木！男の敵、タラシの杵島をオトしてくれてサンキュー』『杵島先輩に感謝したいです。柏木先輩を絶対離さないでもらいたいです』『女に目が向かないよう、あいつらふたり一生ホモ道をひたすら歩んでくれますように』『男に目覚めてくれてよかった！　やつらには二度と駅前でナンパしてほしくない』……嫌われてんね、おまえら。そして多数の『ありがとう霧ヶ峰！　このうれしい事実を暴いてくれて』。おおう、オイラってば、めちゃ感謝されてんじゃねえかよ、まいったね」

脳天から脳味噌が吹き出そうになる。この学院のやつら、全員皆殺しにしてやりたい。いや、その前に最大元凶の目の前にいるこいつだ。

「シ、シバク……シバキまくったるで、霧ヶ峰っ……覚悟せえやっ」

「えー、それはヤメといたほうがいいんじゃない？　生活指導の先生方も見てらっしゃるし。きみの後ろで」

いきなり口調の改まった霧ヶ峰の指摘に、恐る恐る背後をふり返る。そこにはまさしく、恐怖の生活指導カップル、体育教師《ランボー》安藤《あんどう》と、数学女教師《ネチ子》佐竹《さたけ》の姿が。しかもランボーが手に持っているのは、もちろん、校内新聞で。

大志、真っ青になってぶるぶるかぶりをふり、後退《あとずさ》りをはじめた。

「いやっ、ちゃうんです先生っ、これはなんかの間違いなんですっ」

必死で否定しているのに、口をすぼめたネチ子は、背筋の寒くなるようなやさしい声で、なだめるみたいにうなずいた。

「なんの間違いかは指導室でゆっくり聞いてあげますよ、杵島くん」

「ちゃう言うてますやんっ、マジおれは女の子が好きなんですてっ」

ランボーが、いかにも頼れる兄貴ヅラを作って迫ってくる。

「まあ一緒に来い、杵島。先生とじっくり話し合おう。な? 先生、おまえをおかしいだなんて、ちっとも思わないぞ。ちゃんと話そうな。なんでも相談に乗るから……」

「いやー! 先生までおれがホモやと思てるううっ!」

「一時の気の迷いなのよ、杵島くん。きっとお父様と離れて暮らしているのが原因ね」

「大丈夫だ、杵島。この手のトラブルは男子校ではよくあることなんだ。一過性のものなんだぞ」

教師ふたりがにこにこ笑いながら大志をつかまえようと手を伸ばしてきた。その様《さま》ときたら、まるきり人攫《ひとさら》いのおばさんとおじさんだ。

逃れる術《すべ》はないかと、必死で辺りをきょろきょろ見回す。けれど、あるのは霧ヶ峰のイヤったらしいチェシャ猫笑いのみ。しかもこの男、この期《ご》に及んで大志の追いつめられる姿を例のペン型カメラで撮っているのだ!

世の中の不条理さに泣き出しそうになった大志、喉も嗄《か》れよと絶叫した。

「おれはホモちゃうんじゃ、ボケ――――ッ！」

芽《め》が発《で》る

杵島《きじま》くんて、きれいやなあ。

大志《たいし》って、めっちゃカッコええわ。

女の子たちにそう言われるのが、大好きだ。賛辞の言葉は大志を強くしてくれる。もっと言ってほしくて、少しの誉《ほ》め言葉じゃ満足できなくて、だから色んな女の子につい手を出してしまう。そして、貪欲《どんよく》に要求するのだ。もっと言って。もっと誉めて。おれを。この、杵島大志を。

いつか、つき合っていた女の子のひとりが、大志にこうたずねてきたことがあった。

「杵島くんて、いっつもだれかに『きれいやねえ』って言うてもらわへんかったら安心できひんみたい。何回も何回も『おれて、きれい？』て訊《き》いてくるやん？　なんかの合い言葉みたいや。自分で自分のことめっちゃ美形とか言うてるくせに、自信あるんかないんか、わからへんわ。一体なんやのん？」

くすくす笑った女の子の顔は、もう覚えていない。

平均値をはるかに上回る長身。手足は存分に長い。道を歩くとほとんどの女の子がふり返って見る、そこいらのタレントや俳優なんかよりずっと整った顔立ち。けれど近寄りがたい雰囲気ではなくて。女の子にモテる要素は、大志には十二分にある。それでも人間というものは、いつだって確認したいものなのだ。自分が本当に「そう」であるのかを。

「きみ、ほんまは女なんか嫌いなんでしょう？」

そう指摘したのは、学校の先生だった。かなりの美人で、旦那さんとはお見合い結婚だと言っていた。きっと大志の気を惹《ひ》きたかったのだろう。あんなバカげたことを言うなんて。だって大志は女の子が大好きなんだから。

でも、彼女はとてもやさしかった。やさしくて、居心地がよかった。たまにしか「きれいよ」と言ってくれなかったけれど、彼女の「きれいよ」は他の女の子の「きれいよ」の十倍くらいの価値があった。

がらんがらんと鈴を鳴らし、ぱんぱん、と柏手を打つ。新年初めの願い事は、ちょっと迷ってやっぱりいつもの『いっぱいの女の子といっぱいつき合えますように』にした。

閉じた目をちらりと開いて、隣をうかがう。縁なしメガネをかけた瞳一郎《とういちろう》は、いつになく神妙な面持《おもも》ちで何事かを願っていた。多分、『京万長者にならせろ』だとか『所得でビル・ゲイツを超《こ》えさせろ』なんて内容だろう。去年、想平《そうへい》と三人で瞳一郎ん家《ち》の近所にあるこの神社に参りに来た時、なにをお願いしたかと大志が訊いたら、前述の答が返ってきたからだ。語尾が命令調なのはマズいんじゃないかと想平が提言すると、瞳一郎、ふん、と鼻で笑って。

「俺が京万長者になったらこの神社だって美々しく建て直され、巨額の奉納金で潤《うるお》うことになるんだぞ。つまり俺はパトロン様ってことだ。なんだってパトロン様がへりくだった態度を取らなきゃならん?」

想平とふたり、一生こいつの願いが叶《かな》いませんように、と願わずにはいられなかった、去年の元旦の話。

ふい、と瞳一郎が顔を上げた。こっちを向いたので、目と目がばっちり合う。あわてて言った。

「な、なんか食べよかっ」

うわずってしまった自分の声に腹が立って、逃げるように石段を駆け降りる。

今年は想平が槙《まき》と旅行だとかで、瞳一郎とふたりでの初詣(というには近所でお手軽だが)だ。誘われた時、本当は断ろうかと思っていたのだけれど、このためにドイツの両親の元へ行くのを一日遅らせたと恩着せがましく言われ、やむなくつき合うことにした。

「おまえがひとり淋しく『ゆく年くる年』見てるかと思うと、哀れでな」

そう言った瞳一郎に、一緒に行ってくれる女の子なんか掃《は》いて捨てるほどいる、と切り返そうとしたけれど、やめておいた。ホモセクハラもぴたりと止《や》んだし、期末試験では大いに助けていただいた。ここはひとつおれが大人になったろか、と思ったわけです、やさしい大志クンとしては。

色とりどりのお守りや破魔矢、絵馬なんかが置かれた社務所前で、瞳一郎が追いついてくるのを待つ。ゆっくりと石段を下りてくる、うつむき加減の白く整った顔を、口を尖《とが》らせて眺めた。

まったく、去年の暮れはこいつのせいで散々だったと思う。校内新聞でホモにされるわ、ヤバいとこに忍びこむハメになるわ、挙げ句の果てに生徒指導室への呼び出しだ。生活指導カップルに攫《さら》われて指導室へと放りこまれた時には、正直真っ青になった。ホモだなんてとんでもない濡《ぬ》れ衣《ぎぬ》を着せられて親呼び出しということにでもなったら、祖母は怒りのあまり卒倒していただろう。そうならなかったのは、瞳一郎のおかげだ。大志より先に指導室に入っていた瞳一郎は、まずランボーとふたりきりで話したいと申し出、どういう手を使ったものやら、三分で相手を丸めこんだ。指導室から出て来たランボーの、手の平を返したような、あの態度ときたら。瞳一郎にへこへこ頭を下げて揉《も》み手をせんばかりだったのだ。続くネチ子は少し手間取り、けれど十分少々で見事陥落。指導室をふらふらした足取りで出て来た彼女の恍惚とした表情は、三週間経《た》った今でも忘れられない。

一体、中でなにが起こったのか。そんなことは怖ろしくて訊けないけれど、助かったのは事実だ。今回のことは新聞部の行き過ぎたヤラセ記事だということで不問に処すとのお沙汰が出た時には、安堵《あんど》のあまり廊下に座りこみそうになった。(もっとも生徒間では、大志ホモ化説はすでに希望的事実として認知されてしまっている。モテない男どもはヒガミ度数もハンパじゃないのだ)

つらつらそんなことを思っている大志に、瞳一郎が追いついた。もしかして、といつもと変わらぬえらそうこの上ない態度で隣に並んだ男を見て思う。こいつの辞書には『不可能』という文字はないのかもしれない。『危機』って文字もだ。『弱み』もない気がする。

「…おい、なにバカ面《ヅラ》しかめてんだ。空《カラ》の脳味噌でなに考えたって、百年かけても答なんか見つからんぞ」

「きー！　おまえ、ほんっま、ムカつく！　イケズ！　ボケ！　一回死ね！」

「その言葉、熨斗《のし》つけてそっくり返してやる。なにしろバカは一度死ななきゃ治らんらしいからな。あ、死んで治る程度のもんじゃないか、おまえの場合。悪い悪い。おかしな期待を持たせてしまったな。失言だった。忘れてくれ」

「シバクっ……おまえも霧ケ峰《きりがみね》と一緒にいつか絶対シバキ倒したるっ……」

いつものボケとツッコミを交わしながら神社を出た。出てすぐの沿道に露店が並んでいたので、いくつか冷やかし、やっぱりたこ焼きをひと舟もらう。瞳一郎はこの寒いのに自販機でアイスコーヒーを買った。ふたりして鳥居前の狛犬《こまいぬ》像にもたれかかり、ダシがあかんなあ、なんて文句を言いつつ女の子を物色する。

「お、見ってん。今の着物の子ぉら、おれのことめっちゃ『おー』っちゅー目で見てったで」

「ああ、そりゃおまえが口端にたこ焼きソースくっつけてるからだ」

「うそっ？　どこっ？　どこについてん？　ああ、おれのゼツメツなんたら種の超貴重な美貌にっ…」

「絶滅危惧《きぐ》種だろ。まったく、おまえの脳細胞が絶滅してんじゃないのかと危惧するぜ、俺は」

またしても辛辣《しんらつ》なことを言い出した瞳一郎に、脳天チョップを入れる。もちろん、後で治療代なんか請求されないよう、ほんの軽くだ。(瞳一郎には「この俺様の精密な頭脳に衝撃を与えた」罰として、ぶつかってきた同級生から有り金残らず巻き上げた前科がある)

チョップのお返しに大志の靴(おろしたての新品!)を踏んづけた瞳一郎が、缶を置いてタバコを取り出し、火を点《つ》けながら訊いてきた。

「で? おまえ今年も大阪帰らないつもりか?」

「まあなー。帰ったかてしゃーないしなー。あ、あの女の子、可愛いやん」

「はぐらかすなよ。……おまえ、もしかしてこっち来てから一回も帰ってないんじゃないのか?」

この一年と半年のあいだ、いつ出るかと怖れてた質問。答えずに、たこ焼きをふたついっぺんに頬《ほお》ばる。

ツッコんでくるかな、と思ったら、意に反して瞳一郎はそれきり黙ってしまった。

カラになった舟をダンボールで出来たゴミ箱に放りこみ、指先についたソースを舐《な》める。

「……喉《のど》、渇いたなあ。なんか買《こ》うてくる」

決まりが悪くなって逃げ出そうとした大志に、瞳一郎が自分の缶を差し出してきた。

「飲めよ」

「あ、ありがとお……」

礼を言って受け取り、口をつけようとして、ハッと気づく。これって間接キスちゃうん?

「やっぱ、ええわっ」

赤くなってるかもしれない顔をうつむけて、缶を返した。瞳一郎が「おかしなやつ」とつぶやいて、戻ってきた缶を口元に持ってゆく。こく、と喉が液体を嚥下《えんげ》する音がして、大志はそうっと隣を盗み見た。

うつむき加減の、冷たく整った顔。その顔を、横から見たほうがきれいだと気づいたのは最近だ。睫毛《まつげ》が意外に長いことも、眉がアーチ型に美しく弧を描いていることも、鼻梁《びりょう》が優美なことも、それから――くちびるの形が、とても大志の好みなことにも。気づいたのは、全部ほんのつい最近。

瞳一郎が缶を傾けた。こく、と白い喉が鳴る。にぶい銀色の缶の縁《ふち》に押しつけられたくちびるに、目を奪われた。心臓がどきどきしだす。あせって目の前のくちびるから視線をもぎ離した。急いで提案する。

「そ、そろそろ帰ろか。おまえ用意あるやろ?」

もしかしたら自分はかなりの欲求不満なのかもしれない。

「おんどりゃ、なにチンタラ走ってけつかんねん、いてまうどワレッ! はよ行きさらせボケが!」

パパパパー! とクラクションを連続殴打で鳴らしながら、前を走る車に罵声を浴びせている運転席のくわえタバコの男。名を杵島悦己《えつき》という。大志の従兄弟《いとこ》で、母の弟である英一《えいいち》叔父のひとり息子だ。現在、大学二回生。東京に来て四年になるのに、未《いま》だドスの利《き》いた大阪弁を使う、ベタな関西人。

「おう、すまんすまん。あんましトロくさいもんやからイラチきてもた」

助手席で凍りついている大志に、男前な笑みが投げかけられる。祖父そっくりの甘い顔立ちを持つ大志と違い、どちらかというとキツ目の容貌の悦己は、祖母の品子《しなこ》の遺伝子を色濃く受け継いだようだ。シャープな美貌は、少しワイルドでかなりふてぶてしい性格と相《あい》まって、女の子たちを夢中にさせている。

「…ほんでやな、アマのツレんとこから帰りしな、テヅカの家にも寄ったんや」

テヅカの家とは、手塚山にある大志の実家のことだ(ちなみにアマは尼崎)。わざわざ携帯に電話してきて、デート帰りの大志をご自慢の赤のポルシェ（なんてベタさ！）で拾ってくれたのは、そういう話をするためか。

手に持ったえべっさんの笹をしゃらしゃらふる。商売繁盛、笹持て来い。東京に移ってからも、祖母は毎年必ず悦己に大阪の今宮《いまみや》戎《えびす》までこの笹を買いにやらせる。「あそこのえべっさんやないと、あきまへん」らしくて、悦己は大学の冬休みを利用して関西の友人に会いに行くついでに、少し早目の笹を分けてもらってくるのだ。

笹の先についた鯛《たい》や俵《たわら》の飾りをゆらしながら、大志はたずねた。

「えっちゃん、船場《せんば》には行かへんかったん？」

船場には大志の母が社長を務める杵島産業の本社ビルがある。曽祖父の代に創業された杵島産業は、当初ラシャ製品の販売を手がけていたが、戦後、百貨店ブランドの紳士服の製造卸で販路を拡大し、今は従業員七百余名、東京に支店を持ち、本社は船場に自社ビルを構えるほどの、中小としては大手に入る企業に成長した。祖父の功績だ。女遊びの激しい反面、商《あきな》いに関してはずば抜けたセンスがあったらしい。その祖父が亡くなった後、祖母の品子がしばらくのあいだ経営を視《み》ていたのだけれど、四年前、悦己の父と母（大志にとっては叔父と叔母）が離婚を決めたのを機に、大阪の本社を大志の母に、東京の支店を悦己の父に任せることにすると言い出した。

「へえ、あんたらがどこまで出来るか、見してもらいまひょ」

そう言った祖母に、大志の母は自信満々の笑みを浮かべ、悦己の父は空を仰いで面倒くさそうなため息を吐《つ》いたという。引き継ぎを終えると、祖母は叔父について東京に出た。叔父と悦己の世話をするため、プラス行動を監視するためだ。なにしろこのふたり、大志に輪をかけた女好きなのだ。

ぴろぴろと携帯が鳴った。悦己がじゃまくさそうに電源を切る。

「どうせ女からや、後でかけ直してくるやろ。…船場には行ったで。小遣《こづか》いもろてきた。ほんまビビんぞ。ほれ、おばちゃんにはワイとおとんの女好きバレとらんやろ？　おかんがおとんと別れたんも、おとんの気狂いじみた女遊びが原因やて知らんやん。ええ子ぉのフリすんのんも疲れるっちゅーんじゃ」

黙りこんだ大志に、煙をふうと吐き出し、言いさとすような口調で付け加える。

「おまえ、無器用すぎんねん。もっとうまいことやれや。ワイとかおとんみたいによ。口先だけで、ちょちょっとな。おばちゃんの四角四面に正面からブチ当たっとったら、キツイこと言われるだけ損やど」

しゃらしゃら。笹をゆすって答えずにいると、悦己は嘆息して。

「蝶子《ちょうこ》と華子《はなこ》がな、お兄ちゃん、全然帰ってきてくれはらへん、て。おばちゃんにビビんのんもわかるけど、一回ぐらい帰ったれや。あいつらの中学の制服、見たことないやろ。ごっつ可愛《かい》らしで」

中学二年生になった双子の妹の話題は、かなりの罪悪感を大志に抱《いだ》かせた。それでも母に対する恐怖心には打ち勝てない。あの母の冷ややかな視線と侮蔑《ぶべつ》の言葉には。関西空港での見送りの際、大志をお払い箱にしてせいせいしたという顔をしていた母の元に、今さらどのツラ下げて帰れるというのだろう。

口を閉ざしている大志に、悦己がハンドルを大きく切りながらつぶやく。

「この話んなったら、だんまりやの。いっつもアホベエみたいにノーテンキなおまえがよ」

「アホベエみたいにはよけいや。えっちゃんにはわからへんわ、おれの気持ちなんか」

「カッ。かいだるいやっちゃのお。ガキがお母ちゃんに構《かも》てもらえんでスネとるだけちゃうんか？」

「そんなんちゃうわっ」

「へーへー。そら、すんません。おら、着いたど。シャッター開けてこんかい」

急《せ》かされ、しぶしぶ車を降りて、ガレージ脇のドアをくぐって中からシャッターを上げる。車高まで上げたとたん、悦己が乱暴に車を入れてきた。エンジンを切るのももどかしそうにキーを抜き、ドアを手荒に開けてすべり降りる。せっかちなところは昔から変わらない。

「まあ、おばちゃんと離れとったほうがおまえにはええかもしらんの。女ともヤリ放題やしのお」

いやらしげな含み笑いなんかして、くわえたタバコをぴん、と床に落とし、靴先でねじ消している。

「せやけど、気ぃつけえよ。女いうんはうまいことやらんと、キレたらなにするかわからんさかいな。ヤバなったら爽《さわ》やかに迅速に歯切れようバイバイするこっちゃ」

相変わらずヨゴレな発言をしてトランクから荷物を出している従兄弟に、ためらいつつ訊いてみる。

「なあ、えっちゃん。おれ…の、ツレの話やねんけどなっ。そいつ、好きやないやつともキスすんねんけど、お…えーと、ある娘《こ》ぉにおまえとだけはキスせえへん言うてんて。それて、どないな意味やろ」

「そら、嫌いっちゅーことやろ。はっきし言うてむちゃくちゃ嫌われとんぞ、その女」

事も無げに断言され、大志、ショックで色を失う。

「ほ、ほんだら、キスはせえへんけど体さわりまくりっちゅーのんは？」

「そら、ただの体目当てやろ。ワイかてヤルだけの女とはいちいちキスせんど。ツッコんで、終わりや」

なんだか目の前が真っ暗になった気がする。体目当て……いや、それは瞳一郎が単に大志のホモ嫌いを矯正するための行為だからナイとして、キスもしたくないほど嫌われてるというのは………

「な、なあ、えっちゃん。瞳一郎のこと、どない思う？」

「は？　あの学校のねきに家ある子ぉか？　うっとこのババアにウケのええ？　どない思うて？　そら…」

ははん、と納得顔になり、にやにや笑ってよっこらしょと荷物を肩に担《かつ》ぐ。

「あらぁ、かなりのタマやど。あいつやったらどんな女とでも顔色ひとつ変えんとキスどころかセックスかてするやろ。そいつが、その女とだけはキスせえへん言うたて？　くく、こら、わからんもんやのお」

わからんのはこっちや。出かけた言葉を吞《の》みこむ。わからんで、ぐちゃぐちゃになって、どないかなりそうや。あのえろ男とはキスしたくせに、おれとはせえへんやて？　ほな、想平とはどうやねん。犬伏とはするんかい。おまえとだけは絶対、いうんは、そういうことなんやろ？

ぎり、と奥歯が鳴る。どうしたことだろう。こんなに心がざわつくなんて。あんな一言で、動揺してる自分がいる。胸の奥に暗いなにかがひそんでいるようだ。獰猛《どうもう》で、御《ぎょ》しがたい、なにか。

突然、瞳一郎のあの白い端麗な顔を踏みにじってやりたい衝動に駆られた。澄ましたメガネを壊して、冷たい瞳に恐怖の色が浮かぶ様《さま》を見てやりたい。そして薄いくちびるに……

「わああ！　なに考えとんねん、おれ！　ヘンタイみたいやんけっ」

ぞっとするような自分の暴力的想像に愕然として、思わずわめく。悦己がぎょっとした顔で大志を見、続いてなんのマネか歯を剝《む》いてばちばちウインクしてきた。何事かといぶかしんで、後ろをふり返ると。

「おばおばおばおばあちゃんっ……！」

そこには、紅梅にかかる雪を刺繡した着物をりゅうと着こなす祖母、この家の実質権力者、悦己が影で『鬼ババ』と呼んでいる杵島品子が、ばばん、と立っていたのだ。

「えらい遅かったやないの、悦己。大志も一緒やったのん。笹はもろてきてくれましたんやろなあ」

「もちろんですわ、おばあはんっ。ほれ、大志が持ってますやろっ」

「おおきに、ご苦労さんどす。大志、おばあちゃんに寄こして。ああ、これやこれや」

きりっと整った顔立ちにはんなりとした笑みを浮かべ、やわらかな京言葉を話す品子は、京都の呉服問《ごふくどん》屋《や》から杵島家に嫁《とつ》いできた。人を見る目には確かなものがあって、要領のいい悦己も、祖母だけには頭が上がらないようだ。なにしろどんなウソもゴマかしも計算も、絶対に見抜かれてしまうのだから。

大志から受け取った笹を検分していた品子が、あれ、とつぶやいて柳眉《りゅうび》をひそめた。

「いやちょっと、この笹、端《はし》が茶色なってるやおへんか。足元見られましたな、あんた」

「……文句あんねやったら我《わ》がで行けや。難癖ばっかつけくさって、ほんま気ィ悪いババアじゃ」

小声でこっそり毒突く悦己に、品子、にっこりと微笑み。

「この車買《こ》うたったん、だれやったかいなあ？　おばあちゃん、お願いします、買《こ》うてくれたらなんでもします、どこへでも荷物持ちに行きます言うたん、だれやったかいなあ？」

またか…と悦己がげんなりした表情で大志を見る。祖母はなにかというと車のスポンサーであることを強調し、悦己にお使いを強要するのだ。大志にしてみれば、それくらい行ったったらええやん、と思うのだが、これが悦己には拷問らしい。まあポルシェでスーパーに行かされたり、祖母の俳句の会に迎えに行って若いツバメと間違えられたりするのが続けば、いやにもなるということか。

「そうそう悦己、留守中あんたに電話かかりどおしやったんえ。それもまあ、見事に女子《おなご》はんばっかりで。ほほほ。いや、せやけどあれどすなあ、最近の娘さんいうんは、変わった電話のかけ方しはるんどすなあ。『もしもし』も『杵島さんのおたくですか？』ものうて、いきなり『悦己いる？　悦己出してよ、悦己』やて。おばあちゃん、びっくりして思わず受話器戻してしもたえ」

悦己の顔が大きく引きつる。祖母お得意のやんわりチクリなイヤミ攻撃だ。このまま放っておくと際限もなく過去の悪行から現在の罪状までほじくり返されて、悦己ともども大志にまでその攻撃が波及する怖れがある。だもので、大志、悦己とすばやく目配《めくば》せで逃走手段を確認し合った。

悦己が叫ぶ。

「うおっ、おばあ、ゴキブリや、ゴキブリ!」

とたん、取り澄ましていた品子が、ぎゃあと悲鳴を上げて笹を放り投げ、ぴょんぴょん飛び跳ねはじめた。

「どこどこどこにおりますのんなっ! あああんたら、はよ殺しぃ!」

着物の裾《すそ》をはしたなくからげて、ひーひーとわめき立てる。その脇をべろべろべーと舌を出してすり抜け、悦己と大志は船に帆かけて、えやこらさと逃げ出したのだった。


「うわあ、ごっついなあ、ベルリンの壁やて! よかったなあ、想平っ」

どこにでも売ってるビニール袋に入った、これまたそこいらに落ちてそうなコンクリートの欠片《かけら》を目の高さにかざして大志が言うと、想平は金茶色の瞳をうさんくさげにすがめた。

「おまえ、なんかウソくさいものを感じねえわけ? 日本語で『ベルリンの壁』って書いてあるラベル付きの、十年以上前に崩れた壁のみやげものなんてさ」

「え……あ、ほんまや、日本語や。ほんだら、これパチもんなん、瞳一郎?」

「本物だ。現地では日本の植民地化が進んでいて、公用語も日本語になりつつあるんだ」

「ふわー、なんやわからんけど、ごっついなあ」

「ウソに決まってんだろ、騙されんなよ大志っ!」

三学期の第一日目。始業式を終えて、久々の瞳一郎の家での集まりは、おみやげ交換会と相成っている。

ドイツの両親の元に行っていた瞳一郎がいかにも怪しげな『ベルリンの壁』を大志と想平に寄こした後、今度は北海道スキー旅行に行っていた想平がきれいに包装された包みをふたつ、カバンから取り出した。

「わあ、『ロイズ』のチョコやん！　女の子が好きやねんな、ここのん」

素直に喜ぶ大志の横で、瞳一郎が意地悪くくちびるをゆがめる。

「えらく気が利いてるじゃないか、想平。おまえにしちゃ上出来だ」

う、と詰まった想平、しぶしぶと。

「……槇が用意しといてくれたんだよ」

「そんなことだろうと思った。抜け目ないな、あの男。おまえん家にはもっと豪勢なみやげが用意されてただろ？　えっち旅行の後ろめたさを豪華みやげでゴマかそうとしてるのが見え見えだぜ」

あからさまな瞳一郎の言に、どかん、と想平が爆発する。

「ええええっち旅行ってなんだよ、てめえ！　おれおれおれら、そんっ…」

「昼と言わず夜と言わずヤリまくってたんだろ。息子が男と淫行にふけってたなんて知ったら親は泣くぞ」

やりこめられてグウの音も出ないらしい想平が、真っ赤になって瞳一郎を恨みがましく睨《にら》みつけ、手近にあったクッションを壁に叩きつけた。マズい。キレて暴れる兆候だ。大志と同じにその気配を察知したらしい瞳一郎が、すばやく腰を上げる。

「茶でも淹《い》れてきてやるよ」

「待てー！　おまえ、いっつもいっつもズッコイぞ！　ふたりきりにせんといてー！」

叫びは閉じたドアに跳ね返された。恐々ふり返る。恐怖の三白眼《さんぱくがん》で睨みつけられるかと思いきや、想平は不思議そうな表情でたずねてきた。

想平'ダーリン
槇圭介

「おまえ、どうしちゃったわけ？」

「な、なにがや？」

「いつもならおれと槇の話題になると、『ホモはあかーん！』だの『槇は人類の敵ー！』だのわめくクセにさ。今日はヤケにおとなしいね」

なんで？　というふうに首を傾げられ、困惑する。そういえば、どうしてだろう。今まではあんなに不快に思っていたことなのに、そんな気持ちが消えている。

自分でも気づいていなかったことを指摘されてとまどっている大志に、想平がいきなり声をひそめて。

「ま…さか瞳一郎とマジどうこうなってんじゃねえよな？　校内新聞の写真はヤラセだって聞いたけど…」

仰天して飛び上がる。

「ヤヤヤヤラセに決まってんやろ！　あ、あっほちゃん、おれおれと瞳一郎がやてっ…冗談ちゃうぞっ！」

「そうだよな。……なんかおれ、バタバタしてて新聞のこと知らなかったからさ。あの時おまえ困ってたんじゃないかって……相談されたのにシカトしちゃったし。だから……」

ごめんな、と頭を下げられ、感無量になってしまう。なんてまあ、まっすぐなお言葉。瞳一郎なら舌を抜かれても言わないだろう、やさしいセリフ。ああ、きゃつに想平の爪の垢《あか》を煎《せん》じて飲ませてやりたい。

「想平、やっぱおまえはええやつや！　一生友達でおろなっ」

「当たり前だろっ」

がっしと抱き合い、友情（まともな）を確認し合っていたふたりを、無粋《ぶすい》な携帯電話の呼び出し音がジャマした。音源は机の上に置かれた瞳一郎の携帯。

「おーい、瞳一郎！　ケータイ鳴っとんで！」

呼んでも応えがない。放っておけば留守番モードに切り替わるのだけれど、なぜだか気になって、大志はぴろぴろうるさい携帯を取り上げた。何気なくディスプレイに視線を走らせ、そこに表示された名前を見て、頬を強ばらせる。

「なんだよ、どしたの？　……伊集院《いじゅういん》？　知らない名前だな。瞳一郎の友達かよ？　大志、知ってんの？」

大志の肩越しにディスプレイを覗きこんだ想平が、たずねてきた。それには答えず、ゴシック体で表示された『伊集院』という字を睨みつける。存在を誇示するように浮かび上がる、文字。

なんだってこいつが瞳一郎の携帯の番号を知ってる？　もちろん、瞳一郎が教えたからだ。そして瞳一郎もこいつの電話番号を知ってる。ディスプレイに名前が表示されるということは、短縮ダイヤルに登録されているということなんだから。

どうして瞳一郎に電話をかけてきた？　用があるからだ。どんな用？　あのクソったれ《互助会》のことか？　それなら会長である犬伏に連絡すればいい。わざわざ瞳一郎に電話してくる必要はない。

一体、なんの用やねん？

胃の辺《あた》りがむかむかした。記憶が薄れかけていたところに、これだ。思い出すまいとしても、チェス・トーナメントでの伊集院と瞳一郎のキス場面が生々《なまなま》しく蘇ってくる。

我慢できなくなって、留守番モードに切り替わる寸前で通話キーを押してしまった。耳に当てる。一拍置いて、ヴァリトンが聞こえてきた。

『私だ。さっさと出たまえ。出られない状況を色々と想像してしまうじゃないか』

「………」

『……もしかしてだれかとお楽しみ中だったかな？　なら、後ほどかけ直すが』

「……二度とかけてくんな、ボケ。死ね、いっぺん。アホ。カス。ホモ」

優に十秒の沈黙の後、電波の向こうで弾《はじ》けるような笑いが起こった。

『杵島大志くんだね？　これはこれは……柏木はいるかな？　替わってほしいのだけれど』

「おれへん！　おっても替わったるか、ボケっ。用やったら、おれに言え。伝えといたる」

『きみには言えないね。……よろしい。やはりかけ直すことにするよ。柏木に、甘い口説《くど》き文句を披露できなくて残念だった、代わりに千のキスを送ると伝えておいてくれたまえ』

「アホか！　死んでも伝えるか！　絶対、二度とかけてくんな！　番号消しといたるわ！」

わめく大志の耳に色っぽい笑い声を残して、伊集院は電話を切ってしまった。怒りが身の内をひたす。

口説き文句だと？　冗談じゃない。あのえろえろ男、そんなことで電話してきたのか？

「お、おい大志、いいのかよ？　瞳一郎にかかってきた電話だろ？　マズいんじゃ…」

「うっさい！　ええんじゃ！」

ムカつくムカつくムカっつく！　腸《はらわた》が煮えくり返りまくり、血が沸騰しまくる。そうして大志が地団太踏んでいきり立っているところに、当の瞳一郎がひょいと顔を出した。カップを載せたお盆を掲げている。

「おい、今、携帯鳴ってなかったか？」

そのあまりにノンキで無防備な様子に、なぜだかよけい怒りが燃え上がってしまった大志、瞳一郎に人差し指を突きつけ、わめき立てた。

「おま、おまえっ…あのっ…あのあっ…あっ…あろっ…あいるっ……」

怒りのあまり、舌が固まってしまってうまく動かない。やっきになって手足をばたばたさせる。

それを見た瞳一郎、想平に意味深な目配せをし、気の毒そうな声で告げた。

「いつも言ってるだろ。おまえの脳は処理能力の限界を感じると言語障害を起こすパーでプーな脳なんだから、極力むずかしいことは考えるなって。まったく、バカの考え休むに似たりとはよく言ったものだな」

大志の放ったパンチは、もちろん瞳一郎をかすめもせずに空を切った。


「……ん、きーじまくん。杵島くんてば！」

甲高い声に呼ばれて、はっと我に返った。腕にぶら下がるようにして大志を睨み上げているのは、ついさっき駅前でナンパしたばかりの女の子だ。Dカップの胸を押しつけてきて、ふふ、と笑う。

「今日はラッキー。実はあたし狙ってたんだ、杵島くんにナンパされんの。駅前うろうろしてェ」

ほんま？　とお愛想笑いしながら、大志は彼女を見下ろした。この娘、なんちゅう名前やったっけ？

「うちのガッコでも超人気だよ、杵島くんと柏木くん。あと槇くんとか。光徳《こうとく》の人ってカッコいいよねェ」

二十センチ下にある、よく動くくちびるには、きらきら光を反射するパール入りの口紅が塗られている。

それがなんだか毒々しいものに思えて、大志は少し顔をしかめた。

「いつも柏木くんと一緒だったのに、今日はひとりなんだね。なんでェ？」

残念そうにくちびるを尖らせる女の子から、ふいと目をそらす。

結局あの後、伊集院とは一体どんなつき合いなのかと問い質《ただ》す大志を、瞳一郎はのらりくらりとかわしてくれた。なだめてもすかしても、「ただの役員同士」なんてわかり切った答しか引き出せなかった。

嘆息して、髪をかき上げる。

すごく、腹が立っていた。生徒会であんな賭けをしているのも、伊集院たちみたいなやつらとつき合いがあるのも、大志は全然知らなかった。それだけでもムカついていたのに、追い討ちをかけるようにあの電話だ。腹立たしいことこの上ない。中でも一番気に食わないのが、「きみなんかより瞳一郎のこといっぱい知ってますよーん」と言わんばかりの伊集院の態度だ。そしてそれを肯定してるような瞳一郎の態度だ。なんだか……そう、なんだか仲間外《はず》れにされてる気がするじゃないか。

「ええやん、なんでも。瞳一郎なんかおったらジャマやし。それともきみ、3Pとか好きな人なん?」

「やぁだぁ、えっち。もうそんなこと考えてんだ。あたし、そこまで軽くないからねェ」

浮かれるDカップ少女からは見えない位置で、こっそりため息をつく。なぜだか、どこかがすうすうした。ひどく薄ら寒い感じ。寒風の中にシャツ一枚でいるみたいだ。

ひとり場違いな疎外感を感じている大志の肩に、だれかの肩が軽く当たった。たいしたことないだろうと無視して通り過ぎようとしたら、いきなり腕をつかまれて。因縁《いんねん》でもつけられるのかと思いきや、

「杵島大志くん?」

名を呼ばれた。にっこりと微笑む見知らぬ男の顔に、Dカップが、きゃあ、と黄色い声を発する。大志も一瞬、目を奪われてしまった。

頬にかかる長めの黒髪に、切れ長一重のくっきりした瞳。整った鼻梁に、微笑をたたえた弓なりのくちびる。派手さはないが、すこぶる端正な顔立ちだ。あどけないほど無邪気な笑顔が赤ん坊のそれを思わせる。背は高くて大志と同じくらいなのだけれど、どこか危なげで、ちょっと守ってあげたい系の雰囲気。ブリティッシュ・テイストな秀明館《しゅうめいかん》の制服が、育ちのいいお坊ちゃんという感じでよく似合っている。

そいつは間延びした朗《ほが》らかな口調で、自己紹介をはじめた。

「僕、秀明館生徒会副会長の音羽《おとわ》と申します。音と羽で音羽ね。先日のトーナメントではお目にかかれなくて残念でした。実は扁桃炎《へんとうえん》でふせってたんです。例の勝負のこと、後から聞いてびっくりしましたよお。伊集院てば色ボケしちゃって、僕がいない間に勝手なことして、すっごくムカつくって感じ」

訊いてもいないことをぺらぺらまくし立てた音羽と名乗る人物、次にやさしげな笑顔をDカップに向け。

「そちらのブスなお嬢さん、杵島くんはこれから僕と用があるので、とっとと消えてください。ああ、親切心から、ひとつ忠告しておきますね。その気味の悪い口、ぬぐったほうがいいですよお。ただでさえブスな顔が凶悪に醜《みにく》くなってます。それから太い脚を公衆の面前にさらすのは即刻やめて。歩く公害です」

痛烈なイヤミに、うきー！　とブチキレたDカップ、太いと指摘された脚で地面を蹴りつけ、後も見ずに走り去ってしまった。音羽がその後ろ姿を見送りつつ、うくく、と笑って言う。

「失礼。僕、少し女性が苦手なもので。いえ、正直に言うと嫌いなんですけれどね。……はっきり言うと、死滅してほしいくらい大っ嫌いなんですよお」

怖ろしいことを口にして、再び大志ににこりと微笑みかけてくる。

「一緒に来てくれませんか。本日は伊集院の使いで来たんですよ。彼があなたと話したいということで…」

伊集院の名が出たとたん、大志の眉間がぴきぴき引きつった。鼻の頭にシワを寄せてはねつけてやる。

「えろえろホモ男の使いやて？　けったくそ悪い、さっさとどっか行ってまえ。おれは話なんかないぞっ」

「えろ…彼、一応、僕の幼馴染《おさななじ》みなんですよね、あんまりひどいこと言わないでやってください。とにかく、そちらになくても、こちらには話があるのです。わがまま言わないで。ほら、キャラメルあげるから」

音羽がポケットからキャラメルの箱を出し、大志の目の前でふってみせる。

「…………おまえ、いっぺんシバくど？」

「ああ、キャラメル、嫌い？　ではチョコレートは？　ガムもありますよお？」

「……なめとんのか、ワレ」

ふふ、と音羽が余裕の笑みをもらした。一重の彫ったような瞳に、鋭い光が浮かぶ。

「なら、柏木瞳一郎では？」

「……なんやと？」

全身の血が凍る。音羽は大志の反応を楽しむように一拍置いた後、そっとささやいた。

「柏木瞳一郎くんをお預かりしてます。彼を無傷で帰したいなら、ご同行願いますよお、杵島大志くん」


「おい、マジで瞳一郎がなんかされとったら、おまえドツキまわしたるさかい、覚悟しとけやっ」

「そう何度も脅さないでくださいよお。気が弱いものですから、もらしてしまいそうになります」

気が弱いとはよく言ったものだ。悠然と歩く音羽の後ろについてゆきながら、大志はイライラと思った。もらすどころか、こいつ、やたら落ち着いてて こっちが怖いくらいだ。

こぶしを握り締め、込み上げてくる怒りを必死で抑える。結局、音羽にうながされて乗ったタクシーが着いた先は秀明館の学校正門前だった。両側に延々と続くレンガ塀と、そびえ立つ巨大な黒塗りの鉄門。

車中、瞳一郎の安否を気遣《きづか》う大志に、音羽は「だいじょうぶ、丁重に扱わせていただいていますよ」としか答えてくれなかった。どこにいるとも、だれといるのかも教えてくれなかったのだ。

くちびるを噛んで、思う。あの時の、伊集院からの電話。もしや、あれは瞳一郎を誘《おび》き出すためのものだったんじゃないか？　そうだとしたら、もっと追求するべきだった。瞳一郎の家に居座って、盗み聞きでもいいから内容を聞いておくべきだった。もし伊集院が瞳一郎になにかおかしな真似をしていたら……そんなこと考えたくもないけれど、もしそんなことをしていたら、絶対に許さない。絶対絶対、許さない。

自分の無力さに歯ぎしりし、音羽の背を睨みつけながら、鉄門をくぐる。勾配《こうばい》のある並木道を抜けると、中央に噴水のある英国式左右シンメトリーな庭園が開け、両翼に展開する白亜の殿堂がお目見えした。正面玄関扉上部には、クロスさせた校旗が仰々《ぎょうぎょう》しく掲げられている。まるでどこかの国の領事館だ。

重々しい扉を開けてエントランスに入ったところで、ふと、あることに気づいた。平日の月曜だというのに、この学校、生徒どころか教師の姿も皆無なのだ。ここに来るまで人っ子ひとり、見かけていない。

不気味に思って音羽にたずねると、創立記念で三日連続休みなのだという答が返ってきた。

「明日の火曜が創立記念日なんですけどね、日曜と合わせて、いっそ三連休に、ということになったんです。事務と警備の方が何人かいるのですが……ちゃんとなんとかしてるかなあ？」

含みのある言い方をして、ふふ、と笑う。

ぞっとした。本能的な嫌悪感だ。この慇懃無礼《いんぎんぶれい》な男には、なにか人の背筋をそそけ立たせるものがある。

磨き上げられた廊下を左翼側に進み、職員用エレベーターで四階へ上がる。燻《いぶ》し金のプレートが上部に取りつけられたドアをふたつ過ぎて、一番奥の扉前で音羽は立ち止まった。長い指先を曲げてノックする。

「入りたまえ」

聞き間違えようもないヴァリトンが応じた。その声で、理性のタガがはずれる。音羽がノブに手を伸ばすより早く、大志はドアを蹴破るようにして部屋の中へ踊りこんだ。

「瞳一郎っ！」

椅子《いす》にでも縛られているか、それとも伊集院に押し倒されているか。そんな状況を想像していたのに、目の前の光景はまるで違うものだった。

広いスペースに、楕円《だえん》の会議用机と肘掛《ひじか》けつきの回転椅子。椅子に座った面々はチェス・トーナメントで見かけた顔ばかりだ。各校生徒会役員たち。瞳一郎も光徳の生徒会メンバーと並んで窓側に座っている。

大志を見て光徳の四人が動揺しているのに対し、他校の役員たちは当然といった顔でくつろいでいた。

ぽかんとしている大志を、議長席に座った伊集院が手招きしてくる。

「こちらに来たまえ、杵島くん」

なにがなんだかわからなくて呆然としていると、音羽に背中を押されて伊集院の隣の席に座らせられた。

満足げにうなずいた伊集院が、場の一同をぐるりと見渡す。

「さて、では今回のゲームのルールを説明しよう。場所は我が秀明館校内と限定する。先ほど音羽と杵島くんが校内に入ったと同時に、全館の警報装置を作動させた。窓や扉から逃げ出そうとする者がいれば、すぐに警報が鳴る仕組みになっている。外には私の選んだ運動部の連中が控えていて、逃亡者には容赦のない制裁を加えることになっているから、おかしな気は起こさないほうが身のためだね」

ケイホウソウチ？　セイサイ？　この男、なにを言っているのだろう？

「武器の使用は厳禁。追手側は二名以下で行動。現在の時刻は……午後四時二十三分だね。ゲーム終了の午後九時まで四時間半、ひとりでもつかまらずに逃げ切れれば光徳の勝ち。《互助会》運営委員への加入を全員一致で認める。反対に役員四名全員が追手につかまれば、光徳の負け。運営委員の話は白紙に戻す。

……なんだね、原《はら》くん？」

ぶるぶる震える右手を挙《あ》げた原が、同じく震えて呂律《ろれつ》の回らない舌でたずねた。

「あの……な、なんのお話なんでしょう？　ぼく、さっきから、いみ、意味がわかんないんですけど……」

この質問に対して、伊集院、まことにあでやかな笑みを浮かべ。

「これは失礼。光徳以外の皆にはあらかじめ話を通しておいたものだから、ついルール以前の部分を省略してしまった。つまりだね…」

伊集院の後を引き取るように、音羽がくしょりと可愛らしい笑顔を見せて朗らかに答える。

「鬼ごっこですよ、鬼ごっこ。光徳の四人が逃げて、それを鬼がつかまえるんです。鬼はですねえ、ここにいる松陵《しょうりょう》、塚沢《つかさわ》第一、西大《にしだい》付属《ふぞく》、聖アントワーヌ、それに秀明館の各生徒会役員たち、総勢二十八名。僕ら、光徳の委員加入に大反対なので、必死になって追っかけさせていただきますよお」

二十八対四の鬼ごっこ。大志はこくりと唾《つば》を呑んで、会議室内の妙に無表情なそれぞれの生徒会役員の顔を見回した。またしてもバカげたゲームが出てきた。こいつらは、なんでもゲームにしてしまう。

バカげたゲームの首謀者が、頬杖をついて瞳一郎をひたと見据え、「そうそう」と言い出した。

「このゲームは正式な賭けとして、すでに《互助会》参加各校にエントリーを募《つの》ってある。光徳側のオッズは9。鬼側の委員連合組は1・4。光徳に賭けているのは我が秀明館と聖アントワーヌの二校。これはまあ多分に同情的なエントリーだと言えるね。光徳の有能な会計はどちらにエントリーを？」

しん、と静まった室内に、かちり、という音が響いた。瞳一郎がくわえたタバコに火を点《つ》けている。

「……チェスの勝負の際、皆を説得する、なんてえらそうなことほざいたのはだれだったかな、伊集院？」

抑揚のない声で指摘され、伊集院が優雅に肩をすくめる。

「申し訳ないと思っているよ。だから是非ともこのゲームを勝ち抜いて委員の座を獲得してくれたまえ」

「断る権利は？」

「おやおや、心にもないことを」

伊集院が、ぱちん、と指を鳴らす。やいなや、大志の腕がいきなり背後からねじり上げられた。音羽だ。

「なにすっ……」

抗議する間もなく、両頬をつかまれる。指が肉に食いこんできた。声にならない悲鳴を上げる大志の耳を、音羽の無邪気な声がなでる。

「きみ、しかめた顔がなかなか良いですね。かなり好みだなあ。もっと泣かせてみたい感じ」

髪を乱暴にわしづかみにされ、机に顔を押しつけられた。資料らしき紙が床に散る。痛みで涙が出た。

「……本当に、可愛《かわい》らしい」

生あたたかいものが涙の浮いた目尻を這う。音羽の舌だと気づいて、ぎょっとした。こいつ、変態だ。

身をよじって逃れようとした大志から、不意に音羽が離れた。助かった、と思う間もなく、だれかに腕をつかまれ、手荒く椅子から立たされる。縁なしメガネの奥の、凍えるように冷たい双眸《そうぼう》。瞳一郎、と呼びかけた大志を、けれどその瞳は、ふいと避けた。突き放すように腕を離される。

頬を殴られたような気がした。怒っている。瞳一郎が、本気で。

愕然《がくぜん》として立ち尽くす。瞳一郎がタバコを机の上にぎゅっと押しつけて消し、無造作に言った。

「わざわざこんなバカを人質に取られるまでもない。委員の座のためなら、ゲームでもなんでもやるさ」

人質という言葉で、自分の置かれた立場がようやく理解できた。瞳一郎たちをおかしなゲームに参加させるために、大志は連れて来られたのだ。チェスの時と同じだ。大志のせいで、またゲームがはじまってしまうのだ。大志がバカみたいに音羽についてきてしまったから。瞳一郎が怒るのも当然だ。

絶望的になって、へたへたと机に寄りかかる。なんでおれはこないにアホやねん。

大志が自分のバカさ加減に、うおお、と苦悩している横で、瞳一郎が伊集院に淡々と告げている。

「光徳に十五でエントリー。……九倍とは破格《はかく》の設定だな。後悔するぞ、伊集院」

「きみのその傲慢《ごうまん》なまでに自信家なところ、気に入っているよ。さて、柏木はその気になってくれたようだが……残りの光徳メンバーの参加意志は？」

犬伏《いぬぶせ》がおっとりと答えた。

「俺はいいけどね、別に」

「ぼくはイヤですぅ！」

金切り声で叫んだバンビちゃん原が、席を立って半泣きになりながら犬伏にすがりつく。

「そんなヘンなゲームに参加したくありませんんっ！　なんですか鬼ごっこって、なんなんですかあっ！　追いかけられてどうなるんですか、ぼくたちー！　断ってください会長おおおっ！」

「断れなさそうな状況だよ、原。ここまできたら現状をできるだけ楽しもう」

「楽しめませんんっ！　もうイヤだ、こんな悪巧《わるだく》みだの違法な賭けだのばっかやってる悪の巣窟《そうくつ》みたいな生徒会っ！　ぼくは普通なんです、ごくごく普通の小市民なんですううっ！　勘弁してくださいいいっ！」

うおおん、うおおん、と大きな瞳をぐしょぐしょにして泣き出した原を、犬伏がよしよしと慰める。

「困ったなあ、精神が錯乱してしまったのかな。じゃ判断能力ナシってことで俺が意思決定を。参加する」

「ぎゃー！　なに勝手に決めてんですかっ！　ぼく絶対参加しませっ…んぐっ」

にこにこ笑顔の犬伏にみぞおちエルボーを決められた原、くたくたん、と椅子に倒れこむ。原をオトした犬伏、続いて鰐崎《わにざき》に問いかけるような眼差しを向けた。すると、副会長殿。

「今日は『魅法士えりか』の放送日なんだよなあ。えりか役の佐渡みかの声がまたいいんだ。あらた役の木戸原裕もグッド。早く帰ってビデオ標準録画しつつナマで観なきゃよ」

瞳一郎が指先で、とんとん、と顎《あご》を叩《たた》き、数字を提示する。

「アニ研の予算、二割五分増し」

「それだけ？　やっぱ『えりか』を……」

不服そうな鰐崎に、犬伏がおだやかに申し出た。

「放送部、津和野《つわの》先輩の生テープ、体育祭ナレーション編六十分。おまえがつかまらずにゲームに勝ち残った場合には、カーテン越しに先輩と三十分間お話しできるようセッティングしてあげるよ」

「……やる。やるぜ、オレは！　ぜってー勝ち残る！　そしてカーテン越しの生声をっ…」

ガッツポーズを作って気合いを入れる鰐崎、大志には理解不能なパラレル世界の住人らしい。とにもかくにも光徳四人の意志が揃《そろ》ったのを見てとった伊集院が、席を立って両手を広げ、にこやかに宣言した。

「ではゲームをはじめようか。まず携帯電話を渡してもらおう。ああ、わかっているとは思うが校内の電話はすべて不通になっているから、外部と連絡を取ろうとしても無駄だよ。光徳の四人がこの部屋を出て二十分後に、鬼の二十数名が後を追う。なお…」

「ちょっと待った」

伊集院の言葉を遮《さえぎ》って、犬伏が挙手《きょしゅ》した。ほけほけ笑顔で言い出す。

「人質のトレードをお願いしたいんだけど。杵島の代わりに俺が残るよ」

驚いたのは大志だ。自分のせいでおかしなことに巻きこまれかけているのに、身代わりになるだって？

「あ、あかんて、犬伏！　おれのせいやもん、おれがえろえろホモ男の人質になってるっ」

「えろ…それはもしかして私のことなのかな、杵島くん?」

横槍を入れてきた伊集院は無視し、犬伏に飛びつく。そして、小声でささやいた。

「チャンスがあったら、おまえらは逃げれ。こんなおっかしことになって、ごめんなっ」

「あはは。俺たちが逃げたら、おまえ音羽になにされるかわからないよ。あいつ、ホモでサドなんだ」

背筋が凍りつくようなことをさらっと言って大志をびびらせ、それに、と続けた。

「ここで待ってるほうが楽そうだろ。逃げたり隠れたりするの面倒だしさ。塚沢第一のやつらとか武闘派だから殴ってくるかもしれないし、そんなの痛そうでヤだし。だから杵島、俺の代わりにがんばって逃げてきて。あ、ゲームからは逃げるなよ。ちゃんと助けてくれよな、俺のこと」

思わず気が抜けるような理由を挙げて、ぽんぽんと大志の肩を叩いてくる。このすばらしき自己保身。

「な、いいだろ、俺と交換っこで。だめかな?」

可愛らしく小首を傾《かし》げて犬伏がたずねると、伊集院はひどく腹立たしいとでもいうように眉間にシワを寄せ、吐き捨てるように許可した。

「勝手にしたまえ」

「あら、でしたら、わたしたちもルールの一部改変を願い出ますわ」

聖アントワーヌ女学院の女子生徒が挙手して席を立った。ショートカットのよく似合うキツい感じの美人。半年ほど前、ナンパしかけた大志をけんもほろろに袖にしてくれた、美人が多いアントワーヌでも群を抜いて華やかな美女、生徒会長の鷹司百合子《たかつかさゆりこ》嬢だ。歯切れのよい口調は変わっていない。

「先ほど追手は二名以下で行動とおっしゃいましたけれど、我が校は三名にしていただきたいわ。か弱い女子ばかりですもの。六名を二組に分けます。よろしい?」

「これは配慮が足りなかった。もちろん、それで結構だよ、鷹司くん」

色っぽく瞳を細めた伊集院の言葉に被《かぶ》せて、音羽がケッと吐き捨てる。

「『か弱い女子』とは怖れ入ったものですよ。凶暴なメスブタのくせに」

とたん、鷹司百合子の制服のフレアスカートがめくれ上がり、女らしい足が机をガン！　と蹴りつけた。

「どぁれがメスブタじゃい、この真性《しんせい》ホモ！　てめぇ、ナマス切りにしてやっから、そこへ直りやがれ！」

ファッキューと中指を立てる会長の仕種《しぐさ》に、アントワーヌのお上品な役員面々、真っ青になって引きつり笑い、「ただ今のことはどうかご内密に」と言いながら、怒った猫状態の鷹司嬢を机の下に蹴りこんだ。

伊集院が嘆息して手をふる。

「他に要請はないかね？」

問いに、またひとり、挙手した。めずらしい紫紺色の詰襟は、塚沢第一の制服だ。

「武器の使用は厳禁ということだが、両手両足なんかはもちろん武器に入らないんだろうな」

「……ほどほどにしてくれたまえよ。後で問題になるようなことは……」

「承知している。……表から見えなきゃいいんだろう」

後半のつぶやきが大志を震え上がらせた。こいつ、暴力行為があるのを先《せん》から匂わせている。

どうなるんだろう。空恐ろしくなってきて、一歩後退《あとじさ》った。背がだれかの腕に当たり、びくっとしてふり返る。瞳一郎が怖い顔をしてすぐ後ろに立っていた。きまりが悪くてうつむいた大志に、ごく低い声がささやく。

「絶対に、俺から離れるなよ」

二階まで階段を下りたところで、瞳一郎が全員に止まれと命じてきた。手近な教室へ入れとうながしてくる。言われた通りにすると、瞳一郎、チョークを手に取って黒板になにか描き出した。青のチョークで円を描いて塗りつぶし、それを囲むようにカタカナのコの字を描く。

「中庭と、校舎だ。ここが今俺たちのいるところ。中央館だ。教職員室、事務所、会議室なんかがある」

カタカナのコの縦線の真ん中より下辺りを差し、いいか？　と確認してくる。

「このまま廊下を曲がって進むと東館だ。一階に音楽室と美術教室、技術工作室。四階奥に視聴覚教室。対して、反対側に進むと西館。化学教室、物理教室、隣接して体育館と講堂。おまえら、どっちに行く？」

問われて、鰐崎が即答した。

「このまま進んで東館のほうへ行く。オレ的には隠れて時間切れを待つってのが一番の得策だと思うし。狙い目は……言わないでおこうっと。おまえらがつかまって口すべらしちまったらアウトだもんな」

鰐崎のセリフに原がパニックを起こす。

「べべ別行動するってことですかあっ？　ヤですよ、ぼくは！　みんな一緒にいるほうがいいですようっ」

「ぶぁか。団体だと絶対だれか足引っぱるヤツがいて一網打尽《いちもうだじん》になるっつの。個別が最善」

「……足引っぱるやつって、ぼくのことでしょう」

「なんだ、わかってんじゃん。原はさっさと投降《とうこう》してよ、犬伏と茶でも飲んでな。オレががんばるから。あー、カーテン越しの津和野さんの生声ー。うれしいぜー。るんるんるーん」

浮かれて鼻歌を歌い出した鰐崎に、原が、ぶう、と頬をふくらませた。

「……ぼく、鰐崎先輩にくっついてくことにします。一蓮托生《いちれんたくしょう》小判鮫《こばんざめ》作戦だあっ」

ぎょっとしている鰐崎の腰に自分の腕を巻きつけて、死んでも離すもんかというふうにぶら下がる。

「ちょっ…は、離れろ、このチビ！　おまえなんかといたら一秒で見つかる！」

「こんな怖い状況でひとりなんてイヤすぎますぅ！　一緒に隠してくださいいっ」

「ひとりしか隠れられねえの！　そういうとこ隠れんの、オレは！」

「ぼくコンパクトだから、少しの隙間《すきま》でオッケーです。折りたためますからっ」

「折りたためるか、人間がっ。出来んならここで折りたたまってみろ！　出来ねえだろ、オラっ！」

「特技中の特技だから隠れ場所についたらお見せしますってば！」

笑える攻防《こうぼう》をくり返しつつ、鰐崎は原をふり落として前に進もうとし、原はふり落とされまいとしてますますしがみつく。で、漫才のような会話を続けながら、ずるずると廊下の向こうに消えてしまった。

「あいつら、なんかボケとツッコミやなあ……」

妙なところで感心していた大志の頭が、ぽかりと叩かれる。瞳一郎があきれたような顔をして。

「言ってる場合か。まったくおまえは正真正銘のバカだな、音羽なんかにハメられて。なんでもかんでも人の言うこと真《ま》に受けてホイホイついていってたんじゃ、そのうち東京湾にぷかぷか浮かぶハメになるぞ」

いつもと変わらぬ毒舌に、思わず顔がゆがんだ。安堵感で涙が出そうになる。それと同時に、猛烈な怒りも込み上げてきた。ひどく衝動的になって、どん、と瞳一郎の胸をこぶしで打つ。

「おまえ、ムカついてんやろ、おれがめちゃくちゃアホやからっ」

「おまえのアホは今にはじまったことじゃないだろ。いちいち腹立ててられるか。身が持たん」

「さっき、めった怒ってたやんかっ。おれのこと突き飛ばすみたいにしたやろっ」

「あれは別におまえに怒ったわけじゃない」

「こんなバカとか言うたっ。おれなんか人質になれへん言うたっ……」

どん、どん。胸を打つ。瞳一郎はなにも言わずにされるままになってる。

「も……口きいてもらわれへんかと思た……」

あんなふうに怒った瞳一郎を見たことがなかったから。もう呆《あき》れ果てて見捨てられたのかと思った。

とん。ゆるく瞳一郎の胸を打って、情けないほどの小声で言う。

「ごめんな……おれのせいやな……また、こんなんなってしもて……」

謝罪は、ぴしゃりと撥《は》ねつけられた。

「言っておくが、ゲームに乗ったのはおまえを助けるためなんかじゃないぞ。委員のためだ。おまえがいなくたって同じ選択をしてたさ。バカな友人より委員の座のほうが俺にとっちゃ全然大事だからな」

ぶちん。

「そら、すんません！　えらい勘違いでした！　さっきのごめんも、心の中で言うたごめんも、ぜえんぶ取り消さしてもらいます！　ああ、おれ、ほんっまアホやし！　やっぱしおまえは冷血人間や！」

ふん！　とそっぽ向いて、鰐崎たちとは反対の方向へずんずん歩いてく。冷血人間は笑いを噛み殺しながらついてきた。まったくムカつく。ムカついてムカついて、……それでも。

——絶対に、俺から離れるなよ……

くるりとふり向き、口を尖らせて、えらそうに言ってやる。

「ムカつくけど、しゃーない。一緒におったるわ。ふたり寄ったら観音さんの知恵とか言うし」

すかさず、瞳一郎。

「三人寄れば文殊《もんじゅ》の知恵だろ、バーカ」

　瞳一郎に先導されて廊下を行く途中、覗いた教職員室と事務所では、何人かが机に突っ伏すようにして倒れていた。ぞっとして瞳一郎に「死んでんちゃうやろな？」と訊いたら、「睡眠薬だよ」という返答があった。そういえば音羽がそれらしいことを匂わせていたと思い出す。

　階段を上って三階へと進む。西館のほうへ行くのかと思いきや、瞳一郎は生徒会室と書かれたドアの鍵穴を、ポケットから取り出した細長いものでいじくり、開けてさっさと中に入ってしまった。大志もおっかなびっくり後に続く。なかなか広いスペースの中央に長方形のテーブルがあり、壁には書類棚が並んでいた。奥にドアと向かい合うように事務用机が置かれ、液晶ディスクトップ型パソコンが設置されている。

　瞳一郎の頬に皮肉な笑みが広がった。椅子を引いてパソコンの前に座ると、電源を入れ、マウスを操作しはじめる。悠長なことをはじめた相手に、大志のほうがあわててしまった。

「お、おい、なにしとんねんっ。伊集院らのおる会議室、このすぐ真上やぞ。見つかるやんっ」

「まあ待て。弱みは握れる時に握っとくもんだ。……ABCドライブには差し障《さわ》りのないディレクトリ……Dは会計……Eにもなし……」

　めまぐるしく動く画面に、目がちかちかする。同じ操作を何度かくり返していた瞳一郎が、にたりとくちびるを吊り上げてマウスを操作する手をとめた。

「……あった。このFだ。名無しのディレクトリに名無しのフォルダー。開くか？」

ディン、と電子音が鳴って、画面中央に四角で囲われた文字が出た。パスワードを入力してください。

「やっぱりプロテクトがかかってるか。どうする？　暗号解析プログラムをネット移植するにも電話が…」

大志のほうが先に足音に気づいたのは、独り言をつぶやく瞳一郎より廊下のほうを気にしていたからだ。とっさに瞳一郎に警告し、中央のテーブル下に隠れる。どきどきしながら事務机の下に隠れているだろうと瞳一郎のほうをうかがうと、なんときゃつは意にも介さず、パソコン画面と向き合っていたのだ！

あせりまくって、身ぶり手ぶりで隠れろとうながす。けれど瞳一郎はまったく知らんふりで、どころか挑発するように椅子にふんぞり返った。

こいつ、アホか！　内心罵《ののし》りまくる大志の耳に、ノブが回される音が届いた。だれかの、息を呑む声。こめかみがどくどくと鳴る。アドレナリンが大量に噴出しているのがわかった。

いつでも飛び出せるように手で体を軽く支え、踵《かかと》と膝《ひざ》を浮かせる。相手がひとりなら、本当に申し訳ないしやりたくないことだけれど、殴るか引っぱたくかして逃げよう。ああ、せやけど神様、どうかアントワーヌの女の子たちやありませんように。女の子にはキズひとつ、つけたないんです。

大志の願いは叶えられた。ドアをばっと開けて踏みこんできたのは、見覚えのある少年だったのだ。小生意気な秀明館の書記、チェスの勝負で瞳一郎にこてんぱんに負かされてキングの駒を投げつけた藤間《ふじま》だ。

「あなたは絶対ここに真っ先に来ると思ってましたよ。他の人たちは西館のほうだと言ったけど」

言葉は、瞳一郎へのもの。大志には気づいていない。そう大きくないサイズの革靴がテーブルを慎重に回って、事務机のほうへと近づいてゆく。どうやら果敢《かかん》にもひとりで瞳一郎をつかまえる気のようだ。

「これはこれは、うさぎさん。タイミングの良いところに」

からかうみたいな瞳一郎の言に、藤間がひゅっと息を吸いこむのが聞こえた。かなり頭にキたらしい。

「おとなしくつかまってくださいよ、柏木さん。ぼくだって不本意なマネはしたくないですから」

「不本意なマネとは、つまり？」

藤間が大志のいるテーブル上のなにかをつかむ気配がした。ばさっと音がして、白い紙が何枚か宙を舞う。瞳一郎がそれに目を奪われている隙に、藤間のこぶしが伸びた。瞳一郎の頬をかすめるように。

がたん！　椅子から転がり落ちた瞳一郎に、すわ助けが必要かと構えたら、床に這いつくばった白い顔には笑みが浮かんでいた。目で大志に動くなと合図し、両手を投げ出して苦しげにうめいている。

「……今のは利いたな。悪い、藤間。起こしてくれないか。ちょっとフラつく…」

獲物をダウンさせて得意満面の藤間が、えらそうに手を差し出した時だ。瞳一郎が目にもとまらぬ速さで藤間の腕をひねり上げ、床に引き倒した。そのまま体格差を利用して馬乗りになり、首に手をかける。

仰向《あおむ》けに倒れて後頭部を打ったらしい藤間が、弱々しく毒突いた。

「……汚いぞっ……」

「おまえはホラー映画なら真っ先に殺されるタイプだな。よけいな好奇心や功名心は破滅を招くぞ」

薄笑いを頬に張りつかせた瞳一郎が、ゆっくりと藤間に顔を寄せる。その先の展開に気づいた藤間の、腕をふり上げての抵抗は、手首を捕《とら》えられ、あえなく失敗に終わった。

仰天している大志の目の前で、瞳一郎が藤間にキスする。それも、ちゅっ、とかいう軽いやつじゃなくて、いかにも舌を入れてますっていう、音付きのすごいやつ。

「…っ、やめっ……んう！　んっ、んんっ…」

初めは足をばたばたさせて暴れていた藤間も、一分過ぎた辺りから徐々におとなしくなってしまった。二分を過ぎたころには頬に血が上って目がとろんとなり、三分を超《こ》えたところで、まったく無抵抗、なんでもしてして状態に出来上がってしまって。

テーブル下で石化している大志に、瞳一郎がキス責めをしながらウインクしてくる。頬が引きつった。余裕のよっちゃんやん。おれとはキスせえへんとか言うて、そいつとはするんかい。えろえろホモ男ともしとったもんな。だれとでもキスするんや。だれとでも。……おれ以外のやつとやったら、だれとでも。

怒りとも嫉妬ともつかない感情の渦《うず》に呑まれる。ぎち、と顎がきしんだ。知らない間に歯を噛み締めていたらしい。緊張を解《と》いて口を細く開け、深呼吸する。なにムカついとんねん、おれ。アホみたい。キスせえへんて言われたからか？　おまえとだけは絶対て？　そんなん当たり前やん。あいつは男で、友達やねんから。おれ、ホモちゃうねんから。せやからキスなんか、したぁもない。………せやけど他のやつとやってんのん見てたら、なんや知らんめっちゃムカつくんじゃー！　こら一体どないなこっちゃねーん！おれは全体どないしたっちゅうねーん！

大志が二律背反なジレンマに陥《おちい》ってるあいだに、キス攻撃は終了したようだ。半分夢うつつの藤間の耳元に、瞳一郎がくちびるを近づけ、そっとたずねている。

「……Fドライブのディレクトリを開くパスワードは？」

「ん…ローマ字入力設定でカナ打ち……ワードは……『WYD@）4WYT@8ET@S@HCY』…」

「伊集院の言いそうなことだ」

にたりと笑った瞳一郎、いつの間にか手にしていたガムテープをビッと伸ばして、まずは藤間の悲鳴を上げようとした口にべたりと張りつけた。

「おい、さっきからなに怒ってんだ?」

「別になーんも怒ってへん。ぜんっぜん怒ってへんよー」

窓際での、カーテンに隠れてのひそひそ会話。生徒会室を出た後、あろうことか四階の会議室へ戻ると言い出した瞳一郎に半信半疑で従《したが》った結果、まさしく灯台下暗《とうだいもとくら》しな隠れ場所を発見したというわけなのだ。

瞳一郎が制服の胸ポケットを探り、なにか四角いものを取り出した。MOと書かれたディスク。

「《互助会》の全データだ。さっき生徒会室でコピーした。裏のも入ってる。おまえが持ってろ」

「な、なんで、おれ?」

「保険だ。俺もつかまった時のため」

「おまえがつかまるっちゅうことは、おれもつかまるっちゅうことやん」

「おまえはつかまらんさ。いいから持ってろ」

無理やり制服のポケットにねじ込まれてしまう。釈然としないで首を傾げた大志を、瞳一郎が小突いてきた。息を詰める。扉の開く音。軽やかな足音と、衣ずれの音。ふわりと漂《ただよ》ってくる、花の香り。

「いるのでしょ、柏木くん」

鷹司嬢の声だった。

「だいじょうぶ。わたしたちだけよ。あなたをつかまえる気もないわ」

目に問いかけると、瞳一郎はうなずいた。カーテンの影から出る。鷹司嬢と、あとふたり女の子がいた。

ボーイッシュな聖アントワーヌの生徒会長は、大志をちらりと見た後、腕組みをして瞳一郎に問うた。

「一階からしらみ潰《つぶ》しに探してるわ。塚沢第一の野蛮人たちなんて、目の色変えてね。どうするつもり?」

瞳一郎がしらりと答える。

「どうもこうも、逃げまわるしかないだろう」

「なにか策があるのじゃなくて？　出来ることなら、わたしたちも協力するけれど？」

「……やけに親切だな。俺は無償の親切には懐疑《かいぎ》的なタチなんだ。なにが望みだ？」

皮肉なことを言う瞳一郎の足を思いっきり蹴っ飛ばして、大志、鷹司嬢にとびきりの笑顔を向けた。

「ごめんな、こいつ人としてちょっと失格やねん。ところで、おれのこと覚えてる？」

「……ええ。光徳のナンパ大王っていったら有名人よ。女を取っ替え引っ替えしてる無責任男だって」

いかにも軽蔑《けいべつ》した目付きでじとりと睨まれ、すごすご引き下がる。そらどうも、すんません。

「で、望みって言ったわね、柏木くん？　ええ、あるわ。……光徳が運営委員に加入するのが望みよ」

挑《いど》むように瞳一郎に目を据えた鷹司嬢、腰に手を当てて、そう言い放った。

「秀明館の音羽は病気だからしかたないとして、松陵も塚沢第一も西大付属のやつらだって、わたしたちをバカにしてる。女だからって理由でね。ひどい格下扱いよ。女のクセに、女のクセに。呪いの呪文だわ。あいつら、女には脳がないとでも思ってんじゃないでしょうねクソったれ。ちきしょー、ぶっ殺す！」

「ゆ、百合子さん、またしてもお言葉がっ…」

他のふたりに指摘され、あわてて口元を抑えている。

「失礼。とにかく、あの不遜《ふそん》な男尊女卑主義者どもに一発ガツンと食らわせてやりたいの。それに……」

すっと鷹司嬢の右手が瞳一郎へと伸びる。いたずらっぽい光がそのアーモンド型の瞳をかすめた。

「わたしたち、光徳に十でエントリーしてるのよ。ぜひ勝っていただかなくちゃ」

目を細めた瞳一郎が、めずらしく苦笑して彼女の手を握った。

「聡明な生徒会長殿に乾杯。お互いの九倍になる賭金にもな」

「そして、有能な会計の君にもね」

　ふたりが合意の笑みを交《か》わし合ったところへ、ぶつっという音と共に、キン、とマイクがハウリングし、スピーカーから音羽の声が流れてきた。

『えーと音羽です。ただ今ですねえ、東館一階の美術室で原くんがつかまりました。鬼が出動してから、わずか二十分。速攻見つかっちゃいましたね。では、つかまった原くん、一言どうぞ』

『うわあん鰐崎先輩のばかー！　ちょっと目を離した隙によくも逃げてくれましたねっ。恨んでやるうっ。先輩なんかさっさとつかまっちゃえっ。なんだい、このアニメおたく！　声フェチ！　二次元マニア！』

『うるさいのでだれか連れてって。…はい、残るは柏木、鰐崎、それに僕お気に入りの杵島大志くんです。大志くんは僕がつかまえたいので、出来れば皆さん、手を出さないでください。以上、業務連絡終わり』

　耳障《みみざわ》りな金属音を残して、スピーカーは静まった。鷹司嬢が忌《い》ま忌ましげに眉を吊り上げ、吐き捨てる。

「このゲームを考えたの、あのホモやろうだって知ってた？　まったく神経疑っちゃう…」

「おいおい鷹司、俺はおまえの神経を疑うぞ。ネズミを目の前にしてなにをのんびりしてる？」

　不意に割って入ってきた声に、全員が扉のほうをふり返った。紫紺色の詰襟姿。武闘派、塚沢第一生だ。すでに戦闘態勢で腰を落とし、こぶしを構えている。人並みには整った顔が、残忍そうにゆがんでいた。

「おまえの態度がおかしかったから後を尾《つ》けてみれば獲物を発見か。俺は幸運だ。ご苦労だったな、鷹司」

「……人の手柄を横取りするクセは治っていないようね、薮《やぶ》。あなたが会長だなんて塚沢第一はよっぽど人材不足なのかしら。お気の毒」

「相変わらず口の減らない女だ。そんなに生意気だと嫁のもらい手がなくなるぞ。さあ、もういいだろ、お嬢ちゃん。さっさとそこをどけ。ジャマだっ…」

瞳一郎を狙ってくり出されたパンチは、目的を果たす一瞬前に、鷹司嬢の広げた手の平で阻止された。澄んだアーモンド型の瞳を怒りで燃え立たせたアントワーヌの会長が、美しいくちびるを吊り上げる。

「わたしをお嬢ちゃんなんて呼ぶんじゃねえよ、このクソったれ男」

ちっ、と舌打ちした塚沢第一の生徒会長が、一歩退《しりぞ》いた。くやしさのためか、顔面に朱を刷《は》いている。

「このアマっ…」

「アマじゃやなくて鷹司百合子よ。物覚えの悪いこと。気分を害してくださったお礼に、少し鍛《きた》えてさしあげましょうか。ねえ皆さん？」

鷹司嬢の合図で、アントワーヌの三人が空手の構えで藪を囲む。長い髪を器用に結い上げた可愛らしい少女が、大志と瞳一郎にはにかんだ笑顔を見せ、ささやいた。

「護身用に空手を習ってますの。この制服、痴漢さんに狙われやすくて。ね、紅子《べにこ》ちゃん？」

隣で構えていた背の高い色黒ポニーテールの少女が、肩をすくめてつぶやいた。

「痴漢にサンなんてつける必要ないんだよ、毬花《まりか》」

仲間のやり取りにくすりと笑った鷹司嬢が、藪から目を離さず、うながしてくる。

「行ってちょうだい。ここは任せて。絶対に勝ってよ。なにしろ九倍の…」

言い終わるより早く、憤怒で顔をドス黒くした藪が彼女を襲った。卑劣なことに椅子をすべらせて動きを封じ、鍵爪にした手で顔を狙っている。

考えるより先に、大志の体は動いていた。ジャマな椅子にぶつかるようにして、鷹司嬢の前に出る。なにかが頬をかすめ、少ししてから、ずく、とにぶい痛みが湧《わ》いてきた。頬を爪で引っ掻《か》かれたのだ。

顔に疵《きず》をつけられたことと、女の子に対して藪が本気になっていること、両方のことに怖ろしいほどの憤《いきどお》りを覚えて、大志は怒鳴りつけた。

「おんっ…女の子の顔にキズつけるつもりやったんか、このあほんだらっ！」

痛みにつぶってしまった目を開く。三人の女の子が扉までの退路を確保するように、藪の前に立ちはだかってくれていた。鷹司嬢が、じり、と藪との間合いを詰めながら、扉のほうへと目線を送る。

「物音を聞きつけて他のやつらがやって来るわ。その前に、行きなさい。早く！」

急《せ》き立てられ、瞳一郎に抱きかかえられるようにして、扉へ向かう。頬がずきずき痛んだ。

「杵島大志くん！」

呼びとめられ、背後をふり返る。鷹司嬢が一瞬だけ顔をこっちにふり向け、花がほころぶように笑った。

「あの時ナンパ断ったこと、すごく後悔しちゃいそうよ。……がんばって！」


「バカか？　鷹司は避《よ》ける余裕があったんだ。だのに無闇《むやみ》に突っこんでいって顔にケガして。この間抜け。普段うるさいぐらい顔には気を遣ってるくせに、こういう時にポカしてたんじゃ意味ないだろうが」

ぐさぐさと胸に突き刺さるお小言を述べながら、先に上った瞳一郎が腕を引っぱってくれる。おかげでハシゴの最後の二段は、ひょいと越えられた。ふたりして、屋上の、そのまた上に設《しつら》えられた給水塔にもたれかかり、ひと息つく。時刻は午後五時五十四分。陽はとっぷりと暮れてしまっている。けれど、校舎内の電気と植木類を皓々《こうこう》と照らす照明のせいで、屋上全体が見通せるくらいの光量はあった。互いの顔もほのかに暗闇に浮かび上がって見える。吐く息が白い。陽が落ちて、気温もぐんと下がったようだ。

「ほら、疵、見せてみろ」

言われて、素直に頬を出す。瞳一郎の冷たい指先が、そっと疵をなぞった。

「……………バカが」

「バカバカ言うなや。ほんまにバカになったらどないすんねんっ」

「なったらって、すでにバカなんだよ、おまえ。それすら気づいてないとは無知の無知、救いようナシだ」

「うわ、むかー。今の、めっちゃ、むかーキた。おまえっ…」

くしょん。くしゃみが出て、ぶる、と体を震わせる。瞳一郎が早速《さっそく》憎まれ口を叩いた。

「バカは風邪ひかないものなんだがな」

こっから突き落としたろか。物騒なことを考えていた大志の肩が、あたたかなものに包まれた。瞳一郎のジャケット。びっくりして、シャツ一枚になった相手にジャケットをかけ返す。またかけ返されたけれど。

「え、ええて。おまえが風邪ひくやんっ」

「俺は体温調節ができるんだ」

冗談に思えないところが、この男の怖いところだ。変温生物は少し間をおいて、首を傾げた。

「けど確かにちょっと寒いか」

「うわ、ちょおっ…！」

「バカでもカイロ代わりにはなるな」

引き寄せられて抱き締められ、ぽんぽん、とか背中をなでられて。まるで——そう、抱擁《ほうよう》みたいに。

突き飛ばして離れようと腕をふり上げ、けれど躊躇《ちゅうちょ》してしまう。予想外に瞳一郎の体が冷えていたから。ちょっと迷って、まあええか、とあきらめ気分で抱かれてやった。こいつは冷血変温生物やから、しゃあない。おれはめっちゃやさしいやつやから、カイロ代わりになったるわ。

顎を瞳一郎の肩に載せ、ぐたりと寄りかかる。張りつめていた気が抜けて、大きなため息が出た。

「……疲れたか？」

「んー……ちょっと」

短い会話の後は、沈黙。いたたまれなくなって口を開きかけた大志より早く、瞳一郎が問うてきた。

「疵、痛むか？」

「んー……ちょっと」

さっきと同じ答を返したら、肩をつかまれた。瞳一郎の体が少し離れて、代わりに白い顔が近づいてくる。あたたかい息が頬にかかって、しめった感触が疵口から伝わってきた。舐められてる、と気づいてぎょっとする。身を引こうとしたら、背中に回された手に阻《はば》まれて。

「ちょっ……な、なにするんっ…」

「とりあえず消毒」

「子供ちゃうんやぞっ…」

押し退けようとした時、懐かしい記憶が蘇ってきた。幼いころの、記憶。昔、これと同じことがあった。

不意に抵抗をやめておとなしくなった大志に、瞳一郎が問いかけてくる。

「なんだ、拍子抜けするな。殴りかかってくるとかしたらどうだ？」

舌の、やわらかい手応え。耳にかかる息。怒ったような、それでいてやさしい、ささやき声。

「……むかあし、お母ちゃんにおんなじこと、してもろた」

すっと瞳一郎の舌が離れた。縁なしメガネがにぶく光っているから、その奥の瞳の様子はわからない。

「やっぱりこないして、デコすりむいてしもて、そしたらお母ちゃんが飛んできて、むちゃくちゃ怒ってん。顔にキズつけたらあかん、て。

そして、砂まみれの大志の額《ひたい》を舐めてくれた。せっかく、きれいな顔してんのに、て」

つけなあかんやろ。ほら、じっといしてり。お母ちゃんが消毒したるさかい。な？　もう泣きな……

「あん時一回だけや。お母ちゃんがおれの顔きれいて言うてくれたのん」

額の疵は二週間ほどですっかり消えた。ずっと消えないでくれたらよかったのに、と思う。そうしたら、母はもう一度言ってくれたかもしれないのに。顔に疵つけたらあかん。せっかくきれいな顔してんのに。

夜の冷気がひやりと頬をなでる。乾いた風は、大阪の湿気の多いそれとは少し肌ざわりが違っている。

寒さに背中を押されるように、大志は続けた。

「あんな、おれの顔、おじいちゃんそっくりやねんて。女遊びばっかりしとって、おばあちゃん散々泣かした人。お母ちゃん、めっちゃ嫌《きろ》とった。あんたのその顔見てたらイライラする、おじいちゃんそっくりでイヤになる、て何回も言われた。当たり前やん、血ぃつながってんねんから」

あはは、と笑ってみる。薄ぼんやりした闇の中で、白い息が踊った。母のことをだれかに話したのは初めてだ。自分は一体どうしたんだろう。なんだかひどく弱気な感じでよろしくない。

瞳一郎も、なにか言ってくれればいいのに。黙って聞いてないで、いつもみたいに毒の利いたツッコミを入れてくれればいいのに。そうしたら、この妙に弱気な雰囲気を吹き飛ばすくらいには、うまくボケてみせるのに。

「まあ別にな、ええねん。お母ちゃんがおれの顔、嫌いでも。おれ、ちゃんときれいやし。女の子らも、そない言うてくれるし。ほら、いうても、おれ、天然記念物な美貌の持ち主やから」

ほら、ツッコめや。いっつもみたいに、バカか、おまえは、て。ほんで、頭を一発ドツいて、おしまい。

けれど、いつまで待ってもツッコミは来なかった。瞳一郎はただじいっと大志を見つめるだけで、薄いくちびるが開く気配はない。だから大志はしかたなく自分で話にオチをつけることにした。

ちょっとおどけたフリをして、大げさに首を傾げてみせる。

「そんな大した顔ちゃうくせに、とか思てるやろ？　自分できれいやきれいや言うてアホちゃん、て。うぬぼれてんやないぞー俺のほうがカッコえんし、きれいやぞー、とか。こら、えらいすんませんでしたっ」

額を叩いた手が、ぐい、とつかまれた。びっくりして笑いが固まる。瞳一郎が見たこともないほど真剣な顔で大志を凝視していた。

冷えた指先が疵にふれてくる。指は頬とくちびるを伝って、顎先から落ちた。冷たいメガネの奥の瞳が、ゆっくりとまたたく。完璧な造作の、切れ長二重の瞳。

魅入られたように動けないでいる大志に、押し殺したような声が、低く、とても低く、ささやいた。

「……きれいだよ」

目を、瞠《みは》る。

——きれいだよ。

言葉が、ぱしん、と耳の奥ではじけた。

——きれいだよ……

なにを言ったのだろう。瞳一郎は今なにを言った？　きれいだよ。それがどんなに……大志にとって、どんなに大切な言葉か、彼は知っているのだろうか？

「……お…まえっ……」

わっと感情が押し寄せてきて、その波に足をさらわれそうになる。普段、悪口雑言ばかりの瞳一郎の「きれいだよ」は、かなり怖ろしく、キいた。多分、女の子千人分くらいは。

すごいパンチを受けてドランク状態の大志に、理知的に整った白皙の顔が、ゆっくりと迫《せま》ってくる。まっすぐじゃない。少し角度をつけて。——キスの角度。

コンクリートの上に垂らした大志の手に、ひやりとした手が重なった。ぎゅっと握られて、そこからひそやかな熱が伝わってきて、こいつの手ぇにも血ぃ通《かよ》てるんやなあ、とか思う。そらそうや、ほんまに変温生物なわけちゃうんやから。それにしても、こいつ、まつげ長いなあ……

そっとまぶたを落とす。ほとんど無意識に。それが自然なことのように。

胸がどきどきと早鐘《はやがね》を打つ。タバコの匂いがした。まだふれてもいないくちびるの熱を感じる。

「とうい……」

肺に残った息を吐き出すようにつぶやいた、瞬間。

キスするより先に、がばっと瞳一郎が襲いかかってきた。伸しかかるように押し倒される。

「なにすっ……!」

いきなりの展開に悲鳴を上げかけた大志の口が、手でふさがれた。

「しっ!」

瞳一郎が口に人差し指を立てる。同時に、ぎいい、と屋上の扉がきしんだ音を立てた。低い、話し声。

「………いるかい?」

「いや……暗くてはっきりしない。けど……うん、いないと思う」

「ちゃんと探せよ！　ほら、上にある給水塔のとことかっ。おまえ、ちょっと上って見てこいよ」

「冗談じゃないよ、おまえが行けよ！　おれ絶対やだ。ママに危ないことはするなって言われてるもん」

「おれだってだよ！　もうすぐ学年末テストあるから体には気をつけてねって。最悪だよ、こんなゲーム。寒いし、風邪とかひいたらどうしよう。四月のクラス分けに響くんだろ、今度のテストって」

「ビタミン剤持ってるけど、飲んどく？　水不要の噛むやつ。DHA錠剤もあるよ。頭良くなるんだって」

「あ、知ってる。けどあれ、ほんとに効くわけ？　話題になったの、だいぶ前だろ？」

なんや情けないやつらやなあ、と首を縮《ちぢ》こめながら大志が思っていると、瞳一郎が手で合図を送ってきた。うなずいて、せーの、で立ち上がる。そのままふたり一緒に二メートル近い高さから飛び降りた。

目の前に突如降ってきた大志と瞳一郎を見て、追手のふたり組は、ぎゃっ！　と悲鳴を上げた。紺のブレザーにグレイのズボン。西大付属生だ。すべての栄養を脳に吸い取られているのか、ふたりとも小柄で華奢《きゃしゃ》。身長が百八十ちょっとあるこっちふたりと対峙《たいじ》すると、まるで大人と子供だ。

そこのところを瞬時に見て取ったのか、鬼組ふたりはぴよぴよとさえずり出した。

「おおおれたち、見てないことにするからっ。けど見逃したことはうちの会長には言わないでっ」

「いい行って行って！　今なら一階と二階は鬼いないよっ。そこの階段下りてったら見つかんないからっ」

「そりゃ、ご親切にどうも。ついでにポケットに入ってる携帯も貸してくれるとうれしいんだが？」

どうぞどうぞと差し出された携帯を二機とも取り上げ、瞳一郎、にっこり。

「口止め料もいただいておこうか。見逃したこと、黙っておいてほしいだろ？」

音を立てないように忍び足で階段を下りる。先に立って前方を確認していた瞳一郎が、ふり返ってうなずいた。前方ニ敵ナシ、前進スル。大志も、瞳一郎に続いてそろそろと踊り場を折れる。

心臓が、どきどきしていた。鬼に見つかるんじゃないかと心配するどきどきじゃない。これは……

おれとはキスせえへんて言うたんちゃうん？

前を行く瞳一郎の背を見つめながら、思う。

絶対せえへん言うたやん。せやのに、なんやねん。びっくりするやん。おれも、なにさっさと目ぇつぶっとんねん。まるでされるのん待っとったみたいやん。

体が震える。どうなっていただろう、キスなんかされていたら。あのタイミングでキスされたら……

そこまで考えて、別の可能性があることに気づいた。ちょお待てよ。もしかしてあれ、もう一回ほっぺたのキズを舐めて消毒しよとしてただけなんかも。うわ、それやったら、おれっちゅうやつは……

羞恥心が吹き上げてきて、真っ赤になる。そうだ。瞳一郎は、きっとそういうつもりで顔を近づけてきたのだ。だって大志とは絶対キスしないってあんなにはっきり宣言したんだから。だのに大志ときたら、雰囲気に流されて目なんかつむってしまって……

でも。でも、もし、キスだったら？　キスしようとしてたんだったら？

瞳一郎がどういうつもりだったのかわからなくて、ぎゅっとくちびるを噛む。

ああ、なんて忌ま忌ましい。この杵島大志が、女好きでナンパが趣味で、ホモなんか大っ嫌いで、男同士なんて冗談じゃないって、そう言ってきた杵島大志が、不覚にも男に、それもよりにもよって瞳一郎にこんなにも踊らされまくっているなんて。いくら「きれいだ」とささやかれたからって、それがあんまり絶妙でえらく心に突き刺さる一言だったからって、あんなふうに無防備になることはなかったのだ。そうしたら、今、こんなあたふたした気持ちになることはなかっただろう。きまりの悪い思いもしなくて済んだはずだ。それから——瞳一郎にバカな質問をしようなんて気になることも。

二階と三階のあいだの踊り場で、大志は足を止めた。気づいた瞳一郎がいぶかしげに訊いてくる。

「どうした?」

「おれ………おまえ、さっき、おれとっ……」

キスしようとしたんか?

質問は、きん、とハウリングしたスピーカーにはばまれた。

『はい、音羽です。ただ今六時二十八分。鰐崎くんが音楽室で見つかりました。グランドピアノの中に隠れてたんです。びっくりですねえ。ピアノ線が切られてめちゃくちゃです。弁償金をどこが払うかというのは後ほど話し合うことにして、実はすごくムカつくことが判明しました。えーと、柏木くんがですね、うちの生徒会室へ侵入しまして、《互助会》の裏データをコピーしちゃったらしいんです。大変なことしてくれましたねえ。僕、ちょっとキレました』

朗らか明るい口ぶりで言い、音羽はくすくす笑った。

『で、ですね、ルールに少し変更を加えることにしました。鬼の皆さん、よく聞いてくださいよ。えーと、武器の使用を許可します。いいですか、くり返しますよ? 武器の使用を許可します。バットでも竹刀でも鉄パイプでもOKです。ちょっとくらい痛めつけてもかまいませんので、MOを取り戻してください。見事MOを取り戻して柏木をつかまえた人には、金一封が出ます。それからこれは私信ですが…』

甘い猫なで声を出して、睦言《むつごと》でもつぶやくように、音羽はささやいた。

『…大志くん。つかまえたら、すごく痛いことと、すごく気持ちのいいことをしてあげますからね』

それだけ言って、校内放送は一方的に切れた。

「き、きしょくわるすぎるっ……なんやねん、あのヘンタイ……サブイボできまくりやっ」

おぞましさに鳥肌立ちまくりの大志の腕を、瞳一郎がぐいとつかんでくる。メガネの奥の切れ長の瞳がぎらりと光っていた。秀麗で理知的な顔に、さすがの大志もぞっとするほど残酷な笑みが浮かんでいる。

「行くぞ。西館の二階端まで靴を脱いで走れ。……音羽に、勝手なルール変更をしたことと、くだらん私信を流したことを、後悔させてやる」


西館二階には、化学教室と物理教室が準備室をはさんで並んでいた。瞳一郎が、廊下の突き当たりにある物理教室のほうへ入れとうながしてくる。戸棚をいくつか引っかき回し、メーターやスイッチがついた箱のようなものを担《かつ》ぎ出した瞳一郎は、よく実験でも使う鰐口クリップがついた導線二本と、薄い銅片、それにとぐろを巻いた太い針金を、大志に「持ってろ」と手渡してきた。

「なにすんねん、こんなん。おまえの持っとる、その箱なんやねん？」

「電源装置だよ。電気を発生させる装置。物理の実験で使ったことあるだろ？」

どうも見覚えがないのは、大志が実験関係を人任せにしてばかりいるからだろう。

瞳一郎はその電源装置を持って、今度は化学教室へと入ってゆく。またしても戸棚を物色し、ラベルに《食塩水》と書かれた小さめのポリタンクを四個取り出した。タンクを化学教室前の廊下に置いて、電源装置を扉近くに設置している。大志が持っていた導線二本を渡すと、それぞれのクリップ側に銅片を挟み、もう一方の剝き出した導線側を電源装置の端子《たんし》に巻きつけるということをした。電源装置から導線が二本伸びていて、その導線の先端クリップに銅片が一枚ずつ付いているという形だ。

続いて瞳一郎、食塩水の入ったポリタンクを開けて、中身を廊下にどぽどぽ撒《ま》きはじめた。中央館への曲がり角付近の階段口から化学教室前まで、五メートルほどが水浸《みずびた》しになる。

その様《さま》を満足げに眺め、大志ににやりと微笑みかけて、瞳一郎は言った。

「さて、じゃ、おまえ、そこいらうろついて鬼さんたちを誘《おび》き出してこい」

瞳一郎の指示は、こうだ。追いかけてくる鬼とは十メートル以上、距離を取ること。化学教室が近づいてきたら、大声でそれを知らせること。絶対に廊下の水を撒いた部分で立ち止まらないこと。それからこれが一番重要だけれど、水を撒いた部分の一メートルほど手前、足首の位置に針金を渡しておくから、引っかかって転んだりしないように。

「うわああああっ！　そんなん気にしとる場合ちゃうんじゃー！　ぎゃー追いつかれる追いつかれるぅ！」

バットを持った凶悪な形相の塚沢第一生四人に追いかけられ、必死のぱっちで中央館を駆け抜ける。塚沢生の後ろからは、西大付属生と松陵生、それに秀明館の生徒が幾人か、負けじと追いすがってきていた。

「こんな役おれにやらしくさって、絶対シバく！　シバきまくる！　瞳一郎のボケ、アホ、カスー！

カスー！　で西館への曲がり角を折れ、針金をぴょんと飛び越し、水浸し地帯をすべりそうになりながらも通過、やったあ！　と叫んで、背後をふり返る。追いかけてきた塚沢第一の四人が、大志の見てる前で針金に引っかかって前のめりにべしゃりと転倒した。腰から上が水浸しになっている。なんだよ、とわめきながら両腕を突っぱって半身を起こした四人、そのまま石像のように硬直してしまった。四人とも顔を奇妙にゆがめて、ストップモーションのように動きを止めている。小刻《こきざ》みに体全体が震えていた。背後にいる他の鬼たちも、異様な状況に目を丸くしてその場に釘付けになっている。

「ど、どないなっとんねん……」

よろよろと四人に近づこうとして、ちょうど化学教室から出てきた瞳一郎の声に制止された。

「よせ。食塩水にふれると感電するぞ」

びくっとして撒かれた水から後退る。

「50mA。離脱限界《りだつげんかい》を超える電流だ。筋肉が麻痺《まひ》して自分の意思では動けなくなる。もう少し上げると気絶させることもできるぞ。心臓が停止するかもしれんがな。上げるか？」

ぶるぶる。大志、かぶりをふる。めっそうもございません。

ほくそ笑んでいる瞳一郎に、五メートル向こうから西大付属生のひとりが呼びかけてきた。

「越えられない川を創ったつもりかい、柏木。スズメが電線にとまっていられる理由を知らないわけじゃないだろうね？　身体の一カ所のみ導体にふれているだけなら、感電はしない。僕たちの周囲を取り巻く空気はほぼ完全な絶縁体だからね。電流が流れる道を作らなければいいのさ。つまり食塩水にだけふれて、他の導体……床や壁、人間なんかにさわらなければいい。他のものにさわると、食塩水から身体を通って、さわったものへと電流の流れる道が出来てしまうからね」

「ご高説《こうせつ》痛み入る。では博士、そんなところに突っ立ってないで空気絶縁のほどを試してみたらどうだ？」

ためらう西大付属生に、瞳一郎、せせら笑ってたたみかける。

「理論上ではそうだと納得できても実践《じっせん》できないだろう？　実際に感電してる人間を目の当りにすればな」

「……だったら固体の絶縁体だ。ゴムかビニール、合成樹脂……いや、それより分電盤《ぶんでんばん》を探してブレーカーを落とすほうが早い！　だれかっ…」

秀明館の制服を着た生徒が、心得たとばかり、回れ右をして中央館のほうへ駆けてゆく。

「……バカめ」

くく、と喉の奥で笑った瞳一郎が、大志の腕をつかんで引っぱった。物理教室へ連れこまれる。窓を開けた瞳一郎は、下を透かし見てうなずいた。

「なんとか下りられるな。おい、ここから逃げろ」

「へ？」

「逃げろって言ってるんだよ。もうすぐバカどもがブレーカーを落としてくれる。多分、補助電源のほうもな。警報装置は解除され、ついでに真っ暗闇。ここまで条件が揃えば、いくらトロくさいおまえでも見つからずに逃げ切れるだろ。ほら、俺の家の鍵。さっき渡したMOを俺の部屋に放りこんでおいてくれ。それが済んだら、おうちに帰って今日のことは忘れて、心安らかな眠りにでもついてろ」

そら行け、と背を押されて、冗談じゃない、と足を踏んばった。

「アホ！　ひとりだけ逃げるやなんて、できるかっ。おれのせいでこんなことなってしもたのにっ…」

「言っただろ、おまえは関係ない。これは俺たち生徒会の問題だ。関係ない一般人はさっさと逃げろ」

突き放すように言われて、かちん、ときた。まるで大志がジャマだとでもいうような態度じゃないか。

「せやけど犬伏に言われたもん！　逃げんと助けて、て。せやさかい、おれ、がんばってっ…」

「がんばって、つかまって、音羽に好きなようにされてもいいのか？　やつは本当にやるぞ」

一番効果のある脅し文句だ。ちょっと気持ちが逃亡のほうへ傾いた。けれど。

「それはいやや。いややけど……百合子ちゃんかて、がんばれ言うてくれたのに、おれだけ逃げるやなんて、そんなんやっぱりできひん。勝って、他のやつらのこと助けたらな」

「俺がひとりで助ける。おまえは必要ない」

「おまえもつかまってしもたら？　負けてまうやん。そしたら、みんな、どないなるん？　それこそ…」

いきなり瞳一郎がそばの壁を、だん！　と殴りつけた。怖いくらいの迫力で怒鳴りつけられる。

「他のやつらなんかどうなろうとかまうか！　さっさと逃げろ！」

びっくりして、立ちすくむ。瞳一郎がこんな大声を出すなんて。

あんまり驚いたものだから、膝ががくがくと震え出してしまった。瞳一郎がそれを見て、はっとしたように目をそらす。

少しの沈黙の後、わずかに震える声が、ゆっくりと告げた。

「いや……あいつらは役員で、ゲームに参加する義務がある。だからおまえが心配することはないんだ」

「けど、おれっ…」

言いかけたくちびるが、なにかにふさがれた。やわらかく冷たい、なにか。コロンの香りも、口紅の味もない。そっけないほど一瞬の、———これは、キス？

閉じる間もなく見開いていた瞳で、離れてゆく白い顔を追った。たった今、重なったばかりのくちびるが、うながす。

「……とっとと逃げろ、バカ」

なにも考えられなくて、こくりとうなずき、窓の桟《さん》に手をかけた、その時。

「見ーつけたあ」

揶揄《やゆ》の響きを含んだのんびり声が、大志の背筋を凍らせた。恐々ふり向く。無垢な笑顔の音羽が、両の足先をびしょびしょに濡《ぬ》らし、マリア像のように両手を広げて、戸口に立っていた。

瞳一郎が舌打ちしてつぶやく。

「理論を実践したわけか。恐怖心が欠落してるのか？」

音羽が一歩近づいた。瞳一郎が大志をかばうように音羽とのあいだに立ちはだかる。

「さっさと行け。照明が消えてから走れよ」

「おまえはどないすんねんっ」

「どうとでもなる。いいから逃げろ」

音羽が迫ってくる。あどけないほどの笑みを浮かべて。いかな瞳一郎でも、こいつ相手に逃げ切れるとは思えない。それで？　瞳一郎はつかまって、ゲームはエンド。光徳の負け。杵島大志クンは友達をほっぽり出して、このバカバカしいゲームからひとりのうのうと逃げてしまいました。おしまい。この選択でよろしいですか？　イエス、ノーでお答えください。

一秒で、答は出た。瞳一郎を窓へと突き飛ばし、走っていって音羽に組みつく。

「大志っ？」

「おまえが逃げれ！」

叫んだ大志に、音羽が驚嘆したようにつぶやいた。

「驚いた……とても可愛らしいことをするんですねえ、きみは……」

衝撃は、頬にきた。さっき出来た疵を、ぎり、と指でねじられる。

「やめろ、音羽！　顔っ…」

「来んな！　おれの顔なんかどうでもええねや！」

血相変えて走り寄ってこようとする瞳一郎を、恫喝《どうかつ》する。疵が引きつれるほど痛い。それでも、ぐっと歯を食いしばって我慢した。関西人はここぞっちゅう時にはしぶといんや。

「はよ行けや！　こんなやつらに死んでも負けんな！　どんな手ぇ使《つこ》てもええから、絶対勝ったれ！」

「勝つのは僕らですよ。さあ、どいて。柏木をつかまえて、ゲームを終わらせます」

前に出ようとする音羽に、ええいままよ、とグーパンチ攻撃。うまく頬をかすめたか、と思った瞬間、明かりがふっと消えた。廊下のほうで歓声が上がり、幾人かの足音がばたばたとこちらへ駆けてくる。

「瞳一郎！　頼むからっ…」

逃げてくれ、と続くはずの言葉は、腹部を襲った衝撃で跡絶《とだ》えた。みぞおちをえぐっているのは、多分、音羽の膝頭だ。痛みに、めまいがした。朦朧《もうろう》とする意識の中で、窓に目を向ける。

ほのかに月光が届く窓辺、メガネの奥のカッと見開いた瞳一郎の目だけが、ぬめるような銀色に輝いて見えた。金属のような冷たい輝き。感情が凍結した瞳の色。

その瞳が、闇を貫《つらぬ》いて大志を一瞬見据え、それから、すう、と窓の下に消えた。木の枝が折れる、小さな音。土を踏んで慎重に遠ざかる足音。

そうや。それでええんや――

思ったのを最後に、大志は気を失った。

ぱしん。……ぱしん。………ぱしん。

ぼんやりと覚醒しはじめた意識が、なにかを打ちつけるような音を捕えた。それと共に、痛覚が痛みを感知して、危険をわめき立てはじめる。

なんやしらん、ほっぺた痛いなあ………

思いながら、大志はゆっくりと重いまぶたを開いた。初めに見えたのは切れ長一重のくっきりした瞳。それからすっと整った鼻梁。弓なりのくちびる。くちびるは幼子《おさなご》のように無垢な微笑をたたえている。

「ああ、目が覚めましたね。叩いても動かないから死んだのかと思いましたよ」

ぱしん。また音がして、頬に痛みが走った。ぱしん。もう一度。ぱしん。こいつ……だれやねん？

もう一度、頬を叩かれて、一挙に記憶が戻ってきた。伊集院の電話。鬼ごっこゲーム。鷹司百合子。頬の疵。感電した塚沢第一生。切羽詰った瞳一郎の顔。それから――

「………おとわ…」

「そうですよ。痛い？　ねえ、痛いですか、大志くん？」

ぱしんっ。疵の上を打たれる。顔をしかめたら、音羽は満足そうににっこりと笑った。

「あ、可愛い。きみ、やっぱりすごく可愛いなあ」

にこにこ笑顔で大志の顎をつかみ上げ、ためつすがめつ商品のように眺めまわす。吐き気がした。突き飛ばして殴ってやろうと思っても、手足にまるで力が入らない。そういえば、意識を失う寸前、こいつにみぞおちキックを入れられたのだと思い出す。ますます殴ってやりたくなった。意思の力を総動員して、なんとか腕をふり上げ、顎をつかむ音羽の手を叩き落とす。無邪気なサディストは声を上げて笑った。

「へえ、怒った顔も可愛いんだ。僕ねえ、そういうの好きですよ。マイナスな表情が可愛らしい人って、あんまりいないんですよね。本当にきれいでないと、醜くなってしまうでしょう。だから……」

音羽の手がするりと伸びてくる。十本の指が、大志の喉に絡《から》みついた。ぐっと絞められる。

「もうちょっと苦しそうな顔も見せて?」

微笑んだ音羽が、首を絞める指に力を込めた。ぞっとする。こいつ、本気だ。本気で……

パニックを起こしかけた時、だれかが音羽の手首をつかむのが見えた。だれだ? と赤く染まった視界を探す。瞳が見知った公家顔を一瞬捕えた。犬伏だ。そこに視点を合わせる。犬伏は音羽とは逆方向に顔を向け、口を動かした。

「やめるように言え」

だれに言っているのかと思ったら、伊集院にだった。音羽の手首をつかんだまま、大志の頭側に立つ伊集院を睨みつけている。いつもの柔和な犬伏からは想像もできない厳しい顔つきだった。

「やめるように言えよ」

再度のうながしに、伊集院がふいと視線をそらせる。しばしの間の後、きれいなヴァリトンが命じた。

「……やめたまえ」

「つまんないですねえ」

音羽がいたずらを言いつけられた子供のように口を尖らせる。未練がましく何度か躊躇した後、やっと大志の喉から手を離した。それをキツい目で睨んだ犬伏が、大志の頬を見て訊いてくる。

「……やられたのか?」

うなずいて、げほっ、とひとつ咳きこみ、周囲を見回す。そう広くはない部屋に、なにかの機材が並んでいた。どこかで見たことがある、と首を傾げ、ああ、と思いつく。放送室だ。自分はそこの床に仰向けに転がされているのだ。少し離れた場所に、ふたりの松陵生に見張られて、肩を寄せ合っている原と鰐崎もいた。ふたりして、目で、だいじょうぶか？　と問いかけてくる。原なんて涙をどぼどぼ流していた。

「さあ音羽、休憩は終わりだ。柏木を捜しに行きたまえ。時間が迫っている」

伊集院に申しつけられ、つまらなそうに、ちぇっ、と吐き捨てた音羽が、扉の丸窓をこんこんこんと三回ノックする。がちゃり、と鍵の回る音がして、外にいた秀明館生が扉を開いた。どうやら鬼側の拠点はこの放送室らしい。

音羽が出てゆくのを見届けてから、犬伏が大志の体を起こして壁に寄りかからせてくれた。それに訊く。

「……瞳一郎、つかまってへんねや。ちゃんと逃げとんのや」

「うん。塚沢第一の四人……ほら柏木が感電させたってやつらな、あいつらが戦線離脱したから、状況的には有利になってる。今、八時半過ぎで、残り時間は三十分弱。多分、柏木なら逃げ切れると思うよ」

よかった、と胸をなで下ろす。八時半過ぎ、か。そうすると自分は一時間半も気を失っていたのだ。

「……なあ。まさかと思うけど、おれ、あのヘンタイになんもされてへんよな？」

ああ、それは…と犬伏が答えかけたところへ、伊集院が、あきれた、とでもいうように宙を仰ぎ。

「まったく音羽もきみなんかのどこが気に入ったのだろうね。趣味を疑うよ。まあ見てくれはまずまずといったところだが、いかんせん中身がすかすかじゃないか。本当にあの柏木の友人なのかね」

人のプライドをミンチにするようなことを言いやがったのだ。チェス・トーナメント以来くすぶり続けてきた怒りが、一気に大気圏を突き抜けて地球周回軌道にまで達する。

「ほっとけや、このホモ！　瞳一郎に手ェ出そとしとるおまえなんかよりは全然おれのほうがマシじゃ！」

「おやおや口の悪い。恋愛は個人の自由だろう。私は柏木にはっきり拒否されたわけではないのだから、ただの友人ごときにそんなことを言われる筋合いはないね。それとも彼はきみの所有物なのかな？」

そう言ってのけ、伊集院は艶麗な微笑を美しいくちびるにのせた。瞳が挑発するように大志を見る。

ぐうの音も出ないとはこのことだ。くやしさに歯嚙《はが》みする。理屈でこられたら抗すべき手がない。

「おまえ、嫌いやっ……」

子供っぽいとは承知しつつ、そう吐き捨てると、伊集院は楽しげに声を上げて笑った。

「なるほど。きみはとても利己的で無神経で感情的な上、頭の悪い人間のようだ。けれど、礼儀くらいはわきまえていただきたいものだね。恩人には礼を尽くすものだろう？」

「……このボケは、なにを吐《ぬ》かしとんねん、犬伏？」

憎々しげに人差し指を突きつけ、間接話法を使ってなじってやると、伊集院、やれやれと肩をすくめた。

「音羽は初め、無断できみを別の場所に連れこもうとしていたのだよ。私が制止して柏木探索に追いやっていなければ、今ごろどうなっていたことやら。犯されなかったのは私のおかげと感謝したまえ」

びっくりして犬伏に確認の視線を投げかけると、苦笑とうなずきが返ってきた。

「…探索に追いやられてたんだけど、さっき厭《あ》きたって戻ってきてさ。おまえの頰を叩き出したわけ」

恐ろしげな話に凍りつく。知らなかった。そんなヤバげなことになりかけていたとは。

あわてて伊集院に頭を下げる。

「ご、ごめんな。おれ、知らんかったから。あの…ありがとお」

とたん、伊集院が吹き出した。腹を抱《かか》えて大笑いし出す。涙まで浮かべて笑っているものだから、気が変になってしまったのかとびびってしまった。

どきどきしている大志に、ひとしきり笑いまくった伊集院が、涙を拭《ふ》きつつ進言してくる。

「躾《しつけ》が行き届いているのはいいが、気をつけたまえ。そんなだと悪いやつらに寄って集《たか》って食いものに…」

『い、伊集院会長っ！』

突如、頭上にあるスピーカーから声が飛び出してきた。伊集院が調整卓をちらりと見、眉をひそめる。

「講堂の放送施設からだ。……全校放送になってるぞ？　なんのつもり…」

問いに答えるように、ひどく取り乱したふうの声が混乱の極《きわ》みだとでも言いたげなども り口調で続けた。

『かし、柏木っ……講堂まで、おい、追いつめたんですけ、けどっ……な、なぐ、殴ったら倒れ、倒れて、後ろ向きにっ……動かな、動かなくなっ…たですっ……はやく……はやく来てくださっ…』

ぶつっ。切れた。

放送室内が怖ろしいほどの沈黙に支配される。息ができないほどの緊迫した沈黙。

大志の耳の中で、わあん、と虫の羽ばたきのような音がした。追いつめて殴ったら、後ろ向きに倒れて、動かなくなった。追いつめて殴ったら、後ろ向きに倒れて、動かなく——

「杵島っ？」

犬伏が叫ぶ。怒りにまかせて伊集院に飛びかかり、シャツの襟を締め上げた大志は、自分でも驚くほど冷静な声音で、言っていた。

「瞳一郎になんかあったら、殺す。絶対におまえ殺したるさかいな」

「……私にだって不測の事態なのだよ」

こちらもひどく冷静に受けた伊集院が、おろおろしている松陵の見張りふたりにうなずいてみせる。

そして外の見張りに扉を開けるよう指示し、大志たちを手招きした。

「とにかく講堂へ急ごう。話はそれからだ」


講堂には、明かりが点《つ》いていないようだった。高い位置に並んだ窓も暗闇に沈んでいる。

西館から渡り廊下を使って講堂前までたどり着いた大志たちは、ちょうどやって来た音羽他十数名と合流し、閉まっている両開きの扉を叩きつけるように開けて、どっと内部になだれこんだ。真っ暗闇の中、だれがだれかの判別もつかずに、とにかく全員が講堂内に入った、その瞬間。

ばたん！　と背後で扉が閉じた。何事かと瞠った目を、白と黄の閃光が襲う。めまいを感じて、何度もまぶたをしばたたいた。強い照明の光に、目の奥が痛くなる。にじんだ涙をぬぐおうと手を目許《めもと》に持っていきかけた時だ。

「ようこそ、諸君」

皮肉な笑いを含んだ冷徹な声が、天井の高い講堂に響いた。まさか、と首を声がしたほうへふり向ける。

瞳一郎が、いた。講堂の中央に、この上なくえらそうな態度で腕組みなんかして、お得意のせせら笑いを浮かべて、立っていた。

どんな悲惨な事態が待ち受けているかと蒼白になっていた大志は、瞳一郎の無事な姿に混乱し、安心して、涙が込み上げてきて、とにかく走って瞳一郎に飛びついた。震える手で後頭部と額の辺りに疵がないか確認する。瞳一郎がにっと頬をゆがませてささやいた。

「心配したか？」

「あ、当たり前や！　び、びびってんから、ほんまにっ！　おまえ死んだらどないしょうてっ……！　だいじょうぶなんか？　頭、どないもないかっ？　殴られたんやろっ？　た、倒れたてっ……」

「嘘だよ」

「……え？」

固まった大志に、瞳一郎、片方の眉を尊大に吊り上げて。

「嘘に決まってるだろ。俺がそんなマヌケなハメに陥《おちい》ると思うか？　外を守ってた秀明館の運動部のやつをひとり連れてきて、脅して、言わせたんだよ。おまえら全員をここに誘《おび》き寄せるためにな」

瞳一郎が大志越しに、鬼たちへ告げる。伊集院が一歩進み出て、にっこりと微笑んだ。

「どういうつもりかね？　塚沢第一の四人が抜けたとはいえ、ここにいる鬼は二十数名、対するきみたちはたった五人。こんな場所に全員を集めて、つかまえてくれと言わんばかりじゃないか」

「さて、それはどうかな？」

余裕しゃくしゃくの瞳一郎、縁なしメガネを指先で上げ、顎をしゃくった。扉のほうへと。

伊集院はじめ一同回れ右をして、息を呑む。

見慣れない私服姿だったので初めはわからなかったけれど、知った顔の光徳学院休育部部長会の面々、二十余名が、出入り口を塞《ふさ》ぐように扉前へとずらり勢揃いしていたのだ。

「ハデな演出だなあ」

犬伏が、あはは、と笑って、感想をもらす。鰐崎と原はお互い顔を見合わせて、感涙にむせびつつ、うなずき合った。鬼たちは全員、その場に縫いつけられたように立ち尽くしている。

「なんで……あいつら、おるん？」

呆気に取られていた大志が体育部部長らを指差して問うと、瞳一郎はジャケットのポケットから携帯を取り出し、ふってみせた。屋上で西大付属のお坊っちゃんふたりから巻き上げたシロモノだ。

「想平を使って槇を動かしてもよかったんだが、後々面倒そうだからな。副長の門倉《かどくら》を脅迫して来させた」

「キョーハク？」

「聞いて驚け。あいつ、実は槇をねら…」

言い終わるより早く、すごい勢いで駆けてきた門倉が、瞳一郎の口を手でわしっと覆《おお》ってしまった。

「貴様、それ以上一言でもしゃべったら、くびり殺すぞ」

柔道部にしてはめずらしく憂いを含んだ美青年系の顔をゆがめて、凄《すご》んでいる。瞳一郎はにたりと笑い、手をひらひらふった。

「しゃべられたくなかったら不服そうな顔はやめて俺に従え。でなきゃ本人にバラすぞ。…それも一興《いっきょう》か。おまえが槇に嫌悪され蔑《さげす》まれ遠ざけられて、廊下で会っても完璧に無視される様ってのも見てみたい気がするな。あの男、案外潔癖なところがあるから、そりゃもう徹底して嫌うだろうよ、おまえのこと」

「……悪魔か、貴様……」

苦悩に苛《さいな》まれてうなる門倉を楽しげに眺め、瞳一郎はまさしく悪魔のように魅惑的で残虐な笑みを口端に乗せた。メガネの奥の瞳が冷たく煌《きら》めく。

「主命が行き届いたところで、これまでの屈辱を残らず晴らすとするか。…塚沢第一の藪くん？」

紫紺色の制服が集団から飛び出して壇上のほうへと逃げる。扉を固めていた体育部部長会の何人かがそれを追い、もみ合った末、瞳一郎の前へしょっぴいてきた。悪魔くん瞳一郎、不気味にやさしい声で訊く。

「A・濃硫酸を脚の付け根にかけられる、B・工作用ドリルで上の奥歯に穴を開けられる、C・足の小指の爪を引き剝がされる。どれがいい？」

藪が口から泡《あわ》を吹きかねない様子でまくし立てる。

「バカ言うなっ！　俺がなにしたっていうんだ！　これはゲームだろ？　俺は伊集院に言われて参加しただけで、なにひとつ悪いことはっ…」

「してないか？　だったらアントワーヌの三人の顔や手足の手当痕《あと》はなんなんだろうな」

瞳一郎の言葉で、皆に隠れるようにしてうつむく鷹司嬢たちに気づいた。頰や手に絆創膏《ばんそうこう》が張られている。大志の内に怒りがひたりと押し寄せてきた。女の子相手に。彼女たちは大志を助けてくれたのに。

「そいつ殴り殺したれ瞳一郎っ。そんなドグサレ男はいっぺんシバキ倒さな、どもならんわっ！」

怒りにまかせて大志が怒鳴ると、瞳一郎は肩をすくめ、門倉たちに命じた。

「靴を脱がせろ。Cでいいな、藪」

「冗談はよせ、柏木！　俺はっ…」

「安心しろ、片方だけにしておいてやる。爪なんかすぐ生えてくるさ。痕も残らず万々歳だな。俺の親切な選択に感謝しろよ」

動かないよう固定された足先に躊躇もなく手を伸ばし、瞳一郎は顔色ひとつ変えずに、それをやった。つまり、人間の足の爪を引き剝がすって行為を。

高い悲鳴が上がって、苦悶のうめきが長く尾を引くように講堂中に満ち満ちる。痛みでのたうち回る藪を、血だらけの小さな爪を指先でつまんだ瞳一郎が冷ややかに見下ろし、そっけない口調で請うた。

「だれか病院に……ああ、アントワーヌのお嬢様方に頼もうか。鷹司」

「……いいわよ」

硬い声で応えた鷹司嬢が進み出てきて、ポニーテールのベニコちゃんと一緒に藪を両脇から抱え上げた。

「くれぐれも彼女たちの機嫌を損ねるなよ、藪。感謝と尊敬の念を忘れると…」

「黙れ、柏木！　てめえっ…殺してやる！　おまえもだ、鷹司っ！　女のくせにっ…ぎゃあっ！」

支え手がなくなって床にもんどりうった藪に、鷹司嬢がころころ笑って謝罪する。

「あら、失礼。しっかりつかまっててくださらないと、女の細腕《ほそうで》では何度も同じことが起こりますわよ。

…ったく、手間かけさせんじゃねえよ、このクソったれ男が」

アントワーヌの六人と藪が講堂を出てしまうと、瞳一郎は伊集院に近づいてポケットからハンカチを奪い、床に落ちた藪の血と自分の手を丁寧にぬぐった。汚れたハンカチはきれいにたたまれて伊集院のポケットに戻される。伊集院はいささかも動じず、凄艶な微笑を見せて瞳一郎の頬を指先でなぞった。

「……杵島くんの頬の疵。藪がやったんだろう？　妬《や》けるね」

「音羽はどこだ？」

伊集院の問いかけを無視して瞳一郎が訊く。大志はぎょっとして鬼たちの上に視線をさ迷わせた。いない。あの変態サドやろうの顔はどこにも見えない。

どこ隠れたねん！

講堂前で一緒になったはずだ。この中にいるはずなのだ。ぐるりと頭を回して、講堂中を見渡す。壇上に目をやった際、ちらりと視界の端でなにかが動いた。瞳一郎の鋭い叫び。体がだれかに突き飛ばされる。床に転がったところを、今度はでかい靴で踏んづけられた。

「な、なんやねん、もおっ…」

ぼやきながら痛む背中をさすりさすり起き上がり、ぎゃっと飛び退《すさ》る。すぐそばに、三人がかりで押さえつけられ、床に磔《はりつけ》にされている音羽がいた。観念したのか抵抗もせず、相変わらずの無邪気なあどけない笑顔を大志に向けてちろりと赤い舌を出し、とぼけてみせる。

「失敗しちゃいました。きみを人質に取って逆転を狙《ねら》おうと思ったんですけれど」

そして、挑戦的な眼差しで、脇にたたずむ瞳一郎を見上げた。

「大志くんの頬を叩きましたよ。あんまり可愛らしかったので、三十回くらい」

「ほう、それで?」

「首も絞めました。本当はね、だれも来ない場所でふたりっきりで、皮膚とかナイフで傷つけて、全身に咬み痕をつけて、めちゃくちゃに犯してあげたかったんですけれどね。伊集院に邪魔されちゃいました」

戦慄の告白に、瞳一郎が薄気味悪く笑って返す。

「詰めが甘いんじゃないのか? 他人に邪魔されて企てが頓挫《とんざ》するなんて、最も恥ずべき事態だ」

澄んだ笑い声が講堂中にこだました。音羽の笑い声だった。奇妙に清々《すがすが》しく、いっそ悪意さえ感じられる、朗らかな笑い声。

瞳一郎も愉快そうに口元をゆがませた。くくく、と低い笑い声をもらす。そしてポケットの中から、ライターと、生徒会室の鍵を開ける時に使った細長いものを取り出した。

目を凝《こ》らし、あの細長いものはなにかとうかがう。それは先端が鋭く尖った針だった。

なにをするつもりかといぶかしく見ている大志の前で、瞳一郎がライターの火を点《つ》け、針の尖った先端をあぶる。小さな炎がちらりとゆれて針の先がオレンジに輝き、火を消すと急速に冷えて暗色《あんしょく》に変わった。

瞳一郎が針を手にひざまずく。音羽の目が閉じないようまぶたを押さえ、右手をゆっくりと眼球に近づける。針を持った右手を。

音羽は口元に笑みをたたえて、降りてくる針を凝視している。身じろぎもせず。

それはなにかの儀式のような光景だった。大志はまばたきするのも忘れて、目の前のふたりを見つめた。

あんまり無茶苦茶で、現実感がない。だって人の目に針を刺すなんて行為は、とてつもなく非日常的なことだから。そんなこと、大志の知っている世界では起こりえるはずのないことだから。

針が音羽の瞳に吸いこまれてゆく。

講堂の、耳が痛くなるような沈黙の中で、ごくごく小さな、かつっ、という微音がした。

瞳一郎が憐《あわ》れみ深くささやく。

「……………コンタクトに助けられたな」

針は、音羽の眼球表面で止まっていた。

ゆっくりと立ち上がった瞳一郎に、音羽がぱたりとまばたきしながらたずねる。

「コンタクトがなければ、本気で僕の目を刺していた?」

「当たり前だ」

間髪《かんぱつ》入れぬ即答に、音羽は背をのけ反《ぞ》らせ、身をよじらせて、はじけるように笑い出した。

「気に入った!　気に入りましたよ、柏木瞳一郎!」

狂ったように笑い転げる音羽を扱いかねて、部長たちが瞳一郎を仰ぎ見る。ほっとけとでもいうように眉を上げた瞳一郎の腕時計が、ピピ、と鳴った。文字盤で時刻を確認し、冷酷な悪魔は伊集院に告げた。

「九時だ。ゲーム終了。今度こそ約束を守ってもらうぞ」

それを聞くやいなや、大志の体から力が抜けた。床にべたりと倒れこむ。なんだか頭がぐるぐるした。

今頃になって、どっと恐怖心が湧いてくる。周囲では鬼役の各校生徒会役員たちが大志と同じように倒れたり座りこんだりしていた。それへ伊集院が帰宅しろと指示を出している。音羽はまだ笑いこけていた。

ため息が出る。冷たい床に両腕を枕にしてうつ伏せていると、だれかの手が後頭部をぱしりと叩いてきた。意地悪な手の主に、うつ伏せたままで、問う。

「……コンタクトて知っとったんやろ?」

「どうだろうな」

「おまえがそこまで計算してへんわけないやん。びびらすのん、うまいなあ」

くるりと体を反転させ、大の字に寝転がった状態で、縁なしメガネをかけた秀麗な顔を見つめる。

「なんでさっきのやつみたいに爪ハガせへんかったん?」

瞳一郎は屈《かが》めた膝に肘《ひじ》を載せ、頬杖をついて苦笑してみせた。

「この状況で自分を悪役にして伊集院をかばった。ゆえに情状酌量《じょうじょうしゃくりょう》。俺にだって温情はある」

「……なんや、それ」

眉をひそめた大志に手が差し伸べられる。ふくれっ面で手を重ねると、すごい力で引っぱり上げられ、勢いづいて瞳一郎に抱きつく形になってしまった。あわてて離れようとしたら、腰を引き寄せられて。

「頬以外にケガしてないだろうな?」

耳元でささやかれ、どうしてだか、かあっと顔が熱くなった。突き飛ばすようにして、体を引き剝がす。

「な、なんやねん、してないわっ。はな、はなれえや、ボケッ」

「はいはい、おまえはホモじゃないものな。過剰なスキンシップは御法度でした」

両手を降参とでもいうように挙《あ》げた瞳一郎が、にやにや笑って言う。ぐっと詰まって言い返す言葉を探したけれど、なにひとつ浮かばなかった。

「おれはっ…」

「お話中、申し訳ないが、柏木を借りていいかな、杵島くん？」

言いかけた大志の声に被《かぶ》せて、伊集院が横入りしてきた。瞳一郎に色っぽい流し目なんかしやがって、そこいらの女なら一発でオトせそうなヴァリトンでささやく。

「まずはMOを渡していただこうか。話はそれからだ」

うなずいた瞳一郎が大志のジャケットの胸ポケットからMOを抜き取った。伊集院にぽいと放り投げる。それを空中で優雅にキャッチした秀明館の会長、まことに艶《つや》やかな笑顔を見せて。

「きみのその、不利な状況を反則スレスレの技で有利な手へと引っくり返す手腕は、まさしく錬金術だな。では、光徳の委員参加に関して、いくつか条件を確認してもらおう。いいかね？」

瞳一郎が悪どい笑みを浮かべ、近くにいた門倉を呼びつける。そして大志を家まで送れと押しつけた。

「俺は伊集院と大事な話があるから、先帰れ。お疲れさん。ばいばい」

顔がゆがむ。さっさと消えろと言わんばかりの、この態度。また大志を邪魔者扱いして。しかも、あのえろえろホモ男と大事な話があるから、だって？　怒髪天《どはってん》を衝《つ》くとはこのことだ。

怒り極限で門倉の腕をガッとつかみ、毒突く。

「おう、帰るわ、帰ります！　帰ったるっちゅうねん、だあれもおまえのことなんか待ったるかボケカスアホ！　調子乗んなよ、冷血男！　おまえなんかホモのドクキバにかかってまえ、アーホっ」

門倉を引っぱってどすどす扉へ向かい、それでもちょっと気になって、ちらりと背後をふり返る。

頬が引きつった。なんとなれば、伊集院のやつが瞳一郎の肩に手をかけ、内緒話でもするように耳元に口を寄せていたからだ。しかも瞳一郎はそれを嫌がりもせず、されるがままになっている。あのチェス・トーナメントでのキスの時と、同じだ。飛んでいって割りこんでやりたい気分になったが、すんでのところでその衝動を抑えた。そんなことしたって、瞳一郎はしごく冷静な顔でこう言うだけだ。なんだよ、邪魔するな、さっさと帰れ。

扉を思いっきり蹴りつける。痺《しび》れるほどの痛みが爪先を襲った。涙目になっている大志をあきれたように眺めて、門倉が言う。

「……バカなのか？」

まさしくその通り、竹島大志、大バカやろうなのでございます。

ポケットの中の鍵に気づいたのは、自分の部屋でジャケットを脱いだ時だった。ちゃり、と音がしたので探ってみると、件のものが出てきた。そこで初めて預かっていたことを思い出したというわけ。

少し迷って、コートをはおった。階段を下りて玄関に向かう途中、キッチンで大志の食事の用意をはじめていた祖母の品子に、瞳一郎の家へ行くと伝える。それやったら、と品子は温め直していた料理を手早く二段の重箱に詰め、大志に寄こした。

「瞳一郎くんと食べよし。月曜日はお手伝いの人、来やはれへんのやろ？」

「ありがとお、おばあちゃん。…なあ、えっちゃんとおっちゃんは？　まだ帰ってないん？」

口実が増えてラッキーとばかり嬉々として重箱を受け取り、テーブルに置かれたふたり分の食事の支度《したく》を見てたずねる。品子はあきらめの混じったため息をついた。

「どうせまた女子《おなご》はんのとこどすやろ。ほんまにうちの男連中いうたら、ひとりくらい瞳一郎くんみたいにデケのええ子ぉがおってくれてもバチ当たりまへんのになあ。……そうそう、あんた、瞳一郎くんに婿養子の話、訊いてくれましたんか？　なんて言うてた？」

またしてもわけのわからないことを言い出した祖母からダッシュで逃げ切り、自転車で瞳一郎の家へ向かう。家を出る際、時計を見ると、十時に近くなっていた。秀明館から瞳一郎の家まで、タクシーで二十分くらい。もう帰っているだろうと高《たか》をくくって着いた家には、けれど明かりが点いていなかった。

呆然とする。予想外のことにおろおろして、家の周りを自転車で七周もしてしまった。さすがに七周目で我に返り、ドロボウと間違えられないうちにと、鍵を使って中に入る。勝手に上がりこむことはよくあることだから、罪悪感もなしに瞳一郎の部屋へ入った。鍵をパソコンの横に置き、祖母に持たされた料理の包みは階下のキッチンのテーブルに載せておく。

そして、待った。はじめはベッドの上で、それから部屋をうろうろ歩き回りながら、おしまいには寒々とした玄関口で体育座りなんかして、瞳一郎が帰ってくるのをひたすら待ち続けた。

時計の針が十時を回って半を越え、十一時を指しても、瞳一郎は戻ってこない。

寒さに耐え切れず部屋へと退避した大志は、いらいらと親指の爪を嚙みながら、カーペットの上で八の字ダンスを踊りまくり、ついには目を回してベッドに倒れこんでしまった。

「なんで帰ってけえへんねんっ……」

虚空に向かってわめいても、返事はない。腹立たしさにベッドをこぶしで殴打《おうだ》する。

なにをしているんだろう。あれから二時間も経《た》っているのに。伊集院なんかと、なにをそんなに話すことがあるんだろう。あの秀明館の校内に、まだいるんだろうか。講堂に？　講堂で二時間も立ち話？　まさか。もしかして場所を変えたのか？　例えば……そう、例えば、伊集院の自宅とか？

「アホかっ！　そんなん、ぜっっったい許さへんぞ！」

いきり立って枕を壁に叩きつける。ぽたりと落ちた枕は、くにゃん、とふたつに折れ曲がった。

涙が出そうだ。自分は一体どうしたんだろう。大事なものを盗まれたような気分。ひどくくやしくて、ひどく腹立たしい。

「連れて帰ってきたらよかった……」

無理やりにでも。講堂で帰れと言われた時、あんなふうに短気を起こしてあきらめなければよかった。話が終わるまでそばで待っていればよかった。そうすれば、こんな気持ちになることもなかったのに。

ベッドから降りて、折れ曲がった枕を拾う。形を直して元の位置に戻す。そして、顔から突っ伏した。

「とういちろうのぼけえ」

声は枕に吸いこまれて、くぐもった変な音になる。

「ホモセクハラしたくせに」

体とかいっぱい、さわりまくって。

「……きれいとか言うたくせに」

給水塔にもたれかかりながら。

「…………キス、したくせに」

絶対におれとだけはせえへん言うたんちゃうかったっけ？

「もお…………なんやねん……」

頭の中、ぐちゃぐちゃだ。それでなくても大志の頭脳は複雑思考には向いていないのに。

なんかワヤやなあ。思って目をつむった時、門扉が開く音がした。跳ね起きる。玄関の扉が開き、ゆったりとした足音が廊下を抜けて階段を上がってくるのが聞こえた。再び廊下を進んで、部屋の前でぴたりと止まる。ノブが落ちてドアが開くのを、大志はスローモーション映像でも見ているように遅く感じた。

ドアを開けた瞳一郎は、大志がいるのを見て少なからず驚いたようだった。縁なしメガネを指先で上げて、ぱちぱちとまばたきしている。そして、不思議そうに言った。

「なにしてんだ、おまえ。……ああ、鍵か。忘れてた。明日でもよかったのに」

この、すげないセリフ。どかん、とキた大志、ベッドを飛び降り、瞳一郎の肩を捕えて、壁に体ごと押しつけ、食ってかかった。

「おっ、おれが心配してっ！　おまえ、どないしてんやろてっ……せやのに、なんやそれっ！」

「なに怒ってんだよ。わからんやつだな。ほら、どけ。着替える…」

大志を押し退《の》けようとした手を、反対にぐいとつかみ返してやる。瞳一郎が目を細めた。

「……おい」

「またあいつとキスしてたんか?」

「バカ言うな」

「してたんやろ！」

だん！　壁にこぶしを叩きつける。ぞっとするほどの怒気。自分でもとまどうほどの。嫉妬しているのだ。自分は、あの男に。大志の知らない瞳一郎を知ってるあいつに。怖ろしいくらい嫉妬してる。

「他にはなにしてん?　キス以上さしたんか?」

「……いいかげんにしろよ。ただ話してただけだ」

「二時間も？　どんな話、しとったねん。言えや」

「そんなこと、なんだっておまえにいちいち報告しなきゃならん？」

堂々巡りだ。イラつきが限界にきて、大志はもう一度こぶしを壁に叩きつけた。瞳一郎が嘆息して髪をかき上げる。その動作を無意識に目で追い、ぎょっとなった。耳の下。見間違えようのない、鬱血《うっけつ》の跡。

ぶっつん。どこかでなにかがキレる音がした。感情が理性をねじ伏せ、衝動が良識を打ち壊す。

「あんなやつにっ……！」

叫びながら瞳一郎の体をベッドに突き飛ばし、仰向けに倒れたところへ伸《の》しかかってやる。両手首を拘《こう》束《そく》してキス寸前まで顔を近づけ、罵るように吐き捨ててやった。

「あんなやつにヤラせるんやったら、おれにもヤラせろやっ！」

うわあ、おれ、なに言うとんねんっ？

内心ひどくあわてて、おろおろと思う。

ヤバい。ヤバいて。取り消せ、はよ取り消せや、おれっ！　手ぇも離せて！　気ぃ違《ちご》たんか、ボケっ！

ああ、それなのに口も両手もまるで言うことを聞いてくれなくて。

「イれさしたんか、あいつに？」

ぎょー！　なに言い出すねん、おれのこの口はああっ！　いっぺんシバくど、オラッ！

「言えや。あいつにキスさして舐めさして、女の子みたいにイれさしたんかて訊いてんねや！」

でやあああっ、ちゃうねん、おれのこのホモ発言は、なんかの間違いやねんっ！　だれかのインボーやねん！　あああ、おれおれおれおれの体が宇宙人に乗っ取られてしもたああ！

しかもこの宇宙人に乗っ取られた大志の口ときたら、ホモ発言だけにとどまらず、本人の意思に反して、いきなり瞳一郎にキスなんかしようとしやがったのだ！　さらに怖ろしいことに、両手両足もてんで勝手な行動（瞳一郎の服を脱がしいの、脚に脚を絡《から》めえの）をはじめ、いつの間にやら大志は立派な強姦魔体勢。キス直前で顔をそむけた瞳一郎に、冷たい氷メガネの奥から睨みつけられてしまった。

「……おい、どういうつもりだ？　ふざけてんのか？」

そうやねん、ちょっとふざけ……

「ふざけてなんかないわ。おれにもキスさせろや。脚、開けっちゅうねん！」

うきょー、出ていって、おれの中の宇宙人さん！　お願いやさかい今すぐ出ていってえええ！

内心、地団太踏むも、クーデターを起こした身体器官はおとなしくなる気配もなく。

すると瞳一郎が、突然くたりと力を抜いた。たじろぐ大志に、ため息をついて。

「いいぞ」

「うえ？」

「ヤリたきゃヤれよ。ほら、キスして舐《な》めまくってツッコめ」

ほらほら、と脚を開かれ手招きされて、真っ青になる。なんで抵抗せえへんねん、このボケはっ。そんなん言われたら引っこみつかへんやんけっ！　うええん、冗談にするタイミングがあっ。

思ってもいない事態にあわあわしている大志とは対照的に、すこぶる落ち着き払った瞳一郎、にたりとくちびるをゆがませ、さっさと大志の服を脱《ぬ》がしにかかる。どう対処していいかわからず、おろおろ状態でされるがままになっていると、なんと瞳一郎、やにわに大志に覆い被《かぶ》さってきた！　仰天し、必死になってその体を押し返す。ところがこれが、びくとも動かないのだ！

「ま、待てや！　ちょお待て！　おまえなにしとんねんっ！　さっさと退《ど》けやっ！」

「おいおい、要点を整理してよく考えてみろよ。おまえがヤリたいって言い出したんだよな？　それで俺はやさしくも慈悲深き心根の持ち主だから、快《こころよ》くＯＫしてやったわけだ。ここまでいいか？」

「う。せやけど、それはなんちゅうか、おれの意思とちゃうっちゅーか、なんやそのっ…」

言いかける大志を無視して、瞳一郎はべらべら続ける。

「けどよく考えてみろ？　ここでおまえ主導型で事を進めると、俺のメリットってのは一体どこに見出される？　利益配分に大幅な不均等が出るじゃないか、違うか？　それは日本社会を支える資本主義の原理に反するんじゃないのか？　おまえはそれでいいのか？　公平な判断を下《くだ》すべきじゃないのか？」

 うう？

すでにこんがらがってきた大志に、思慮深き悪魔は怜悧なる瞳を細め、にたりと微笑みかけてきた。

「と、いうわけで、百を最大値としてあらゆる要素を考慮に入れ、採点するに、おまえが俺を満足させ得る可能性は限りなくゼロに近い。対する俺には限りなく百に近い自信がある。男は初めてというおまえの不安分を除いても五十パーセントの採点だ。ミニマックスの定理に基《もと》づき、解《かい》を導くなら……」

ううう？　ミニーマウスのセイリ？

怒濤《どとう》のような情報量を処理しきれず、単純な造りの脳がオーバードライブ状態となっている大志に、瞳一郎、決めつけた。

「俺が主導権を握るのがベストの選択だということになる」

はあ。ベストか。ベストなんや。なんやわからんけど、そういうことにしとこか。

わからない時はうなずいておけ、とばかり、大志はにへら、と笑って、こくこく肯首した。

瞳一郎が薄ら寒い笑顔を見せて、おどけたように眉を上げる。

「じゃ、俺がヤルほうでいいんだな?」

知らぬ間に丸めこみ術にハマっていたらしい。頬が引きつった。このホモな状況だって番狂わせもいいとこの展開なのに、その上、大志にヤラれ役をしろというのか、女の子みたいに脚を開いてツッコまれろというのか、こいつはっ? 冗談じゃない! それだけは絶対にいやだ、死んでもごめんこうむる。そんなの男のプライドずたずただ。

あせった大志、なにがなんでも逃げたる、と足を思いっきりばたばたさせた。でも押さえつけられた体はまるで自由にならない。そうしているうちにも瞳一郎の口は容赦もなくどんどんと近づいてきて……キスされる! そう思って顔をそむけたのに、薄いくちびるがふれたのは耳の下だった。悦己の言葉が不意に脳裏をかすめる。

——そら、ただの体目当てやろ。ヤルだけの女とはいちいちキスせんど………

ナイフを突き立てられたような痛みを、みぞおちの辺りに感じた。どうしようもない憤激《ふんげき》に襲われる。怒りのあまりこめかみがずきずきと疼《うず》くほどだ。腹が立って腹が立って腹が立ってっ……

「ちゃんとキスからせえやっ!」

気がついたら、そう怒鳴っていた。瞳一郎が動きをとめて身を起こし、大志の顔を覗きこんでくる。

頬に血が凝集した。なにを言ったろう。自分はなんてことを。今の言い方……絶対誤解されまくり。

「いや、おれっ…」

瞳一郎の目を直視できず、おろおろと視線を宙にさ迷わせた。ずる、と瞳一郎の体の下から後退《あとずさ》る。ずる。ずる。後頭部がベッドヘッドに当たって、逃げ場がなくなった。ヤバし。瞳一郎がゆっくりとメガネを外し、ツルをたたんでベッドサイドのランプテーブルに置く。非常にヤバし。シーツを蹴って跳ね起き、逃げようとしたところを、すかさず抱きとめられた。めちゃくちゃヤバし！

「ちゃう、おれ、ちゃうねん、こんなんっ…」

言い訳は、くちびるにふさがれた。一瞬だけのキス。え、と思う間もなく、二度目は少し長めで。三度目はもう少し長く。四度目はもっと長く。口紅じゃなく、タバコの味がする、キス。

舌がくちびるを軽くなぞってくる。何度かそうされて、大志も自分の舌先を少しだけ覗かせた。互いの舌を絡めたり、くちびるで啄《ついば》んだりし合う。そうしているうちに瞳一郎の舌が口の中へと忍びこんできた。

「んうっ…」

ふたり分の唾液が混ざって口端からしたたり落ちる。息が上がってきた。頭の芯がしびれる。性急でもなく情熱的でもなく、けれど味わうような深いキス。

瞳一郎がようやくくちびるを離した時には、大志はとけ崩れたゼライスみたいに、とろんとなっていた。余韻を残すようにゆっくり離れたくちびるを、無意識に目で追う。もっとしてほしい、と思い、思った自分に赤面した。どうかしてる。キスだけでこんなふうになってしまうなんて。

白い顔が首筋に落ちてきた。舌が鎖骨を伝い、肩へと移動する。手首をそっとつかまれ、腕を空《くう》に差し伸べるように上げさせられた。肩を濡らしていた舌が、二の腕から手首のほうへ少しずつ下がってゆく。ぞくぞくするほどの快感は、手の指を一本ずつ舐められた時に最高潮に達した。下半身に堪えようのない疼きが発生して小さくうめく。気づいた瞳一郎が喉の奥で低く笑い、見せつけるように中指を舐め上げた。

「んっ…！　とういちろっ…」

「色っぽい声、出すなよ」

腰に手を回され、引き寄せられて、背中から抱きすくめられる。体が硬直した。脚の付け根に当たるもの。これって、多分……

「ちょっ…いや…やっ……!」

かぶりをふった大志のうなじにゆるく咬みつきながら、瞳一郎が「安心しろ」とささやく。

「俺はそんなに自分勝手じゃない」

背後から伸びてきた冷たい手が、下腹部から腿《もも》の内側までを螺旋《らせん》を描くようになでる。ゆったりと、熱を煽《あお》るように。けれど肝心の場所へは下りてこない。それに焦《じ》れて、思わず訴えてしまった。

「も……さわってっ……」

「なにを?」

間髪入れずに問い返され、羞恥で真っ赤になる。くちびるを噛んで肩越しに睨みつけると、瞳一郎は余裕しゃくしゃくの笑みを浮かべて瞳を細めた。

「あっ…!」

裸の胸へ、冷たい指が這い上がってくる。なにかを確かめるように肌の上を動き回る指は、大志が少しでも反応をみせると、その箇所を集中的に攻めてきた。同時に、もう一方の手が待っていた場所へとすべり降りてきて、極上の悦楽をもたらしてくれる。舌がうなじを舐め、歯が肩口にゆるい咬み跡を残す。

限界はすぐにやってきた。それでも意地で我慢する。自分をコントロール不能に追い込むなんて、瞳一郎のやつ、信じられない。一体どこでこんな技《わざ》を覚えたのかと考え、怖ろしい可能性に思い至った。まさか、あのえろえろホモ男相手に磨いたんちゃうやろなっ?

それを確かめようと開いた口から出たのは、けれど甘いあえぎ声だけだった。舌打ちしたいような気分になる。大体こいつはうますぎるのだ。化学室でのホモセクハラの時だって、ちょっとさわっただけで大志を抜き差しならない状態にまで追いこんでくれた。経験実績百人を下らない、この杵島大志サマを、だ。

必死で快楽の波をやり過ごしてる大志に、瞳一郎がうながしてくる。

「おい、強情張るなよ。前に一回、俺の手でイッてんだから、今さらだろ」

ひー、この無神経きわまりない発言！　こいつには、ホモじゃないのに男に感じてしまってるという複雑で繊細な大志の心情が、からきし理解できてないようだ。

「うる…さいわ！　な…やねんっ……おまえなんっ………きらいやっ……！」

毒突いてやる。瞳一郎が、くくく、と含み笑いなんかして、楽しげにつぶやいた。

「そうそう、その調子。さっきからやけに従順だから、パーな脳味噌がついにイカレたかと心配したぜ」

この期《ご》に及んで、この暴言。許すまじ、柏木瞳一郎。

怒り心頭の大志、最大限の克己心を発動して瞳一郎を払い退《の》け……ようとしたら、相手のほうが先にするりと手を引っこめてしまった。あれ、とか思ってる間に、背中を突き飛ばされる。バランスを失って顔から枕に突っ伏した。怒髪天を衝く。ムカつき極限で起き上がろうとしたら、瞳一郎に上から伸しかかられ、阻止された。耳元で、バカにしたような笑い声。この冷血男、マジ性格悪し！

くやしさに歯ぎしりし、ひしゃげたカエル状態になりながらも、手足をばたばたさせて反抗しまくる。

そんな大志を瞳一郎はしばし楽しげに静観し、疲れてぜーはーしてきたころ、おもむろに行動を起こした。ウエストを抱え上げられ、少し腰が浮いたところを、膝頭で脚を割られ、体を入れられる。この体勢、わかります？　頭は枕につけたまま、膝立ちさせられて、おまけに脚のあいだに瞳一郎って、怖ろしくいやらしげな格好。女の子とヤっちゃう時に対面式の正常位を好む大志としては、かなり抵抗アリな体位。もうまさしくホモな○○○（口に出してはとても言えない）セックス、おれ男にヤラれてますって感じ。

心底びびった大志が、あいや待たれい、瞳一郎氏《うじ》！　とストップをかける前に、きゃつ、男同士のアレな時に使うところを指でさわってきた。体がすくみ上がる。本気でヤル気なのか、こいつ。ためらいはないのか。男同士に反発はないのかそれはまさかもう伊集院とヤっちゃってるからなのかもしかして他の男ともヤっちゃってんじゃこんなこと考えてる場合じゃないのにおれヤラれてまうやんイヤすぎるせやけど他の男とヤってんのんはなんか許せへんムカつくとか思てる時やなくて今どうするかをっ……

ぐるぐるが頂点に達したその瞬間、覆い被《かぶ》さるように大志を押さえつけていた瞳一郎がするっと退《の》いた。しかるべき場所をさわっていた指も離れ、ホッとしたのも束の間。

「わあああっ！　ちょお待て、おまおまおまえ、それはっ！」

舌舌したっ！　舌で舐めやがるんです、この男、あんなとこをっ！　ああ神様っ。

恥ずかしさに心の中で七転八倒するも、瞳一郎は無視してがんがんやりたい放題し放題。アレな箇所だけでなく、舌は前方にも伸びてきて、大志はプロ並み至上のテクニックに酔いしれまくり。身悶《みもだ》えしつつ声だけは懸命に押し殺したけれど、舐められている場所はゆるゆると陥落《かんらく》されていって、ともすれば立てた膝からぐずぐずと崩れていってしまいそうなほど。あかん、このままいったらマジでツッコまれてまう、抵抗せえ、と自分で自分を叱咤激励しても、そのすぐ後に、もうええわ、ヤラれてまえ、と流され気分にさらわれそうになる。究極のジレンマ、最大の葛藤《かっとう》。男のプライドを取るか、このまま気持ちよさに流されるか。さあ、どっち？

「……………う……わああ！　やっぱしホモはあかんっ！　ヤルんやったらまだしも、ヤラれんのんはっ……！」

勘弁ならん！　と続けようとした大志を、初めての感覚が襲った。ぬるん、とした液体と共に、ツッコまれてしまったのだ。——指を。

背筋を戦慄《せんりつ》が駆け抜ける。痛い、というよりも先に、カルチャーショックで脳が弾《はじ》け飛びそうになった。受け身でいることの情けなさとか男にヤラれてる屈辱感だとかが、ここにきて大幅にクローズアップされ、現実味を帯びてくる。大志のアイデンティティを根底から怒濤のようにゆり動かす。

「やめ…やめろや……」

怒鳴りつけようとしたのに、かすれた小声になってしまった。くちゃ、と湿《しめ》った音がする。指が内部をそっとなでる。奇妙な感じ。異物を呑みこんでいるのに、あまり痛みはなかった。舌で馴《な》らされた上に、潤滑油かなにかをたっぷり使われたからだろう。腿のほうへ流れ落ちて膝裏で溜《た》まりを作る液体の感触に、生理的な不快感を覚える。小さなころ、おねしょした時の、あの気持ち悪さ。

指が内にぐっと入ってきた。無理やりこじ開けるような動き。とたん、ぞっとするほどの恐怖が背筋を上ってきた。頭で整理のつかない、原始的な恐怖。狼狽《ろうばい》して、叫ぶ。

「い、いややっ……いやや！　こんなん絶対、いややっ！」

「落ち着けよ」

硬直してしまった大志の背骨を、薄いくちびるがなぞった。羽毛のように、やわらかに。

「ヴァージンとしたこと、あったよな？」

ささやかれて、なにも考えられずに首を縦にふる。

「その子たち、緊張してたろ？　怖がって、やめてくれって言ったんじゃないか？　おまえを強姦魔かなにかみたいな目で見なかったか？」

こくこく。うなずく。瞳一郎の声は、こんなに甘かったっけ？　こんなに熱っぽく、扇情的だった？

膝裏に溜まった液体が垂れ落ちて、シーツに染《し》みを作る。瞳一郎の脚と大志の脚が密着し、あいだで液体が、ぴちゃ、と音を立てた。親友だと思っていた男は、歌うように言葉を継《つ》いだ。

「けど、その後はどうだ？　初めての時はイヤだと言って泣いた女も、二度目、三度目からは違ったんじゃないのか？」

指がそろそろと動き出した。ゆっくりと出し入れされる。こすられ、広げられて、道筋をつけられてゆく。迎え入れるための、道筋。

「セックスの際、一番大事なことは、なんだと思う？」

こんな時に質問はやめてほしい。刹那の思考は、胸から下腹部を再び這い出したもう片方の指たちに、かすめ奪《と》られた。やさしい声が答を耳に吹きこむ。

「想像力と好奇心だ」

いつの間にか二本に増えていた指が、乱暴に大志の内をかき回した。それがちっとも痛くなくて、どころか刺激的でさえあったから、枕に顔を押しつけ、息を詰める。いつも女の子たちにしていることを、今、自分がされているという、この皮肉。

「なあ大志、想像してみろよ。ここに…」

言葉を切って入れた指先を曲げ、摩擦させるように内壁をかすする。大志の体に瘧《おこり》のような震えが走った。

「…俺のを挿《い》れる。それは、どんな感じだと思う？　試してみたいと思わないか？」

「んっ…！　し、しらんっ…」

熱い舌がぞろりと耳を這う。有無を言わせぬ口ぶりが命じた。

「キスしてやるからこっち向け」

普段ならこんなえらそう口調には断固として反発するのだけれど、今は噛みつく気力もない。首を背後にねじ曲げた。すぐに瞳一郎の舌が耳から頬を伝ってくちびるに達する。幾度か軽いキスをした後、歯を割って舌がねじこまれた。侵入してきた舌は、大志の舌の表面と裏側を丁寧に舐め、口蓋《こうがい》から喉近くまで這い入ってくる。まるで口の中を犯されているみたいだ。そのあいだにも胸をいじられ、膝頭で限界にまで昂《たか》ぶったものを煽られ、指先で内部をえぐられる。

「んうっ、ん、んっ、……とういちろっ……!」

「初め怖がっていた女たちは、どうなった？　怖いからやめてと逃げたか？　違うだろう？」

熱い、ささやき。悪魔のささやきだ。悪魔は快楽と背徳の象徴だからこそ、ひどく魅力があるのだ。そして大志は、多分、この上なき快楽主義者で。

「彼女らはいつも指だけで満足するか？　大志、想像してみろよ。初めての、その先を。怖ろしいのは、予測がつかないからだ。けど、どうせ予測のつかないことなら、恐怖じゃなくて好奇心を抱いてみろ」

大志の中に入れた指を蠢《うごめ》かせ、誘惑の言葉を紡《つむ》ぐ。

「食わず嫌いなこと言ってないで試してみたらどうだ？　病みつきになるほど気持ちいいぞ？」

丸めこまれるな。頭のすみっこで警笛が鳴ったけれど、それはごく弱いものだった。

まっすぐに大志を見つめてくる、切れ長二重の、完璧な造作の瞳。甘美な声が、パスワードを耳語する。

「おまえは、きれいだ……」

スペードのジャックとクイーン、キング。絵札に続いて、エース。ラストの一枚はジョーカー。

だから大志は、精一杯の虚勢《きょせい》を張って、語気も荒く、吐き捨てた。

「おまえがっ……どないしてもしたいんやったら、ええでっ…」

おれは全然したないけど。瞳一郎がどないしてもて言うさかい。おれはホモちゃうんやけど、しゃーない。ほんま、おれはこんなことマジいっこも、したないねんで？

言い訳を並べてる間に、瞳一郎がどこからか白い粉の入った透明な小袋を取り出した。見せつけるようにして袋の口を破《やぶ》く。白粉とか小麦粉みたいに、細かい粒子の粉。

「ちょっと違法ものだが、初めはイイに越したことないだろ。ごく微量なら常用性も心配ないしな」

とんでもないことを平然とした顔で言い放った。大志の中から引き抜いた親指と人差し指で粉を少量取り、目の前にかざしてみせる。ごっくん。唾を呑み、引きつり笑い。もしやそれは、大志もちょっとヤバげな女の子に何度か勧《すす》められたことのある（もちろん断った）、例の（と言っても何種類もあるらしいけれど）クスリっ？　ホモセックスの上、犯罪者街道一直線っ？

恐慌をきたして、あわあわぐるぐるしている大志の中に、再度、指が分け入ってくる。粉を擦《す》りこむようにして、内を探られた。

「ちょっ…そんなとこ塗るんっ？」

「即効性だから、すぐクるぞ。俺が終わる前に昇天するなよ。なにしろイキまくりらしいからな」

すごいことを吹きこまれて、体がカッと熱くなった。じわりとしたなにかが、塗られた場所から湧き起こる。ああ、と思った。ああ、このクスリのせいで、おれはめっちゃエロい目ぇに遭《お》うてまうかもしれん。

脇腹がなでられた。思わずのけ反《ぞ》り、小さな悲鳴を上げてしまう。うなじにキスされて、電撃のような痺れが走った。肌が敏感になっているのだろうか？

入れられたままの指で、ぐ、と道を広げられる。あっという間もなかった。瞳一郎が押し入ってくる。ひどい圧迫感。灼《や》けつくような痛み。

「いたいっ………！」

訴えると、なだめの言葉が頬へのキスと一緒に降ってきた。

「痛いな。わかってるよ。すぐ終わるからな」

ず、と挿れて、少し様子をうかがって、また。とりあえず全部収まるまで、十分近くかかった。いっそ一気に貫いてくれと願ったほど、大志にとっては長い時間だった。それでも痛みは最小限だったと思う。うめき声を上げるくらいで済んだのだから。

「よしよし、怖かったな。よく我慢した。えらかったぞ。もう全部、入ったから」

聞いたこともないやさしい声で言った瞳一郎が、子供にするみたいに頭をくしょくしょなでてくる。ガキ扱いすんな、そう言いかけて途中で息をとめた。入っているものが、ずる、と後退したからだ。退いたものは、次の瞬間、ひどい摩擦感を伴《ともな》って再び大志の内を穿孔《せんこう》してきた。全身にぱあっと鳥肌が立って、かすれた悲鳴が口を吐いてもれ出る。それは苦痛だったけれど、奇妙に痺れるような感覚も混じっていた。何度もされるうちに痺れは次第にふくれ上がり、大志もついにはそれが快感だと認めざるをえなくなる。体全部が疾走する感じ。がんがんと突き上げるような絶頂感に襲われる。無茶な抜き差しをされているはずの場所が、すごく熱くなって、溶岩のように溶けだしそう。めちゃくちゃに気持ちがいい。

「んあっ！　あっ、あっ、…！」

乱れた声が、汗と一緒にくしゃくしゃのシーツの上に落ちる。自分の声じゃないと否定したくなるほど、いやらしい。男にツッコまれて、感じまくって、こんな声を上げて。

「あああっ！　とういちろっ…！」

自分で自分をコントロールできない。あのクスリのせいだ。膨大な喜悦の波が降りかかってきて、避け

ることもできない。この気持ちよさときたら、背徳的なほど。抗《あらが》うこともできずにさらわれてしまう。

「あ、あっ……ん！　も、もっとっ……んっ、もっと…！　できるんやろっ……しろやっ…！」

あまりに強い快楽が、羞恥心や反発を凌駕《りょうが》してしまった。大志の言葉でひときわ奥へと体を進めてきた瞳一郎が、突如、身を強ばらせて低くうめく。

「…っつ！　…………驚いたな、すごい……」

深い息を吐き、感嘆したように、独りごちている。

「溺れそうだ……」

腰をつかまれ、意趣返しとばかり手荒にゆさぶられる。嬌声が空気中に散った。それが拡散する間もなく、二度、三度と忙《せわ》しないあえぎ声を上げさせられる。息をするのに開けっぱなしにしているせいで渇いたくちびるの端から、あふれた唾液が枕の上へしたたり落ちた。

愉悦の霧がかかった目をまたたかせ、酔ったようにぐるぐる回る意識の中、このセックスはまるで獣の喰い合いのようだ、と思う。爪を研いで肉を裂き、鋭い牙で咀嚼《そしゃく》する。野性の生存競争の縮図。

汗が肌をしとどに濡らし、ふたり分の熱が冬の乾いて冷たい空気をねたつくぬるいものに変える。限界をぎりぎりまで引き伸ばし、お互いのタイミングを何度かはずしてやり過ごし、もっと先へ、と求めて、それでも世界の果ては、やってきた。

「うあっ、…あ！　……っあかん、もっ……！」

堪えに堪えたものが爆発し、激流のように内から吐き出される。少し遅れて瞳一郎も事を終えた。濡れたシーツの上に突っ伏して息を整える。すごかった。一度だけなのに、百回も達してしまったような気分。

枕に顔を埋めて快感の残滓を味わう。瞳一郎が耳の後ろとうなじにやわらかなキスを落としてきた。

「んくっ……!」

体の中に入ったものがずるりと抜ける。その際、喪失感にも似たものを感じて、大志は睫毛《まつげ》を震わせた。しばしの休息の後、瞳一郎の腕が伸びてきて、うつ伏せた体を仰向けに引っくり返される。真正面から向き合う形になった。そのまま覆い被さるように、キスされる。ひどくやさしい、キス。少し身じろぎした拍子、腿に瞳一郎のものが当たった。見知ったゴム製品の感触にびっくりする。いつの間に装《つ》けていたんだか。電光石火の早業だ。それもこれって……今、装着したばかりって感じ。新しいやつ。つまり?

「んっ……あ、あかんてっ……」

キスを徐々に激しいものに変え、下肢を絡めてきた相手に、抗議する。もちろん、無視された。首筋を逆らうなとでもいうようにきつく吸われる。脚が強引に割られ、抱えられて胸につくほど折り曲げられた。

「い、いやや言うてるやろ、おれっ……ん!」

抵抗の言葉は、前戯なしで侵入してきたものに呑まれる。二度目は痛みを感じる間もなかった。あの痺れがすぐさまやってくる。大志は背をのけ反らせ、のたうちながら、悲鳴のようなあえぎをもらした。

「んあ!　あっ、ああっ……!」

甘美なる快楽の泉は、逃れようもない輝きを湛《たた》えて、大志を水底まで引きずりこんだ。


ピアノの音がする。指一本でぽろんぽろんと弾《ひ》かれるのは、聞き慣れた、けれど題名は知らない曲だ。

薄ぼんやりした視界がだんだんと明るみを増し、大志は見知った場所に立っている自分に気づいた。

中学の音楽室。モーツァルトとバッハの肖像画が掛かっている。黄色い五線譜の書かれた黒板。教卓脇の、朝の光を反射してつやつやと輝く真っ黒いグランドピアノ。ピアノの前に座る、長い髪のきれいな女性。

ぽろり。ぽろり。ピアノからこぼれ出た音が、大志の鼓膜を心地よく打つ。ピアノを弾く人は薄い珊瑚《さんご》色に染めたくちびるを開いて、独り言のようにささやいた。

――吉田さんと江藤さん、泣いてたよ。思い詰めて今にも死にそうな雰囲気やった。杵島くん、ほんまにモテるんやねえ。けど、もうそろそろひとりに絞ったら？　女の子らがかわいそうよ。

大志はおどけたふりで肩をすくめた。笑顔をふりまきつつ、明るく返す。ほんだら先生、おれ、先生にするわ。先生がええ。

窓から入ってきた風が、彼女の長い黒髪をさらりとゆらす。小さな笑い声。

――大人をからかったらあかんよ。

ぽろぽろ。ピアノを爪弾《つまび》く音が少し速くなる。鍵盤《けんばん》に落としていた視線を上げて、彼女は大志ににこりと微笑みかけてきた。小造りな、白く整った顔。そこに浮かぶ、奇妙に哀しげな微笑。

美しい人はふいと顔をそむけ、ひどく抑《おさ》えた声でささやいた。

――きみ、ほんまは女なんか嫌いなんでしょう？

目覚めた時、耳の奥にピアノの音色と彼女の言葉がひどくリアルに残っていた。何度か目をしばたたかせ、夢の中の音楽室とはまるで違う、モデルルームのような部屋をうつろに眺める。どうしてあんな夢を見てしまったんだろう。二年も前のことなのに。

不思議に思っている大志の鼻へ、タバコの匂いが届く。ふらふらと視線を動かし、窓辺にもたれるように立つ瞳一郎を見つけた。シャツのボタンをひとつはずしてタイをゆるく結び、手に持った灰皿にタバコの灰を落としている。トレードマークのメガネがないから、別人のように見えた。

急に恥ずかしさが込み上げてきて、気づかれないようシーツを引き上げ、顔を隠す。寝てしまった。瞳一郎と。冗談みたいな事実に、今さらながら驚く。しかもきゃつの下でみっともなくあえいで、クスリのせいとはいえ、めちゃくちゃに乱れてしまった。立て続けに三回もして、しかも……しかも三回目は自分からねだってしまったのだ！ 杵島大志、一生の不覚。ああ、昨夜の自分を殺してやりたいっ。

ベッドの中で丸まって気も狂わんばかりに過去の自分を罵倒し、この後どないしょう、瞳一郎の頭に隕《いん》石《せき》落ちてきて昨日のこと全部忘れてくれへんやろか、それか宇宙人がこいつを攫《さら》いにきて記憶消去を…、いっそおれがあそこにあるパソコンでこいつの頭を…、なんて超非現実的現実逃避をしていると。

「たぬき寝入りはとっくにバレてるぞ。世間知らずの御令嬢じゃあるまいし、もじもじするな。気色悪い」

この思いやりもへったくれもない言葉(しかも冷笑付き)。恥辱と怒りで激昂《げっこう》した大志、シーツを撥《は》ねのけてわめき立てた。

「おおおまえ、人のことええようにヤリまくっといてなんやねん、その言い草は！ このホモ！」

「おいおい、俺をホモ呼ばわりか？ キスさせろだの脚開けだの言って先にセマってきたのはそっちだぞ」

うぐぐ。どうにも申し開きの立たない昨夜の自分の言動が恨めしい。たじろいでいる大志に覆い被さるような形でそばへ立った瞳一郎、にたにた笑ってがんがん追い詰めてきた。

「さらに付け加えるならば、キスからしろって言ったのもおまえで、したいんならいいって許可したのもおまえで、そのうえ感じまくって『もっと』とか人を煽《あお》って、疲れてる俺に三度目を要求したのも…」

「わあぁ！　ちゃうちゃう、ちゃうやろ！　あぁあれは、おまえがヘンっ…ヘンなクスリ使《つこ》たからっ……！」

「クスリって？」

「せやし、あの白い粉の！　あんなん塗られたからおれっ…」

にたん。瞳一郎が含みのある笑みをもらした。背筋がぞぞんと寒くなる。……まさか。まさかまさか！

イヤな予感にさいなまれている大志をくちびるをゆがめてせせら笑い、イケズな冷血悪魔人間は知りたくもない真相を明かしてくれた。

「ほんとに暗示にかかりやすいやつだな。俺は一言だって『クスリ』なんて言ってないぜ。あれはただの小麦粉。この俺様が後ろに手が廻るようなヤバいことに首突っこむと思うか？」

いーやー！　だったら昨夜のあれは、これは、それはっ……！

あわてふためく大志を、瞳一郎、さらに追い討ちかけて、ばっさり。

「初めてであの乱れようか。おまえ、すごい淫乱だな。やっぱり潜在的ホモ…」

手にした枕を投げつけてやる。もちろん、ひょいとかわされた。くやしさ百万倍。

「ホ、ホモはおまえや！　伊集院とヤッたくせに！　このホーモ！」

「こらこら、なにを根拠にくだらん妄想をふくらませてんだ、おまえは」

んまあ、この男はこの期《ご》に及んでまだシラバっくれてますよ、奥さん！

「首にキスマークつけとるやろ！　あいつとヤッたんやろがっ！」

怪訝《けげん》な顔で首をひねった瞳一郎、ああ、とひとつうなずいて。

「これは伊集院じゃなくて音羽だ」

真っ青になる。あまりのことに失神しそうになった。

「おとっ…音羽とヤッたんかっ！　おまえ伊集院だけやのうて、あんなヘンタイとっ……！」

「バカ、ヤルか。単なるイヤがらせだよ。領収書代わりにって咬みつかれたんだ。狂犬だな、あいつ」

やれやれ、と肩をすくめてる。なんや、ほんだら全部おれの勘違いかい、よかった……やなくて！

頭を抱えて、うめく。だったら自分の昨夜の行動は一体全体……まるきりただの独り相撲？　はっきり言ってヤラれ損？　しかもホモ発言噴出のイヤラしさ全開で、もはやホモ決定？　いいいいやすぎるっ。

「……おい、なにぐるぐるしてんだ。新手《あらて》の関西ギャグか？　笑えんぞ」

憎ったらしいことを言った瞳一郎が、ぐいと顎をつかんできた。覗きこむようにして顔を近づけられる。そこに浮かぶ勝ち誇ったような笑みにムカついて、降りてきたくちびるを避けた。

つん。

「やめろや。おれ、タバコの味、嫌いやねんっ」

口を尖らせて言うと、瞳一郎はため息を吐いて垂れた前髪をかき上げ、立ち上がった。そのまま部屋を出てゆく。イヤミな一言でも返ってくるかと身構えていたのに、拍子抜けだ。

階段を下りてゆく足音を聞きながら、途方に暮れる。もしかして怒らせてしまったんだろうか。大志にあきれ、つき合ってられるかと見捨てたんだったりして。もうバイバイしようと決心したんだったりして。

がばっと身を起こして追いかけようとしたとたん、鈍痛が下腹部を襲ってベッドに倒れこんだ。枕に顔を埋め、あれ、と思う。新しいカバー。シーツも糊《のり》の利いたものに変えられている。いつの間に？

体もきれいになって、その上、頬の疵には手当の痕が、と気づいたところへ、瞳一郎が戻ってきた。まっすぐベッドまできて、さっきみたいに顔を近づけてくる。ふわりと匂うミントの香りに驚いていると、低いささやきが。

「タバコの味、嫌いなんだろ?」

今度は有無を言わせずくちづけられた。とてもやさしい、まるで大事な恋人にするような、キス。

ちゅ、と音を立てて離れたくちびるを見つめていると、ふいにあることが確信じみて感じられた。真偽のほどを確かめたくて、臆する舌を鼓舞《こぶ》し、そっとたずねる。

「おまえ……おれのこと、好きなんやろ?」

怜悧な瞳が一瞬見開いて、けれどすぐ、からかうように細くなった。

「さあな。どうだと思う?」

「質問に質問で答えんのん、やめれ」

瞳一郎はしばし大志を凝視して、それから、ふっと視線をはずした。シャツのボタンをとめ、ネクタイをきちっと上げる。机の上の縁なしメガネを装着して、いつも通りの冷酷冷徹な柏木瞳一郎になり、クローゼットの中からもう一組、制服を取り出して大志のほうへと放った。

「同じサイズだから合うだろ。さっさと着替えろ。八時過ぎてるぞ」

はぐらかされた。ちょっとショックを受けて、くちびるを噛む。ほんだらなんでおれと寝てん。

シーツを体に巻きつけ、みの虫みたいにその中に隠れた。ぼそぼそ声で言う。

「おれ、今日休む。先生にうまいこと言うといて」

「セックスのしすぎで腰が抜けてますってか? 今日は物理の小テストがあるんだぞ?」

「体、痛いもん。歩き方とか……へ、ヘンになりそうやし……」

瞳一郎が嘆息する気配。衣擦《きぬず》れの音がして、シーツの上から頭をわしわしされる。

「かなり丁重に扱ったつもりなんだがな。一緒に休んで看病致しましょうか?」

冗談じゃない。ただでさえ気まずいのに、これ以上顔を合わせていられるか。それに仲良くふたりして休んだりしたら、霧ヶ峰になにを書き立てられるかわかったもんじゃない。

「…おまえ、絶対みんなにおれとその…ヤ、ヤッたとか言うなよっ。特に霧ヶ峰には言うな。絶対やぞ！」

「はいはい、善処します」

投げ槍に請け合った瞳一郎が、なにか硬いものを投げつけてきた。なにすんねん、と怒鳴りつける前にドアが閉じて、階段を軽やかな足音が駆け下りてゆく。シーツを引っぺがして背中に当たったものを拾い上げると、それはリボンのかかったきれいな箱で。

リボンをほどいて蓋《ふた》を開ける。綿にくるまれて入っていたのは、手の平サイズの陶器のオルゴールだった。白磁《はくじ》に藍で小花模様が描かれている。

とまどいながらも蓋を開けてみた。あらかじめゼンマイが巻かれていたのか、すぐに繊細な音色がこぼれ出してくる。この、メロディ。聞き覚え…というか、歌い覚えのある、フレーズ。

門扉を開ける音がしたので、あわててベッド脇の窓から首を出し、ベージュのコートを着た背中に問うた。

「なんやねん、これっ？」

白い秀麗な顔がこっちを降り仰ぎ、眉を心持ち吊り上げて笑う。

「本物のドイツみやげ。あっちのアンティーク・ショップで偶然見つけたんだ。おまえのヘタな鼻歌に原曲があったとは驚いた。想平には内緒にしとけよ」

——マズい。ちょっと今、転がってしまいそうになった。どこにとか、そういうの、わからないけど。

「おれっ…」

ここが主張のしどころだって気がする。ここで一発ばきんと言っておかないとダメな気がする。ドツボにハマってしまう気がするのだ。だから。

「おれ、ホモちゃうんやからな！　女の子大好きやし、男なんか冗談ちゃう！　おまえなんか全然好きちゃうし、せやから昨日のんは間違い！　リセット！　取り消し！　わかっとんなっ？　おまえがっ…」

おまえがおれのこと好きとか言うんやったら、そら考えたらんこともないけど。

残りの言葉は呑みこんだ。

ひらひら。後ろ姿が手をふる。それが『了解』ってことなのか『バーカ』って意味なのか判断つかずに、大志はいつまでもいつまでも、瞳一郎の姿が視界から消えるまで、まんじりともせず見送ってしまった。


バスに乗った瞬間から、異変は感じていた。いつもなら四方八方から突き刺さってくる女の子たちの『好き好き大好き♥』光線が、今日に限って悪意と侮蔑を含むそれに変化していたからだ。一方、乗り合わせた同じ光徳の生徒たちは、みんな一様に機嫌よろしく、大志を見ると「やあやあ杵島くん、おはようっ。元気？」なんて知り合いでもないのに挨拶してくる。頬の絆創膏《ばんそうこう》が原因か？

不気味な事態をいぶかしく思いつつバスを降り、校門へ向かう。昨日一日休んで身体的ダメージは回復したけれど、精神的ダメージは回復どころか悪化の一途をたどっていた。一昨日の夜とそれに続く昨日の朝のことを思い出すにつれ、瞳一郎にムカついてムカついてムカついて、どうしようもなくなる。とにかくやつがあの場であんなに落ち着いていたのが気に食わない。余裕ありげだったのも気に食わない。あれほど自分を乱れさせたのも気に食わない。ミントの味のするキスも、あの陶器のすてきな贈り物も、なにもかも気に食わないったら気に食わないのだ。

がつんっ。歩道脇のガードレールに蹴りを入れ、行儀悪く舌打ちなんかする。

「なんやねん、調子乗んなよっ」

なにが調子乗んなよ、なんだか自分でもわからないけれど、とにかくそう毒突いた。

携帯が鳴ったのは、大志が二発目の蹴りを入れようとガードレールとの距離を測《はか》っていた時だ。不機嫌千万で乱暴に「もしもしっ」と応じる。通話口から聞こえてきたのは、えらく明るい男の声だった。

『おはようございまーす。本日のご機嫌はいかが？　大志くんと朝イチで話せてラッキーだなあ、僕』

女の子じゃないことに面食らって、ディスプレイに目をやる。見知らぬ番号が表示されていた。

「自分……だれ？」

新手のイタ電かと恐る恐るたずねる。通話相手は朗らかな笑い声を上げて、二度と、死ぬまで、なにがあっても、聞きたくなかった名を名乗った。

『音羽ですよお。秀明館の音羽。もう忘れちゃったんですか？　大志くんてば忘れんぼさんですねえ』

ざああっ。血の気が一気に引いて全身に鳥肌が立つ。思わず携帯を地面に叩きつけるところだった。

「おまおまおまっ…ななんでおれのケータイの番号知っとんねん！　どないやって調べてんっ！」

怒鳴りつけると、通話口から悪びれない笑いがもれてきた。

『柏木に二万渡したら簡単に教えてくれましたよお。初め三万って言われたんだけど、手持ちがないって言ったら二万に負けてくれました。領収書代わりの首筋キスマーク、見ませんでした？　柏木にそうしろって言われてやったんですけど』

動悸《どうき》息切れめまい。目の前真っ暗、世界が暗転。この世には神も仏もないのか、人の道と書いて人道は。

そも瞳一郎の心に良心という文字は。っていうか売るか普通、二万（しかも値下げ価格）で友達をっ？

あまりの怒りにわなわなと震えて立ち尽くす。音羽は能天気にべらべらしゃべりまくっている。

『柏木とはお友達になったんです。いや、彼いいですねえ、お金を払うとすごく親切で。きみのことも色々教えてくれたんですよ。どこに住んでるとか、なにが好きとか。うれしいなあ』

………あの悪魔め。

声も出ない大志に、音羽が甘い声でささやいた。

『今度きみのお家《うち》に遊びに行っていいですか？　きみとはぜひ恋人関係になりたいなあ』

「気色悪いこと吐かすな、このヘンタイっ！　うちに来たら殺すど、死んでも来んなボケっ！」

ぶちっ。電源を切った携帯をそばにあったゴミ箱に投げ捨てる。百人近い女の子たちの電話番号が登録されているけれど、そんなことにかまっていられない。音羽の声に犯された耳をジャケットの袖でごしごしこすり、なにはともあれ瞳一郎を血祭りに挙《あ》げてやる、と駆け出した。

歯ぎしりしながら校門を抜けて下足室へ入る。想平がいた。ぎょっとした顔で大志を見つめてくる。

「た、大志……ちょうどよかったぜ、ちょっと話あんだけど…」

「うっさい、今、急いどんねん、後にしてくれっ」

もどかしげに靴を履き替える大志の耳元へ、想平が早口の小声でささやいた。

「おまえ、瞳一郎と寝たってほんとかよ?」

逆転一発KO！　見事なアッパーが挑戦者の顎をえぐりましたあっ！

「な…なななななに？　なんやてっ?」

世界がぐるぐる回る。足元がふらつく。パンチドランカー状態の大志に、想平がカバンからごそごそとなにか取り出し、寄こした。校内新聞だ。奪い取って記事に目を走らせる。そして悲鳴を上げた。

「ぎゃあああああ！」

　なんと一面トップに、一昨日の夜のことがかなり赤裸々に書かれていたのだ！　そりゃもう逐一、包み隠さず、微《び》に入《い》り細《さい》をうがって！　大志の顔写真入りで！　瞳一郎のインタビューって形で！

　石化している大志に、想平が気の毒そうに更なる鉄鎚《てっつい》を下《くだ》してくれた。

「それ昨日発売だったんだけど、うちの男連中、近所の女子高生とかにバラまいちまったらしくてさ。……おまえ、その……昨日一日で……ホ、ホモってことに……」

　くたくたん。膝からくずおれて滂沱《ぼうだ》する。

「あああ……おれのバラ色の人生が……女の子たちとの楽しい夢の生活がっ……」

しくしくしくとおのれの大不幸を嘆いていると、背中をむんぎゅと踏みつけられた。ぐえ、とうめいて、「だれじゃいっ」と上げた視線の先にいたのは。

「ああ、悪い。社会貢献度ゼロな自分に絶望して、踏まれることによる自虐的解脱《げだつ》の心理にでも到ったのかと思ってな。おっと、おまえには理解不能な難しい言葉を使ってしまったな。すまん。つまりマゾヒストに目覚めたかと思ったんだ。マゾヒストってのは英語で被虐《ひぎゃく》淫乱症、虐待されることにより性的快感を覚えるものって意…ああ、だめだ、また俺はおまえの知的レベルを考慮してやれずに難解な物言いを…」

　わざとらしいイヤミを言いつつ大志の背を二度三度と踏みつけてくる。怒り百億倍。飛び起きて、イケズ笑いを頬に張りつかせた瞳一郎につかみかかり、狂ったようにゆさぶってやった。

「言わへんて約束したんちゃうんかああっ！」

「俺は善処するって言ったんだ。善処って意味わかるか？　言ってみろ、ほら、ぜ、ん、しょ。意味は、もっとも良い方法で取り計《はか》らう。勉強になったなあ、大志。俺に感謝しろよ」

「うわあああん！　そんなんどうでもええんじゃーっ！　よりにもよってなんで霧ヶ峰なんかにバラしてまうねん、おどれはっ！」

「対談料として破格の値段表示をされたからだ。地獄の沙汰も金次第って言うだろ。一銭の得にもならないおまえの頼みと、霧ヶ峰の申し出と、常識で考えてもどっちを採《と》るかは歴然としてるだろうが」

いやー！　神さま仏さまキリストさま、こいつこいつ人として終わってますううう！

「おれの人権はどないなんねーん！　返せ、おれの青春！　女の子！」

地団太踏んでいる大志に、横合いから想平がぼそりと。

「……じゃ、この記事マジ？　おまえら本気で一昨日の夜……」

あせった大志が、ちゃうねん、と否定するより早く、悪魔はぬけぬけと吐《ぬ》かしやがった。

「よかったな想平、仲間が増えて。ちなみに大志はヤラれ役だから、同じヤラれ同士、セックスの悩みがあれば相談し合えるぞ。ただこいつ怖ろしいくらい淫乱だから、不感症等の相談はやめとけ」

ぶっつん。キレた大志、瞳一郎の首に両手を回して締め上げた。

「おーのーれーは！　いっぺん絞め殺したりたいくらい憎ったらしいわ！　死ね！　もう死んでまえっ！」

「ほほう。そこまで憎まれると人間冥利《みょうり》に尽きるな」

応えてない。この男、まるっきり応えてないどころか、反省の色も一切ナシ！

冷血変温悪魔生物の底無し沼な悪意に打ちのめされた大志、喉も嗄《か》れよと絶叫した。

「今、おまえが世界で一番、大大大っ嫌いじゃ、ボケ――――ッ！」

柵《さく》で囲《かこ》う

人の噂も七十五日て、よう言うたもんやで。

自転車で瞳一郎《とういちろう》の家へと向かいながら、大志《たいし》は盛大なため息をついて思った。

想平《そうへい》がこのセリフで励《はげ》ましてくれた時には、つい「うんうん、そうやよな」とうなずいてしまったけれど、よく考えてみるに、それって結局、七十五日間は噂が消えないということじゃないか。噂発生からまだ二週間しか経《た》っていない大志には、なんの慰めにもならないどころか、最後のトドメを刺された感じだ。

イライラしてきて、ぐん、とペダルを踏みこむ。冬の冷たい空気が頬《ほお》にぶつかってきた。

例の校内新聞のおかげで、現在、大志の評判は地に堕《お》ちまくっている。もはやこの付近でナンパに引っかかってくれる女の子は皆無だ。今まで関係があった娘たちにも、ホモとなんて冗談じゃない、そんな趣味あったのサイテーと罵《ののし》られ、見事、全員に絶交宣言されてしまった。

それもこれもすべて瞳一郎と霧ヶ峰《きりがみね》のせいだ。なんの因果か瞳一郎とホモ関係を結んでしまうというブタを引き当て、ドボンに陥《おちい》ったのは自分のせいだからしかたないとして、それをわざわざ霧ヶ峰なんかに暴露《バクロ》りやがって、あの拝金主義の悪魔め。そしてそれを校内新聞に書き立てやがって、あの腐れ外道め。

思い出し怒りが吹き上げてきて歯ぎしりする。思わず自転車ごと電柱に突っこみそうになり、あわててブレーキをかけた。祖母に持たされた温州みかんの袋が前カゴの中で跳《は》ねる。忌ま忌ましさに舌打ちした。あんな冷血男にみかんなんか、くれてやる必要はないのだ。いっそこれに毒でも仕込んでやろうか。

怖いことを考えながら自転車をのろのろ走らせる。二週間ぶりに訪れた瞳一郎の家には外灯が点《つ》いていなくて、薄ら寒い感じがした。

みかんの袋を手に、いつものクセでチャイムも鳴らさず、家の中へと上がりこむ。階段を上がり、瞳一郎の部屋のドアノブに手をかけたところで、唐突に思いついた。この部屋に入るのはあの夜以来だ。二週前の、あの夜以来。

ぞわっと鳥肌が立った。体に刻まれた記憶が一瞬にして蘇《よみがえ》る。指の軌跡、薄いくちびるが肌を這《は》う感触、濃厚なキス、痛みを伴《ともな》ったあの…………

うああ！　なに思い出しとんねん、おれ！　思い出すなっ、忘れえ！　忘れ去ってまえっ！

ぶんぶんと首をふり、くちびるを噛《か》む。かあっと顔に血が凝集した。こんなことがもう何度くり返されたろう。ふとしたはずみで、体のあちこちに残った記憶が今みたいに大志を襲う。いたたまれない気分にさせる。くっそう、だ。こんなふうにあの夜のことを思い出してしまうのは、断じて大志が淫乱《いんらん》だからじゃない。瞳一郎がうますぎたのだ。淫乱なのはやつだ。あいつが淫乱なんじゃボケーっ！

ぜえぜえと肩で息をし、震えの残る指先でノブを落とした。ドアを大きく開ける。さっさと用件を済ませて帰ってしまおうと、早口でまくしたてた。

「おえ、おばあちゃんから、みかんおすそわけ！　言うとくけど、おれはおまえのこと許したわけやっ…」

凍りつく。部屋の中にあろうことか秀明館の変態男、音羽《おとわ》がいたのだ！　なんの間違い、どんな白昼夢。

ドアを開けた姿勢で硬直している大志に、無邪気な笑みを浮かべた音羽がにじり寄ってきた。

「ふふふ、ゲームの夜以来ですねえ、大志くん。相変わらず可愛《かわい》らしい。ちょっとさわってもいいですか」

「ぎょー本物！　くく来んな！　なんでおのれがこんなとこおんねんっ！　うわ、さわんなヘンタイっ！」

「ここで張ってたらきみに会えるかと思いましてね。毎日、待たせていただいてたんです」

ひー。ストーカーか、こいつは！

怖気《おぞけ》を感じて真っ青になっている大志に。音羽がにこにこ笑ってとんでもないことを打ち明けた。

「本当に柏木には大感謝ですよ。一日三千円でこの部屋にいることを許してくれたんですから」

これに対して、ベッド上に寝そべってパソコン雑誌をめくっていた瞳一郎。

「そんなにありがたがられると、部屋の使用料四千円にしときゃよかったと後悔してしまうぞ」

怒髪天を衝《つ》く。みかんの袋をふり回してわめいた。

「瞳一郎っ！　おまえ、また売ったんかい、このおれをっ！」

「人聞きの悪い。部屋の一部使用を金銭と引き換えに許可しただけだ。売るって言うのはな……」

すばやくベッドからすべり下りた瞳一郎が、がっしと大志を背後から羽交い締めにする。袋が床に落ちて、みかんが四方へ転がった。

「なななにすんねん！　放せやっ！」

必死でふりほどこうと暴れる大志の耳元で、瞳一郎が世にも怖ろしいことを言い出す。

「おい音羽、キス一回、五千円でどうだ？」

「うそっ？　うそやろっ！　おまえ本気で言うてんちゃうよなっ？」

「もちろん、本気だ。ほら」

身動きとれないまま、音羽の前へと差し出される。変態ホモやろうが、ぱあっと顔を輝かせた。舌なめずりせんばかりの様子で、ずいっと顔を近づけてくる。十センチの鼻先に迫る、笑みを含んだくちびる。くっきりとした一重の瞳に浮かぶ、喜悦の色。どう見たって男以外のなにものにも見えない、その顔。

すごい嫌悪感が背筋を這い上ってきて、大志は叫んだ。

「いや…いやや、男とキスなんか絶対いやや！　とういちろおっ！」

不意に音羽と大志のあいだに大きな手の平が割って入った。それが、ずい、と音羽の顔を脇に押しやる。

「エモノはおまえが嫌いだそうだ。残念だが取り引きは不成立だな」

「哀しいなあ。でも僕、すごおく気が長いですから、いつまでも待ちますよお」

解放されてへなへな床へ座りこんだ大志の頭上で、あっけらかんとした会話が交わされる。ぶちキレた。

こいつら、大志のことをおもちゃにして遊んでいるのだ。

怒りに背中を押されるようにして、がばりと立ち上がる。瞳一郎へキックをお見舞いしてやろうとしたのに、悠々かわされた。たたらを踏んだ体は見事、壁と激突。イケズな悪魔が鼻でせせら笑う。

「バカか、おまえは」

ちいっくしょー！

痛みとくやしさで逆上した大志、床を踏みつけながら瞳一郎に人差し指を突きつけ、わめいた。

「この鬼！　悪魔！　イケズのこんこんちき！　もうおまえなんか友達ちゃう！　いっぺん死んでまえ、ボケ！　絶交じゃ！　おまえなんか、一生絶交っ！」

「忘れているようだから言うが、二週間前の午前八時十二分にすでに絶交してるぞ、俺とおまえ」

きぃー！　どこまで人の揚《あ》げ足を取れば気が済むのか、この冷血男は！

「もういっぺん絶交なんじゃ！　二重に絶交！　絶交の二倍！　覚悟しとれよ、今度こそすごい絶交なんやからなっ！」

「絶交にすごいもなにもないと思うが……ところで大志」

どすどすとドアへ向かいかけていた大志、「なんじゃい！」とふり返る。とたん踵《かかと》がなにか丸いものを踏んづけた。転げたみかんだと気づいた時には、体はすでに後ろ向きに床へと倒れかかっていて。

「ぐおっ！」

腰やら背中やらしたたか打ちまくり、うめく大志を見て、瞳一郎が肩をすくめる。

「注意しろって言うつもりだったんだが、遅かったようだな」

遅すぎるんじゃ、ボケっ！


「やっとつかまえたぜっ。なあなあ、コメントくれよう、杵島。悪いようにはしねえからさあ。な？」

教室を出るなりまとわりついてきた新聞部部長、大志の内でただ今嫌い指数天井知らずな霧ヶ峰を、ぎりぎり睨《にら》みつける。この二週間、ずっとダッシュで逃げ切っていたのに、今日に限ってつかまってしまった。いっそ殴り倒して逃げてやろうかとも思ったが、放課後の廊下では人目がありすぎてマズい。代わりに小声で毒突いた。

「おまえがいっちょ咬んで悪いようになれへんかったことがあったんかい。全部悪なっとるやんけボケっ。おまえのせいでおれはホモ呼ばわりされて、女の子らにも嫌われて、えらい目ぇに遭《お》うとんじゃっ！」

ばしばしと床を踏みつけながら吐き捨てる。すると霧ヶ峰、顎を突き出して、鼻までずり落ちた細縁のロイドメガネの向こうから挑《いど》むような視線を投げてきた。口元には例のチェシャ猫笑いが浮かんでる。

「おうおう、全部オイラのせいですかい。そんじゃ、おめーが柏木とヤっちまったのもオレのせいかよ？あ？　ちげーよなあ。オレは事実を報道したまでよ。火のねえところに煙は立たねんだよ。おわかり？」

ぎるぎるぎる。歯ぎしりする。こいつ、なんて憎ったらしいのか。一番痛いとこ突いてきやがって。

くやしさのあまり呆然とたたずむ大志の肩に腕を回し、やり手の新聞部部長はひそひそとささやいた。

「なあ杵島、認めちまおうや。おまえ、マジで柏木に気があんだろ？　だから寝ちまったんだろうがよ？　そりゃよ、女に不自由してねえモテモテの自分がよ、ホモなんてショックだろうよ。わかるぜ、オレは。けど知ってたか？　男の大半にはホモな要素があるんだって。だから気に病《や》むことねえ。ガンガン行きな。オレァ陰ながら力になるよ。だっておまえの味方だもん。おまえのためならなんでもする覚悟なんだぜ？」

甘言《かんげん》に耳をくすぐられ、吊り上げたはずの眉が下がってくる。なんやようわからんけど、こいつ、ごっついええやつのような気ぃしてきたで。

「男を好きになんのも男とヤっちまったのも、全然恥ずかしいことじゃねえ。おまえが柏木とヤっちまって感じまくったのも、よくあることさ、心配すんな」

口元がゆるむ。そうか、ようあることなんや。心配せんでええんや。うわあ、よかった、よかったで。

安心しきってうんうんうなずく大志をにたりと見据え、霧ヶ峰、すばやくポケットからメモとボールペンを取り出した。いい人オーラをかなぐり捨て、本性丸出しで迫ってくる。

「で、その感じまくったセックスについてだけど男とヤルってどんな感じよ？　できりゃカマ掘られた側からの見解ってやつを詳しく教えてくんねえかな。声とか上げちゃったわけ？　ああん、とか女みてえに」

その後の阿鼻叫喚《あびきょうかん》な展開は、霧ヶ峰のまさしく身を挺《てい》しての取材により、次朝の校内新聞一面トップを飾ることとなったのだった。

「ただいまあ」

脱いだ靴をきちんと揃え、奥に向かって帰宅を知らせる。やけに静まり返った空気に、だれもおれへんのかな、と首をひねりつつ、階段を上り、自室へ入った。ベッドに腰かけ、ため息をつく。

今日も女の子をナンパできなかった。十六年生きてきて、これほどの挫折感を味わったことはない。このままホモだと思われて一生女の子に相手にされないのだろうか。バレンタインまで二週間を切ったというのに、今年はチョコをひとつももらえないかもしれない。うおお絶対イヤだ。そんなの屈辱的すぎるっ。

頭を抱えて地団太踏む。

ああ、なんであん時、瞳一郎とホモ関係になってしもてん。おれのアホ。うう、せやけど伊集院とヤってんやったら許せへんて思てしもたんやよな。なんちゅうか、瞳一郎が他のやつとそんなんする思たらムカつくいうか、それやったらおれとせえいうか……うわわ、霧ヶ峰の言うた通り、もしかしておれ、マジそういう要素があるのんか？　あるのんか、おれっ？

「…って、なにヘンな方向行っとんねん、自分！　怖《おと》ろしこと考えんな！　アホアホアホアホっ！」

ぽかぽかと自分で自分の頭を叩く。ベッドの上でもがいていると、ノックの音がしてドアが開き、悦己《えっき》が顔を出した。えらく神妙な様子だ。そんなふうな従兄弟を見たのは初めてだから、びっくりする。

「どないしたん、えっちゃん。めっちゃ真剣な顔してるやん。女の子にでもフラれたんか？」

悦己はくわえたタバコを指先にはさみ、苦笑した。

「ババアが話あるから下りてこいてよ。……なあ大志、せやしワイ言うたやんけ、女には気ィつけいよて」

「なんの話や？」

話の筋が見えずに眉をしかめた大志を、しゃーないのう、というように眺め、悦己、小声で告げた。

「おまえ………女ハラボテにしてしもてんて？」

夜の道を走る。なにかから逃げるみたいに、全速力で走る。目指す家には、またしても外灯が点《つ》いていなかった。門扉と玄関扉を蹴破るようにして開け、あたたかい家の中へ飛びこんで、大声で呼ばわる。

「瞳一郎！　とういちろうっ！」

階上で、ドアの開く音と、ぱたぱたと駆けてくる音がする。いらいらしながら待ったのに、廊下を曲がって現れた顔は音羽のものだった。

「大志くん？　どうしたんですか？」

「おまえなんか呼んでへん！　瞳一郎どこやねんっ」

「キッチンですよ。今日はお手伝いさんがお休みとかで、夕食を……」

皆まで聞かず、靴を投げるように脱いでキッチンへ駆けこんだ。両開きの冷蔵庫を開けている瞳一郎の背中を見つけ、飛びつく。

「どないしょう！　どないしょう瞳一郎ッ、おれ、どないしたらええんっ？」

「おや、大志クン、どうしました？　俺たち、確か二重に絶交してたんじゃありませんでしたっけ？」

半分泣いている大志に、瞳一郎がいつもの冷静沈着さを見せて言う。その皮肉な口調と落ち着きぶりが苛立たしくて、わめき散らしてしまった。

「イ、イケズ言うな！　おれらツレやろ！　おまえ賢いねやろ！　困っとんねん、なんとかせえやっ！」

「おいおいおい」

手にしたキャベツを冷蔵庫に戻した瞳一郎、にたにた笑って腕組みなんかし、不遜《ふそん》なことこの上なしな態度で大志を上から下まで眺め回した。

「おまえ、このあいだの今日でよくもそんなことが言えるな。人を鬼か悪魔のように罵倒しておいて、都合が悪くなると助けろだと？　しかも命令口調ときたもんだ。気に食わんことはなはだしいぞ」

ぐぐぐ。至極《しごく》もっともなご意見に、首をうなだれる。瞳一郎はここぞとばかりたたみかけてきた。

「助けてほしけりゃ、瞳一郎サマ、私が悪うございました、私のカラの脳味噌では到底解決できそうもない事態が発生いたしましたので、今までの罵詈雑言《ばりぞうごん》はどうか平《ひら》にお許しいただき、そのスペシャルに優秀な頭脳でバカな私をお助けくださいませんでしょうか、お願いいたします、くらい言ってみろ」

「ううう。わ、わかった。言うたらええんやろ。えーと、瞳一郎サマ、おれが悪うございました、カラの脳ミソが発生して優秀なバカをお助けをいたします……あれ？　なんか短《みじこ》なるなあ」

首をひねって思い出そうとしても、セリフはもはや記憶の霧の彼方。しかたなしに、えへ、と笑ってお願いしてみる。

「わ、悪いんやけど、もう一回言うてくれへん？」

瞳一郎、疲れたようにこめかみを押さえ、ものすっごく大きなため息をついた。

「……もういい。リビングで待ってろ。なにかあったかいもの持ってってやるから」

うながされてリビングのソファに座る。カップを持った瞳一郎がすぐにやってきた。熱いココアの入った大きめのマグカップを手渡され、勧《すす》められて一口飲む。甘い液体を嚥下《えんげ》すると、ほっと人心地《ひとごこち》つくような気がした。瞳一郎が隣に腰を下ろしてたずねてくる。

「で、なにがどうなって俺に泣きついてきたんだ？　いつ、だれが、どこで、なにをして、そうなった？」

「女の子…つき合《お》うてた娘《こ》ぉのひとりが妊娠したて……さっきおばあちゃんに聞かされて……そんでどないしたらええかわからんなって……ここに来たん」

「女をもてあそんできたおまえに、とうとう神仏がバチを当てたか。いっそ潔《いさぎよ》く父親になったらどうだ」

しらっと言われて、わああん、と腕をふり回す。

「その娘、中絶した言うてるんやぞ！　う、うっとこの会社に来やって、わめいたらしいん。医者の診断書持ってきて、どない責任とるんやって。おっちゃん大阪出張してて、秘書の人があわてて連絡取ったらお母ちゃんにもバレてしもて、お母ちゃん、めった怒って…もお、おれのこと大阪戻す言い出してっ…」

うぐうぐと涙をぬぐいながらまくし立て、ココアをごくごく飲み干す。瞳一郎が眉をひそめた。

「二年も終わりのこの時期に大阪へ戻す？　バカ言うな。受験に不利になるぞ」

「せやし、浪人したらええやろ、て。大阪でカンシする言うてるらしねん。おれは直接お母ちゃんとしゃべってないんやけど、おばあちゃんとかおっちゃんがなに言うても、全然聞く耳持たへんみたいで…」

「……女のほうは？　どうなった？」

訊かれて、くちびるを噛む。カラになったマグカップをことりとテーブルに置いて答えた。

「…………お金……渡したて。お母ちゃんが渡せて秘書の人に言うたん。秘書の人が診断書の病院に確認したら、ほんまもんやったみたいで、せやから……」

「いくら？」

「……五十万。お母ちゃんがこっち来て、おれと一緒にその娘《こ》ぉんとこ謝りに行く言うたんやけど、その娘、親とかにバレたないから絶対やめてくれて。ほんだら言うて、とりあえずそれだけ渡したらしいん」

「おまえは覚えあるわけ？　その女と」

膝の上に載せたこぶしを、ぎゅっと握る。

「……ある。時期とかも合《お》うてる。マジメそうな子やって、フタマタとかされてへんと思うから、やっぱし相手はおれなんやろけど……け、けどなっ、おれ、いっつもちゃんと注意してっ…」

「男側の避妊の確実性なんて八割にも満たないんだぞ。残り二割にヒットするなんて、おまえ、まさにバチ当たりだな。覚えがなくなるほど女と遊んでるから、こういう事態を招くんだよ」

冷たいトゲトゲの言葉に、引っこんでいた涙がまたぞろあふれてくる。そりゃあ、なにがどうしたって大志が悪い。いくら注意してたって、そういうことは起こり得る。けど、それがどうして自分なんだ？　他にも男はいっぱいいるじゃないか。自分じゃないやつに残り二割が当たってもよかったろうに。

「も…どないしょう……お母ちゃん、日曜にこっち来る言うてんねん。そん時、転校の手続きとかして大阪連れて帰るて。もうめっちゃ怒ってんねん。おれ、怖て怖てっ……」

「バカ。怖いより転校のほうが問題だ」

「そ、そやな。転校したらまたお母ちゃんと暮らさんならんや……うわ、おれ、どないしたらっ……」

半ベソになって髪をわしわしかき混ぜる。瞳一郎が顔をしかめて、吐き捨てるように言った。

「……おまえ、わざとか？」

「な、なにがや？」

わけがわからなくて問い返すと、苦々しげに舌打ちされた。ついで、いきなり頭をごつんと殴られる。

「いた！　…っまえ、なにすんねん！」

「女の詳しいプロフィールは？　思い出せる範囲で列挙してみろ」

きょとんとする大志に、くちびるをイヤミったらしく吊り上げた瞳一郎。

「転校。したくないんだろ？　だったら事実関係をもう一度洗い直してみるしかない」


「………眠れないのか？」

五度目の寝返りを打った時、ベッドの上から瞳一郎が訊いてきた。少し間を置いて「うん」と答える。

あの後、夕食（なかなかイケた）をごちそうになっての帰り際、冗談半分で今日は家に帰りたくないと言ったら、瞳一郎は本気にして「じゃあ泊まれ」と祖母に電話を入れてくれた。ゲームをいくつかして（全敗だった）、缶ビールを飲み、ほどよく酔いが回ったところで就寝と相成ったのだけれど、これがなかなか寝つけない。どうしようかと思案していたら、瞳一郎が声をかけてきたというわけ。

まぶたを閉じて嘆息する。ベッドのきしむ音がした。薄暗闇の中、瞳一郎が起き上がるのが見える。

「こっち来るか？」

問われて、床に布団を敷いて寝ていた大志、跳ね起きてしまった。

「おおおおまえっ、またなんかヤラしいことしよとっ…」

「バカ、するか。ほら、さっさと来いよ」

言下に否定され、うながされて、ちょっと迷ったけれど枕をつかんだ。瞳一郎がズレて空《あ》けてくれたスペースにすべりこむ。肩を覆うように毛布がかけられた。すぐ間近にきれいな白い顔。タバコの匂い。

なんだかくすぐったいような気分になって、大志はくすくす笑った。瞳一郎が瞳を細める。

「なんだよ」

「おまえ、メガネかけてへん」

「当たり前だ」

当たり前なことを当たり前と言う、その言い様が、なぜだかおかしくて、大志はくすくす笑い続けた。瞳一郎があきれたように半身を起こし、ほっぺたを、ぎう、とつねってくる。

「くだらんことで笑いすぎだ、バカ。さっさと寝ろ」

「バカバカ言うな言うてるやろっ」

「はいはい、では、お利口さん、もうお休みになってくださいませ。眠るまでついててさしあげますから」

ぽんぽん。布団の上から背中をなだめるように叩かれて、目をつむる。ぽん、ぽん、ぽん。あやすみたいに、背中はやさしく叩かれ続ける。うとりと睡魔が襲ってきた。微睡《まどろ》みの波にさらわれそうになる。と同時に、閉じたまぶたの裏で水分が盛り上がってくるのも感じられた。すん、と鼻をすすり、そのことをごまかすために、そっとささやく。

「お母ちゃん……おれのこと、まるきし信じてへんねやな。せやし簡単にお金渡してしもたんや」

ぽん、ぽん。背中は一定のリズムで叩かれる。

「……休みとか、大阪帰らへんのんな、怖いからやねん。お母ちゃん、おれのこと嫌《きろ》とるから。おれがおじいちゃんそっくりや言うて、めっちゃ嫌《きろ》とるからなっ……」

ぽん、ぽん、ぽん。

なんか言えや、瞳一郎。なんか、なぐさめろや。

「……おれ……………いらん子ぉなんかなあ……？」

薄く目を開ける。すぐ目の前に、瞳一郎の整った顔。いつもの冷淡さはどこへ行ったんだろうってくらい、

ひどくやさしい、顔。

そうっと息を吐く。なぐさめて。声には出さず、吐息に乗せた。衣ずれの音がして、少し瞳一郎が近づく。目を閉じた。静かなキスが降りてきて、あたたかな息が混ざり合う。

引き寄せられて抱き締められ、ちょっとだけ泣いてしまった。瞳一郎がぽんぽん背中を叩きながら言う。

「安心しろ。帰らなくて済むようにしてやるから」

「……ほんま？」

「俺にできないことなんてあると思うか？　日曜までに必ずなんとかしてやる」

すごい自信家発言。こういう時、大志は、瞳一郎には敵《かな》わへんなあ、と思い知らされる。すぐにおろおろとうろたえて人に頼ってしまう自分が恥ずかしくなる。だから。

「……おまえよ、なんか困っとることとか、ないんか？　おれ、なんでも相談乗っちゃるで？」

一度くらい頼ってほしくて、そう訊《き》いた。瞳一郎の答は当然、これ。

「おまえに相談するくらいなら、幼稚園のガキをつかまえて相談するほうがまだしも頼れる」

ムカつき度二百パーセント。ぐすりと鼻をすすって、くやしまぎれに言ってやる。

「おっ…おまえっ……やっぱし、おれのこと好きなんやろっ？　せやから、おれに大阪帰ってほしないんやろー？　まあ、しゃーないて。なんしろ宇宙人もびっくりなこの美貌やで。男のおまえがクラっときたかて、だーれも責められへんわ。ほれ、言うてみ、おれのこと好きやて。な？」

おどけた口調で、冗談めかして。ほんのちょっと、期待も込めて。すると瞳一郎、大げさにため息つき、

「なにが宇宙人もびっくりだ。どうすればそんなめでたい性格が形成されるんだか。さすがの俺も驚くぞ。そういうおまえこそ、俺のことが好きなんじゃないのか？」

突拍子《とっぴょうし》もないことを言われて、大志、あわてふためき、語気も荒く撥《は》ねつけた。

「あ、あっほか！　なにうぬぼれとんねん、どあつかましい。おれはホモちゃうんじゃ、おまえのことなんか、ぜーんぜん好きちゃいます！　イッコも、こっから先もぜんっっぜん好きなんかちゃーいますぅ！」

べえ、と舌を出してみせ、瞳一郎に背を向けて毛布の中にもぐりこむ。ほんま、あつかましいやっちゃで。おれが自分のこと好きちゃうか、やて？　なーにを吐《ぬ》かしとんねん、ほんま、どあつかましっ。

腹立たしくて、なにか仕返ししてやりたくて、毛布を自分のほうへと引っぱった。すぐに引っぱり返される。も一回、こっちへ引っぱり寄せた。またすぐ引っぱり返される。

忍び笑いがもれた。ほんま、ヘンなとこ負けず嫌いなんやから。

陣地争いみたいに毛布を引っぱったり引っぱり返されたりしているうちに、いつの間にか大志は眠りに落ち、次の日の朝、自分がベッドから蹴り出されて床の布団の上に転がっているのを発見すること相成るのであった——


——俺にできないことなんてあると思うか？　日曜までに必ずなんとかしてやる………

「って言うたくせに、もう土曜やんけっ。どないすんねん、どないすんねんっ」

自分の部屋で、うろうろと立ったり座ったり苦悩したり絶望したりしながら瞳一郎からの救いの手を待っていた大志、うきー！　となって子供のようにわめいた。

例の一件発覚以来、祖母の品子《しなこ》に学校以外は絶対外出禁止を言い渡されている。動こうにも動けない状況だ。瞳一郎しか頼る術《すべ》はない。だのにきゃつは捜査の進展具合をこれっぽっちも教えてくれず、「だいじょうぶだ」の一点張り。今日だってさっさと先に帰ってしまい、大志はひとりとぼとぼと帰路に着いた。

初美《はつみ》ちゃん（中絶したって彼女）について覚えている情報が少なすぎたのも、不安の一因になっている。苗字が河村《かわむら》だというのは祖母に聞いて初めて知ったくらい。どこの学校かは不明。携帯の番号は知ってても自宅番号は知らず、住所も同じく不明（携帯はもちろん、つながらなくなっていた）。肝心の彼女を探し出すことさえ困難なのじゃないだろうかと思えるのに、たった三日で「なんとかする」のは到底無理な気がする。……いくら瞳一郎でも。第一「なんとか」って、どうなんとかするつもりなんだ。彼女の中絶の事実を消しゴムででも消すのか？　そんなこと、絶対にできっこない。

ベッドに突っ伏して、足をばたばたさせる。多分、自分はこのまま大阪に連れ戻されてしまうのだ。さすがの品子にも、「今回ばっかりは、おばあちゃん、庇《かば》たられへんえ」と気の毒そうな顔で告げられた。

「浪子《なみこ》はあんたにキツう当たりすぎる思て、こっちに来さすのんもよろしかと引き受けましたんやけど、こないなことになってしもたらなあ。ここにおり言うてやりたいんは、山々どすけどなあ…」

手塚山のあの家で、あの母と顔を突き合わせて暮らすことを考えると、ぞっとした。こっちへ来るまではそれが当たり前と思っていたけれど、二年も離れて暮らしてしまったら、もう耐えられるものではない。

これから始まるであろう牢獄のような暮らしを想像して枕をぎゅっと抱える。ふと、ベッドヘッドの棚に置いたオルゴールが目にとまった。瞳一郎にもらったオルゴール。ちょっとためらって、そうっと手に取る。底部分のネジを巻き、蓋《ふた》を開けると、聞き慣れたメロディがゆっくりとした調子で流れ出てきた。

目を閉じて、なつかしい曲に耳を傾ける。少しだけ気持ちが落ち着く感じがした。眠りを誘うようなくり返しの旋律。鉄琴をやさしくしたような、ぜんまい仕掛けの優美な音。

大志が鼻歌でオルゴールとデュエットしていると、机の上で携帯が鳴った。すわ瞳一郎かと飛びつく。けれど聞こえてきた朗らか陽気な声は、音羽のものだった。

『お元気ですか？　本日はすばらしい朗報がありますよ』

「……なんでケータイ変えたのに番号バレとんねん……」

『また柏木から買ったからです。そんなことより、今すぐお家《うち》を抜け出せませんか？　例のハツミとかいう女、見つけましたよ』

「なんやてっ？」

『今から言う住所に至急来てください。いいですか、言いますよ？』

音羽が読み上げた住所を書きとめ、あたふたと上着をはおる。祖母に見つからないよう足音を忍ばせて階段を下り、廊下を這いずって玄関にたどり着いた。靴紐を結び終えたところで、背後から誰何《すいか》の声。

「……だれかおりますのんか？　…いや、大志！　あんた、どこ行くんや、家におらなあきまへんえ！」

後ろを見ずに全速力で駆け出す。駅まで走って切符を買い、ホームへと上がったところで、携帯を忘れてきたことに気づいた。一瞬うろたえたけれど、まあいいかと思い直す。今さら取りに戻れないし、瞳一郎へ連絡を入れるのは、初美ちゃんと会ってからでも遅くない。とにかく彼女と対面し、事の真偽を確かめなければ。

音羽に教えられた住所はかなり大きな総合病院のものだった。着いたはいいが面食らって正面入り口前に立ち尽くしていると、当の音羽がガラス越しに手招きするのが見えた。おそるおそる自動扉を抜け、中へ入る。吹き抜けのロビーは明るく開放的な感じで、病院というよりオフィスのそれのようだった。

「早かったですね。おばあさまに監視されていると聞いていたから、抜け出せないかと心配してたんです」

「初美ちゃんは？　どこにおるねんっ？」

上着を脱ぎながら勢いこんで訊く大志を、音羽がまあまあとなだめてくる。

「すぐ会えますよ。お行儀よく待っていればいいんですけどねえ。案内しますから、どうぞ」

迷いもなく歩き出した。従いながら、きょろきょろと周囲を見渡し、質問する。

「なんで病院やねん？　まさか初美ちゃん、どっかケガしてるんやっ…」

「いえいえ、大変お元気ですよ。ただ少し検査をさせていただこうと思いまして。ここはうちが一族経営している病院でね、ちょうどいいから彼女にご足労いただいたんです。……ご足労いただいたっていうか、まあ、拉致《らち》させていただいたっていうかね」

「ら、らち？　それ、どないな意味？」

「少し強引に来てもらうって意味です。大志くんはいいなあ。すごく可愛くて」

にっこり。向けられた無邪気な笑みに、なぜだかぞっと背筋が冷えた。

一族経営というのは本当らしく、出会う看護婦や医師たちが、揃《そろ》って音羽に声をかけたり黙礼したりして通り過ぎてゆく。音羽は苦笑し、「ああいうことされるの、ヤなんですよねえ。いかにもって感じで」と言い訳のようにもらした。

「ところで柏木にはここに来ること話しましたか？」

「あ、まだ。後でケータイ貸してくれへんか？　おれ、忘れてしもて。連絡してこっち来てもらうさかい」

「いいですよ。でも柏木より僕のほうが彼女を先に見つけたってこと、ちゃんと覚えておいてくださいね」

エレベーターを使って二階へと上がる。長い渡り廊下をすぎると、そこはどうやら産婦人科別棟らしく、妊婦と思《おぼ》しきお腹の大きな女性や赤ちゃんを抱いた女性が、待合いのために並べられた椅子に腰掛けてそれぞれ談笑していた。

場違いな自分たちへ向けられる好奇の視線に恐縮しつつ、音羽について先へと進む。少し行くと、ナースステーションがあり、それに隣接する形で、新生児室があるのが見えた。通りすぎ際《ぎわ》、ちらりとガラス張りの部屋を覗く。プラスティックの繭《まゆ》のような小型寝台がいくつも並んでいた。その中に寝かされている、やわらかそうな白い肌着に包まれた赤ちゃんたちは、どの子も真っ赤な小さい顔をしていて、大志の両手に納まりそうな小ささだ。抱き上げても、きっと弱々しいほどの重さしかないのだろう。自分ではなにひとつ出来ない、生まれたばかりの命。

そのあまりの無防備さに、大志は胸を衝《つ》かれた。こんなに小さくて、か弱くて、他からの攻撃に抗すべき手段を持たないものがあるだろうか。こちらがとまどうほどの、脆弱《ぜいじゃく》さ。

思わず歩を止め、ガラス窓からまじまじと赤ちゃんたちを凝視する。小さな耳。鼻。口。手足の先にはミニチュアの爪がちゃんとついている。

立ち止まった大志に、音羽が注意をうながしてきた。

「大志くん？　どうしました、こっちですよ？」

「おれ……」

泣きそうになる。自分は一体なにをしたろう。なにの片棒を担《かつ》いでしまったんだろう。もし初美ちゃんが本当に大志の子供を中絶してしまったんだとしたら、そうしたら、大志は………

「大志くん、ほら、ここです。早く入ってください」

音羽が廊下の突き当たりにあるドアを開けて言う。のろのろと歩いていって、薄暗い部屋の中へと入った。ぱたりとドアが閉じられる。そこはなにかの検査室のようなところで、使われていないのか器具にはどれもシートが被《かぶ》せられていた。簡易式ベッドが右手の壁際に一台。左手の壁はガラス張りになっている。

何気なくガラスの向こうに目をやった大志は、愕然《がくぜん》とした。薄暗い小さな部屋の真ん中に置かれた診察台の上に、女の子がひとり、白いテープ…包帯でぐるぐる巻きにされて横たえられていたのだ。

「初美ちゃんっ？」

ガラスに駆け寄り、名を呼ぶ。髪をふり乱して戒《いまし》めを解《と》こうと身をよじっていた少女が、泣き出しそうな顔をこちらに向けた。大志を認めて驚いた表情になる。ついで、幼さの残る丸い瞳でギッと睨みつけてきた。口にガムテープが張られている。

大志は怒り狂って、背後の音羽に怒鳴りつけた。

「なにしとんねん！　なんでこんなことすんねん、はよ放したれやっ！」

くすくすと音羽が笑う。あどけないほどの笑み。眉尻を下げ、困ったように言う。

「ダメですよお。せっかく僕がつかまえてきたんだから。……でも条件次第で放してあげてもいいかなあ」

非常にイヤな予感がして、じり、と後退《あとじさ》りする。音羽がすばやくドアのほうへと移動した。かちり、とカギのかけられる音。ほうら、あっという間に密室のできあがり。頭の中がパニックで真っ白になる。

音羽がくしょりと笑み崩れた。性根《しょうね》を知らない人間には天使とも映るだろう、その笑顔。

「あの女、めちゃくちゃ凶暴でね。僕、ほら、手を引っかかれちゃいました。すごおくムカついたけど、殴ったり切ったりするの我慢したんですよ。大志くんのために。えらいでしょう？」

右の手の甲を大志の前でぶらぶらさせる。はんのちょっぴりの引っかき疵《きず》。どうやら初美ちゃんは力ずくで連れてこられたらしい。こいつのやりそうなことだ。

変態サディスト男を睨《ね》めつけ、身を遠ざけるように一歩下がった。背中に壁が当たる。音羽が小さな子供のように頰をふくらませた。

「……どうして柏木なんかに頼むかなあ。僕がいくらでも助けてあげるのに」

音羽がすばやく動いた。足を引っかけられ、転倒する。床に転げるかと思ったら、簡易ベッドの上に倒れてしまった。計算ずくだ。両腕が捕えられる。気味が悪いくらい邪気のない笑顔が迫ってきた。必死で顔をそらし、つかまれた手を渾身《こんしん》の力でふりほどこうとしたけれど、鉄で固められたように微動だにしない。呆然《ぼうぜん》とした。こいつ、異様なほど力がある。しかたなく口攻撃に切り替えた。

「シバくぞ！　キショイねや、さっさと離れえ！　はなっ…んう！」

いきなり口をふさがれて、全身に鳥肌が立つ。キキ、キスされてもた！　しししかも舌入れられたっ！　吐き気が胃からあふれ、悪寒が背中を駆け上ってきて、気を失いそうになる。こんなに胸の悪くなるキスは初めてだ。悶絶してしまいそう。我慢ならんとばかり、無我夢中で暴れまくる。蹴りがひとつ音羽の足にヒットした。つかまれた手が一瞬自由になる。ここが勝負所と、大志はめくらめっぽうに腕をふり回した。とたん、頰の上で、ぱん！　となにかが破裂するような音。後から痛みが追いかけてきて、引っぱたかれたのだと気づく。いきなり叩かれてぽかんとしている大志の眼前に、音羽がきらりと冷たく輝くものをかざしてみせた。テレビなんかでよく目にするもの。磨き抜かれたメスだ。驚愕で見開いた目に、口元をおだやかにほころばせた音羽の顔がアップになる。

「おとなしくして。ね？」

メスが、すぅ、と鼻先を通って首筋まで下りてゆく。それは見事な切れ味を見せて大志のシャツのボタンを切り落とした。ついで、ジーンズの真鍮《しんちゅう》製のボタンも。はだけられた胸を音羽のあたたかな手がなで回す。恐怖とおぞましさで涙が出た。反撃しようにもメスが怖くて体が動かない。

も…おれマジ犯される。もう、あかん。

ぎゅうと目をつぶる。それをどう勘違いしたものやら、音羽がうれしげに声を上げて笑い、またしても気色悪さ百兆倍のキスをしてきた。今度はくちびるを引き結び、舌の侵入を死ぬ気で阻《はば》んでやる。

「だいじょうぶ、今日はひどいことはしません。あんまりきみが可愛いと傷つけたくなるかもしれないけど」

生あたたかい舌が耳を這う。

「僕に任せておけば万事安泰ですよ。きみが転校しなくて済むよう、あの女のこともちゃんと調べてあげます。屈辱の産婦人科診察台上触診検査でね。二度と中絶したなんてウソは言わなくなるでしょう」

驚いて目を開く。音羽はにっこりと微笑んだ。

「どう考えてもおかしいでしょう、いきなり会社に現れるなんて。普通なら妊娠が発覚した時点できみに泣きついてくるはずです。中絶しちゃってから、家でも学校でもなく会社に乗りこんでくるなんて、金銭目当て以外の何者でもありませんよ」

「せ、せやけどお医者さんの診断書持ってきたんやぞっ。ほんまもんやってんぞっ」

「きみの子供じゃない可能性ってのを考えないんですか？　ほんと、人がいいんですねえ。……でもまあ、それはまた後で。今はこっちに集中しましょう」

伸《の》しかかってくる。もうダメだ。携帯を忘れてきたことを死ぬほど後悔した。瞳一郎に連絡を取っておけば。瞳一郎を待っていれば。瞳一郎と一緒に来ていれば。こんなやつの甘言に乗らず、瞳一郎を――

「お医者さんごっこはそこまでにしてもらおうか」

突如、湧いて出た声に、音羽が身を起こしてゆっくりと背後をふり返る。同じく声のしたほうを注視した大志の目に飛び込んできたのは、ドアに寄りかかり、にやにや笑いを浮かべる、まごうかたなき柏木瞳一郎くんの姿。

全身から力が抜けた。ブラボー神様っ。やっぱし信じるもんは救われるんやなあっ！

快哉《かいさい》を叫んでいる大志の上で、音羽が小首を傾げ、スネたように口を尖らせる。

「……相変わらず神出鬼没ですねえ。うまく撒《ま》けたと思ったんだけどなあ」

「バカの首には鈴をつけておくべきだと、前回の件で思い知らされたんでな」

瞳一郎が顎をしゃくる。包帯は解《と》かれたけれどガムテープは張られたままの初美ちゃんと、彼女の腕を逃げられないよう後ろ手に捕えた霧ヶ峰が現われた。ゴシップ好きの新聞部部長ときたら、相も変わらぬニヤけたチェシャ猫笑いを頬に張りつかせて、楽しげに大志の様子を眺め回している。

「お安くないねえ、男に乗っかられちまってさあ。そんなじゃホモじゃねえっても、だれも信じねえぜ？」

乗っかられたままだった大志、霧ヶ峰の言葉でハッと我に返り、あわてて音羽を突き飛ばした。

「いつまでやっとんねん、このあほんだらっ！　うう、きしょ！　ホモ菌がウツってまうっ！」

ぐいぐいとキスされた口をぬぐい、さわられた肌を赤くなるまでごしごし、こする。音羽がそんな大志の様子を見て、不服そうに頬をふくらませた。

「なんでしょうねえ、柏木とはしたくせに。知ってるんですよ、思いっきり感じまくってたって」

顔から火が出た。飛びかかって音羽の襟首を締め上げ、ドスを利《き》かせて脅しつける。

「なんやと？　なんやと、コラ？　もっぺん言うてみい、ドツかれたいんか、おのれは？　おれはホモちゃうんじゃ、しょーもないこと吐《ぬ》かすなっ！」

　これまでのお返しに一発蹴り入れてやろうとしたら、すばやく飛び退《の》かれた。くっそうとばかり、こぶしをふり回す。簡単にかわされた。怒り心頭でさらに追う。音羽は大志の攻撃をひょいひょいと逃れて、なんたることか瞳一郎の後ろに逃げこんだ。そして悪びれもせず、こう言ってのけたのだ。

「柏木、大志くんに落ち着くよう言ってくださいよお。僕、悪気はなかったんだから。ね？」

　悪気の塊《かたまり》みたいなやつが、なにを言うか！　しかもこの状況で瞳一郎に助けを求めるかっ？

「おまおっ……ゆるっ……ゆるしひっ……うわえっ…うぎぃっ……！」

　怒りのあまり、またしても言語障害を起こしてしまった。うまくしゃべれずにじたばた暴れる大志を、瞳一郎はじめ音羽と霧ヶ峰までもが気の毒そうな顔で見つめてくる。ううう、なんと情けなき事態。

　屈辱に舌を噛んでエゲエゲうなっていると、瞳一郎が取り出したタバコに火を点けながら、収拾をつけるように切り出した。

「バカはほっといて姫君にご質問タイムといくか。霧ヶ峰、テープを剥《は》がしてやってくれ」

　テープが剝がされるやいなや、それまで溜めに溜めていたんだろう、初美ちゃんの口から罵声が飛び出た。

「てめえら、ザケんじゃねえよ、人こんなとこ連れこんで縛りつけてよ！　ちくしょう、放せよっ！」

「大志、なにか聞きたいことがあるんじゃないか、この見た目と中身のギャップが激しそうなお嬢さんに？」

　瞳一郎にうながされ、ごくりと唾《つば》を呑んで、恐る恐るたずねる。

「赤ちゃん……堕ろしたて、ほんま？　うっとこの会社、来たんやろ？」

　ぴたりと初美ちゃんの口が閉じた。今、気づいたとでもいうように大志を凝視して、ふんとそっぽ向く。

「ほんとだよ。あんたの子。だから慰謝料もらう権利あんじゃん？　なに、なんか文句あんの？」

「……なんでおれに言うてくれへんかったん？」

「言ってどーすんの？　あんたがお金くれんの？　あ、親にバレたくなかった？　けどしかたない…」

「そういうことちゃうやろっ！」

初美ちゃんの言葉を遮って、怒鳴りつける。まずい。涙が出そうだ。ぐっと奥歯を嚙み締めてやり過ごそうとしたけれど、視界は白くけぶってしまった。ぽたりと床に水滴が落ちる。

「ちゃうやん……そんなんとちゃうやんかっ……」

ぐい、と袖で目許をぬぐう。

「なんで殺してしもたんやっ……」

さっき見た新生児室での赤ちゃんたち。小さな小さな赤ちゃんたち。

初美ちゃんが突然けたたましく笑いだした。

「なに今さら善人ぶってんの？　あたしが妊娠したって言ってたらさ、あんた絶対迷惑そうな顔したよ？決まってんじゃん。あたしが堕ろしちゃった後だからさ、そんなきれい事、言えんだよ。先にあんたに相談してたら、あんた絶対堕ろせって言ってたよ。わかるよ。男なんてみんなそうだよっ」

叩きつけるようにまくしたて、初美ちゃんは顔を醜くゆがめて大志を見つめた。

「あんた自分で言ってたじゃん。おれは女の子にすごくモテるって。何人もとヤッてんでしょ？　後先考えずにさ。適当に遊びで、そこら中の女とヤッて、デキちゃえばバイバイってつもりでいたんでしょ？　それともママに泣きついてお金で解決してもらうつもりだった？　今回みたいにさっ」

放心して立ち尽くす。なにも言い返せない。なにひとつ、言い返す言葉は見つからない。だって大志は安心したから。彼女が中絶してしまった後だと聞いた時、とてつもなく安堵《あんど》してしまったから。その上、どうして自分にこんな不幸が、と嘆いてさえいたのだ。

「あたしのこと本気で好きでもなかったくせに、いい子ぶんじゃねえよっ！」

すごい一撃にめまいがした。世界がまだらになって、どくどくと脈打つ。極彩色のちかちかする光がいくつも現われて、目の前を横切っていった。手足が先から冷えてゆく感じ。

「……八つ当たりはもういいだろう？」

だれかの声が言った。ひどく冷静で抑揚のない話し方。瞳一郎だ。遠のいていた感覚がすうと戻ってくる。ぐらついていた視界の焦点が合って、瞳一郎が初美ちゃんに一枚の紙切れを見せているのが目に入った。

「問題の診断書だ。コピーだな。俺も確認したよ、この医院にな。ただし、ちゃんと発行日を年から問い合わせた。看護婦は笑って言ったぜ。『一年お間違えですよ。それは去年発行のものです』」

初美ちゃんの顔から一挙に血の気が退いた。音羽がポンと手を打つ。瞳一郎は無表情に続けた。

「うまくやったもんだな。年月日の年だけ書き替えて、コピーする。当然、見せられたほうは確認を取るだろう。後は五分の賭だ。年まで確かめるかどうか。動転してたこいつの叔父さんの秘書は、間抜けなことに月日だけで問い合わせてくれた。そしてきみは、まんまと金を手にすることができたってわけだ」

「……ふん。バレちゃしかたない。ケーサツでもなんでも連れてけば？　それくらい覚悟してたからね」

憎々しげに睨みつける初美ちゃんを、吐き出した煙越しに見つめ、瞳一郎は静かにささやいた。

「こいつに復讐してどうなる？」

「………なに言ってんの？」

目を細めた初美ちゃんに、瞳一郎はひどく淡々とした調子で大志の知らない男の名を挙げた。

「寺脇《てらわき》秀二《しゅうじ》。現在大学三回生。実家は白金、父親は大手電気メーカーの専務」

初美ちゃんが冷水でも浴びたように真っ青になり、硬直する。

「なに……あんたっ……」

「女にだらしのない、典型的バカのお坊ちゃま。適当に遊びで女とヤッて、デキちゃえばバイバイ、うるさくされると母親に泣きついて後始末を頼む、きみが一年前に堕ろした子供の父親」

「やめてよっ！」

悲鳴のように初美ちゃんが叫んだ。瞳一郎は容赦なく並べ上げる。

「本気だったきみを捨てた男。妊娠したと告げたきみをとびきりの迷惑顔で見た男。さっさと中絶しろと勧めた男。おれの将来を台無しにする気かと詰め寄った男。金が欲しいのかとわめいた男」

「やめ…やめてよ……」

初美ちゃんの目に、見る間に涙があふれた。霧ヶ峰がそっと手を離す。くずおれるようにしゃがみこんだ彼女は、胎児のように膝を抱えて丸まり、甲高い嗚咽《おえつ》をもらした。

「……どうしてこんなことを？」

瞳一郎が静かに訊く。初美ちゃんはむせび泣きながらも、頭を横にふった。

「……あんたたちの学校のっ……校内新聞…見たのっ……あた、あたしだけって言っ……ほ、ほかにもいっぱい女いたんじゃんっ…！　しか、しかもホモだって！　じょーだんじゃないよおっ！」

呆然とする。あの忌《い》まわしい新聞の弊害《へいがい》がこんなところにまで波及していただなんて。

大志がギッと睨みつけると、元凶である霧ヶ峰はそ知らぬ顔で口笛吹くマネなんかし、べろーん、と舌を出してみせた。この外道にはやはり一般良識が欠落しているらしい。

初美ちゃんが鼻をすすり上げ、握った小さなこぶしを床に叩きつけて叫んだ。

「……あ、あの人と一緒じゃんっ…！　………バカ、バカにしっ…してんのおっ、てっ……ムカつっ…ついてっ……こまっ…せてやろっ…てっ……」

しゃくり上げる声はひどく震えて、途切れ途切れになる。

初美ちゃんはそうしてひとしきり泣きじゃくった後、顔をゆっくりと上げ、赤く腫《は》れたまぶたをまたたかせて、大志にぽつりと告げた。

「………ごめんねえっ…………」


「ちゃんと子供堕ろしたか診断書持って来いって、あの人のお母さんに言われたんだ。口だけじゃ信用できないからってさ。あなたみたいなオジョウサンの言うことはねえ、だって。持ってったよ。あたし、迷惑かける気なかったんだ。ほんと。これ、ほんと。したらさ、お金、渡された。五十万。これで全部なかったことにしましょって。あの人もびくびくもんでさ、頼むから全部なかったことにしてくれって」

うつむき、くちびるを必死に笑いの形にして、初美ちゃんはぽたんと頬からしずくを落とした。病院の明るい正面入り口ロビー。手に持った紅茶の紙コップは、口をつけられずに冷え切ってしまってる。

「バカだよねえ。遊ばれてたの、わかんなかったんだ。あたしなんか本気で相手されるわけないのにさ」

「あたしなんかって言うな」

壁にもたれてタバコを吸っていた瞳一郎が、ぴしゃりと言った。重いほどの沈黙が降りる。それを打ち払うように、霧ヶ峰がかけ声をつけて立ち上がった。音羽を指差して初美ちゃんに言う。

「もう帰んな。そこのヘンな男に送らせるからさ。あ、ヘンってもホモらしいから襲われる心配はねえよ」

指差された音羽が憮然とした様子で霧ヶ峰を睨みつける。

「なに勝手に決めてるんですか。そんな女、きみが送っていけばいいでしょう。僕は大志くんと…」

「てめえが無理やりラチって連れてきたんだろうがよ。あ？　彼女が訴えたら、おめー確実、誘拐犯よ？

オイラ、証言しちゃうよ？　そこんとこ、わかってんの？」

あ？　あ？　ああ？　と霧ヶ峰にたたみかけられ、音羽、不承不承というふうにソファから腰を上げた。

はすかいに大志へと視線を寄こし、肩をすくめてみせる。

「やっぱり僕は女って生き物が大っ嫌いですよ」

ついでにそこの軽そうなやつも大嫌い、と霧ヶ峰を当てこすり、初美ちゃんについてくるよう、うながしている。初美ちゃんは素直に従って、去り際、もう一度大志に向けて「ごめんね」と言った。それに応えてかぶりをふり、ちょっと笑んでみせる。ロビーを出てゆく後ろ姿を見つめて、そっと吐息を吐《は》いた。

「ほんまに好きやってんな……」

『あの人』と初美ちゃんは言った。最後まで、『あの人』と言っていた。

なんだか胸が痛くなっている大志の横で、霧ヶ峰が屈託なく、うんと伸びをする。

「そう暗くなりなさんな。どっかで再会したらハメてやんな。女ってのはそーいうの、燃えるのよ」

………こいつには人の血が流れていないんじゃないだろうか。やっぱり外道だ。それも大外道。

ヤブ睨みをはじめた大志なんかてんで気にしちゃないらしい霧ヶ峰は、「さてさて」とつぶやきながら抜け目ない顔つきで両手をこすり合わせ、瞳一郎にすり寄ってわざとらしい猫なで声を出した。

「ジャマ者は消しましたぜ、ダンナ。三日間がんばって見張り役務めた上、事後フォローも忘れぬ良い子ちゃんのボクに、どかんと一発、ナイスなご褒美いただけるとうれしんですが？」

ちらりと霧ヶ峰に視線を投げた瞳一郎、吸殻をそばの灰皿に投げ捨て、縁なしメガネを指先で押し上げた。

「そうだな……バレー部の朝倉あたりを突ついてみろ。どろどろの内部事情が聞けるかもしれんぞ」

「毎度の情報提供、おありがとうごぜーます」

「わかってると思うが、今日のことは記事にするな」

「合点承知の助」

こめかみに手をつけた軍隊式の敬礼なんかしてみせて、スキップと共に霧ヶ峰、退場。どうやら後ろ暗い情報と引き換えに、きゃつは大志の動向を逐一、瞳一郎へ報告していたらしい。

憤然として瞳一郎に抗議しかけ、でも結局そのおかげで助かったのだと気づいて、大志は開いた口を閉じた。やっぱり自分って非常に情けない。いつものごとく瞳一郎に助けられてしまって。

「帰るぞ」

うながされ、病院を出る。みじめな気分で、しょんぼりうなだれ、てくてくついてゆく。瞳一郎は駐車場へと足を向けて、一台の黒い車の前で止まった。ポケットからキーを取り出して当たり前のようにロックを解き、助手席を指して「乗れ」と言ってくる。仰天してしまった。

「おまえ、車ドロボーまでしとるんかっ？」

「バカ。姉貴のだ。電車乗り換えてぐるぐる遠回りしてるヒマがなかったんでな。借りた」

「借りたて……免許、持ってないやろっ？」

さっさとドアを開けて運転席に座った瞳一郎が、胸ポケットからなにやら薄っぺらい名刺サイズのものをつまみ上げ、大志に突きつけてくる。まごうかたなき免許証だ。奪い取って、まじまじ調べる。生年月日の年号のところが、三年分、底上げされていた。

「な、なんでっ？」

「知らなかったのか？　特別に優秀な人間は国家に選出されて様々な特権を与えられるんだ」

「ウソもたいがいにせえよ、おまえ！」

「本当だ。選ばれし者は夜中に黒服の男たちが訪ねてきて、黒塗りの車で国会議事堂の地下二百メートルにある秘密の部屋へ連れていかれる。そこで国家への服従を誓い、首筋に米粒ほどの行動を監視するための機械を埋め込まれて解放されるんだ。もし反逆的なことをしたら、この機械が爆発することになってる」

「う、うそやっ！」

「本当だ。ほら、さわってみろ。顎《あご》のすぐ下あたりに小さなしこりがあるだろ？」

指差されたところを恐る恐るさわってみると、確かになにやら硬やわらかいものが。

「ぎゃー！　ほんまや！　どどどどないすんねん、おまえ！　ばばばば、ばくっ、爆弾やっ！」

「しっ。騒ぐな。これは国家機密なんだ。おまえに話したことがバレたら俺は爆死する。なにも聞いてないフリでさっさと車に乗れ。おっと、その前に監視者の目をゴマかすため、関西ギャグを一発やっとけ」

うぐうぐと半泣きになりつつうなずいて、坂田師匠の『アホアホ踊り』を二往復してみせる。駐車場管理のおじさんが監視ボックスの中から胡乱《うろん》げな視線を投げてきた。あのおじさんが黒服の男の仲間かもしれないと気づいて真っ青になり、おじさんに向けてあと三往復『アホアホ踊り』をしてみせてから、助手席側のドアを開けて大急ぎで乗りこむ。瞳一郎がにやりと笑ってエンジンをかけ、車はスムーズに駐車場をすべり出した。胸を押さえて動悸《どうき》を静めようと深呼吸する。今のでうまくゴマかせただろうか。

びびりまくっている大志の横で、瞳一郎がなぜだか笑いを噛み殺している。まったくこの男ときたら自分の命に関わることなのに、どうして笑っていられるのか。これからは自分が気をつけてやらなければ。シートベルトを締めながらそう決意し、助手席の背にもたれかかる。

車道に出ていくつか信号を過ぎるころには、大志にも瞳一郎の運転技術の高さがわかった。乱暴な従兄弟の運転に慣れている身には感嘆するほど、発進と停車の際のゆれが微少なのだ。

「えらい運転うまいやん。どこで練習してん？　教習所とか行かしてもろたんか？　そんなんもアリ？」

「いや、私道で自力習得した。俺はおまえと違って大変優秀な頭脳と反射神経の持ち主なんでな」

「し、しどうて……私道のことか？　おまえんとこ、どっかに山でも持っとんのか？」

「公道はすべて国民の私道だ。なんたって俺たちの払う税金であらゆる道路は造られてるんだからな」

怖るべき屁理屈だ。あきれて黙っていると、瞳一郎がコートのポケットから白い封筒を引き出し、放って寄こした。とまどって封筒と瞳一郎を代わる代わる見つめ、中を覗く。杵島産業の社名と住所と電話番号が印刷されたその封筒には、一万円札がたくさん入っていた。多分、五十万円分。

「おまえが飲みもの買いに席はずした時、渡されたんだ。罪悪感に苛《さいな》まれてずっと持ってたんだとさ。返しておいてくれって。それ持って品子さんに報告済ませて、明日のママのお越しに待ったをかけてもらえよ」

窓の外に目をやる。ぎゅっと握った手の中で封筒がたわみ、かしかしと乾いた音を立てた。

黙ったまま答えないでいる大志の手から、瞳一郎が封筒をすいと取り上げる。そして元通り自分のコートのポケットにしまった。

「……………」

「これは預かっておく。おまえ、ヤケ起こして窓からバラ撒《ま》きそうだからな」

なにも言わない大志に、瞳一郎、心持ち語調を強くして。

「……俺から品子さんに言ってやろうか？　それともあの娘に直接、電話してもらうか？」

「………ええよ。いらんことせんといて」

ちょっと怒った口ぶりになってしまった。ちょっとイヤな感じ。ちょっと……八つ当たりっぽい。すう、と息を吸いこむ。涙が出そう。すごく自分が嫌いだ。いいかげんだった自分が嫌い。彼女をあんなふうに追いつめた自分が嫌い。考えなしでバカだった自分が嫌い。大志のために色々骨を折ってくれた瞳一郎に、見当違いの、本当なら自分自身に向けなくちゃいけない感情をぶつけてる今の自分が、大嫌い。

「おれ………大阪帰るわ」

そっぽ向いたまま、吐き捨てるように言う。少しの間があって、冷静な声がたずねてきた。

「帰りたくないだの帰るだの、わからんやつだな。一体どっちだよ」

「帰る。帰ったほうがええんや。ほんで、お母ちゃんに一生カンシされて生きんねん。それがええかげんなことしてきたおれのバチやねん」

ぽつぽつと灯りだした街灯たちが、フロントガラスに近づいてきては、びゅんびゅんと背後に通り過ぎる。大志はただ座っているだけなのに、景色はどんどんやってきて、後ろに流れてゆく。

「おれ、最低やなあ……」

ぽろりと言葉がこぼれた。ほんと、最低。初美ちゃんの昔の男と一緒。最低やろう。たくさんの女の子と、たくさんいいかげんなことをしてきた。結果も考えずに。なんて身勝手な男。

なにかに圧《お》しつぶされそうな気がして、そっとまぶたを閉じた。薄闇の降りた街の景色が消えて暗黒が広がる。暗黒の中には赤ちゃんが浮かんでいた。生まれてくることのできなかった、初美ちゃんの赤ちゃん。初美ちゃんはいつか後悔するだろう。きっと、する。本当の相手に出会って、結婚して、そして子供を生んだ時、今はまだ小さな棘《とげ》が急速に成長して、彼女の心を責め苛《さいな》むに違いない。

大志は、ふと、あの夢を思い出した。音楽室でピアノを弾《ひ》く指先。長い髪の美しい人。その言葉。あれは現実にはいつの出来事だったろう。あの後、先生とはキスをした。セックスもした。それは彼女にとって、どれくらいリスクのあることだったんだろう。

瞳一郎がハンドルを切って、体が少し右に傾いた。気づいたら、大志の口は勝手に開いてた。

「……先生にな、言われたことあるん。ほんまはきみ女なんか嫌いなんでしょ、て。なんかな、とっかえひっかえしとるんが、女にフクシュウしてるみたいや、て」

ちょっと考えて、付け足す。

「先生て、中三の時つき合《お》うてた人。えらいべっぴんさんでな、おれ……」

詰まった。おれ……なんだろう。おれ……なんなんだろう。

かちり、と瞳一郎がライターを点《つ》ける音がした。タバコの匂い。窓を開ける気配。ひやりと冷たい風が吹きこんできて、ぞん、と背筋が震える。

「……好きだったのか、その女のこと」

抑揚のない声が訊いてきた。好きだったのか？　一瞬迷って、自分の中で出した答とは反対の答を返した。

「………うん。好きやったと思う」

自分は初恋もまだなんだということを、その時、大志は驚きと共に理解した。

まばたきして目を開ける。ちょうど車のブレーキがかかって、体ががくんと前につんのめった。シートベルトを解《と》いた瞳一郎が「ちょっと待ってろ」と言い置いて、道路脇のコンビニに入ってゆく。それを見送り、手持ち無沙汰にシートベルトの締まり具合を確かめて、少しキツめに調整した。

嘆息して、待つ。十五分ほどして戻ってきた瞳一郎は、時間がかかったわりに、あたたかい缶コーヒー二本しか買っていなかった。一本もらって口をつける。とたん車が急発進し、あふれ出た液体が口から顎にかけてしたたった。運転席から意地悪い笑い声。傷心状態の大志に、よっくもこんなマネをっ。

「くっそー、おのれはあ。おれがめちゃシリアスなっとんのに、なんでそんなイケズやねんっ」

「日本一、いや世界一シリアスの似合わん男がなにを言う。あーおれのせいじゃなくてよかった、これからもバンバン女と遊ぶぞ、くらい言って小踊りしてみろ、ほら」

「するか！　おれは今、自分を反省しとんねん。海より深く山より高く後悔しとんねや、ジャマすんなっ」

「ほほう、なら世界で一番高い山はなんだ？」

「アホにすんなよっ。…へへ、エベレスト」

得意絶頂で答えると、瞳一郎、鼻でふふんと笑いやがった。

「では世界でもっとも深い海、もとい海溝は？」

急速冷凍。イケズ笑いを張りつかせた瞳一郎が、「おいおい小学校で習ったぞ？」なんて嘲《あざけ》ってくる。

「へ…へーん、や。そんなこと知らんでも生きていけるんじゃ、ボケ」

「バカが露呈《ろてい》するといつもそれだな、おまえ。よくもうちに入学できたもんだ。裏金いくら積んだんだ？まったく俺が学長なら、おまえみたいな救いようのないバカは十億積まれても入学許可を出さんがな」

きー！　くやしっ、くやしっ、くやしっ！

座ったままで地団太踏む。大志だってやる時ゃやるのだ。記憶力だけはすごいんだから。……ただ、それがあまり長時間（二カ月以上）持続しないだけで。………新しいことを覚えると前のが抜けてくだけで。

隣のイケズ男から顔をそむけて腕組みし、座席に身を沈ませて目をつむった。フテ寝を決めこんでる大志を乗せて、瞳一郎はどんどん車を進めてゆく。しばらくすると、道はゆるやかな上りの勾配《こうばい》に入った。薄目を開けて窓の外をうかがう。両脇にお行儀よく並んだ住居群が見えた。どの家も同じような外見をしていて見分けがつかない。あんまり統一されすぎていて異質な感じさえ受ける家々。

五分も走ると、いつしかその家並みも途切れ、雑木林のようなものがちらほら現われはじめた。どこへ向かっているのかと不安になり、運転席の瞳一郎をうかがう。

と、予告なしに車が急停止した。瞳一郎がシートベルトをはずして顎をしゃくってくる。

「下りろよ」

居丈高な口調にむっとしたけれど、言われた通りドアを開けて車をすべり下りる。雑木林がすぐ後ろに迫り、車がUターンする広いスペースのある、行き止まりの空き地。

鬱蒼《うっそう》とした雑木林から何気なく背後の空間へと目を転じた大志は、息を呑んでその場に棒立ちになった。眼前に、夜景の大パノラマが広がっている。遠くにだけれど、新宿の高層ビル群も見えた。煌《きら》めくイルミネーションの乱舞。こんな近場に、こんな絶好のロケーションがあったなんて。

「なかなかのもんだろ？　ここまではほとんど車も来ないから、貸し切りだぞ」

ボンネットに腰かけた瞳一郎が、タバコに火を点《つ》けながら言う。大志も隣に並んで身をもたれかけさせた。感嘆のため息をついて、だけど素直にそれを伝えるのはしゃくだから、突っぱった軽口を叩いてやる。

「女の子とか連れてきて、カッコつけてクドいとんのやろ？　きみのために用意したよ、とかきしょいこと言うて。うわ、さぶーっ。東京モンは恥ずかしないんかっちゅーぐらい、さぶいこと言うからのー」

さぶさぶ、と腕をこする。含み笑いをした瞳一郎が「もっと寒いこと言ってやろうか？」と訊いてきた。なになに？　と期待いっぱいで問い返す。するとイケズな友は急に真顔になって、静かに打ち明けた。

「ここに連れてきたのはおまえが初めてだよ」

一瞬ぽかんとして、冗談かと思って、でもまじまじ見つめた瞳一郎の顔はすごく真剣で、全然冗談みたいじゃなくて、だから、ばっと顔をそらした。暗くて見えもしないくせに、足元の小石を蹴るふりする。

「……そ、それ……うわ……めっちゃ、さっぶい……さぶすぎやっ…て………」

瞳一郎の吐き出したタバコの煙が漂ってきて、腕や胸に絡《から》みつく。大志の吐く白い吐息と混ざり合う。

落とした視線を足元の闇に固定していると、横から高圧的ともいえるえらそうな声が言った。

「大阪に帰ったら、この夜景も拝めなくなるぞ」

「……六甲《ろっこう》にかて生駒《いこま》にかて夜景あるもん。こんなん比べもんならへんくらい、きれいやもんっ…」

「東京タワーも武道館も国立競技場も東京ドームもディズニーランドもベイブリッジも鎌倉の大仏もないぞ」

「通天閣《つうてんかく》と大坂城ホールと長居《ながい》競技場と大阪ドームとユニヴァーサルスタジオ・ジャパンと明石《あかし》大橋と奈良の大仏さんがあるもん。神戸には異人館あるし、京都にはお寺さんどっさりで見て回られへんくらいや」

「こっちは女のレベルもかなり高い」

「アホ言え。こっちかてべっぴん多いんじゃ。ボケたらツッコんでくれるさかい会話もはずむで。もうなんでもアリや大阪。東京なんかに負けへんで。なんでもそろてるっ…」

「けど、俺はいないぞ?」

ぴん、とはじかれたタバコが地面に落ちた。オレンジ色が明滅《めいめつ》し、真冬の冷気で灰になる。

瞳一郎はくり返した。

「俺は、いないんだぞ?」

顔がくしゃりとゆがむ。自分は今、きっと泣きそうな面持《おもも》ちをしていることだろう。

意地悪でいけすかなくって根性曲がりで知ったかぶりで金に汚くて、大志のことをバカ呼ばわりして。いつも余裕しゃくしゃくって顔して憎たらしいくらい冷静で、なんでもできて弱みなんかひとつもなくって。いいとこなんて、数えるほどしかない。友達としてなら、想平のほうが全然ランクは上。だのに。

「な…なんやっ……おまえなんか………おらんだかて、おれはぜんぜんっ……」

どうしてだろう。東京にしかないものって言われたら、真っ先にこの男の顔が浮かんでくるのだ。

冷たい手が伸びてきた。顎を持ち上げられる。縁なしメガネの奥の完璧な瞳と正面切って見つめ合う。

「……帰りたくないって言えよ、大志。このあいだみたいに俺に泣きついてみろ」

「い、いややねっ！　絶対、帰ったるっ…」

「言えよ、なんとかしてくれって。帰りたくないから、なんとかしてくれって、俺に頼んでみろ」

「頼まへん！　おれ帰るんやかっ…ん！」

後の言葉はキスに呑まれた。ひどく乱暴で咬みつくみたいなキス。陶然《とうぜん》としてしまいそうになって、あわてて瞳一郎の胸を押し返す。すると瞳一郎、大志の体を無理やりボンネットの上に押しつけた。冷酷な瞳が真上から見下ろしてくる。

「……おまえを思い通りにする方法なんて、いくらでもあるんだぞ?」

ぞっとするような低い声でささやいた。蹴りつけるようにして大志の足を割り、体を入れてくる。襟元にかかった手にこじ開けられ、上着のボタンが全部、千切れて飛んだ。下に着ているシャツの前は音羽にメスで切られてすでに全開、つまり素肌ってこと。そこに瞳一郎が冷たいくちびるを押しつけ、吸い上げてくる。刺すように冷たい夜気が肌を粟立《あわだ》たせた。

「なにっ…すんねん！　はなせや、アホっ！」

じたばたと暴れてやる。瞳一郎はおかまいなしで、すでに探知済みの感度良好箇所いくつかを徹底攻撃してくる。寒さのせいばかりじゃなく、全身が震えた。力が抜ける。あのめくるめくような快感の渦《うず》に巻きこまれるかと思うと、体のほうが勝手に「いらっしゃいませ♥」と開いてしまうのだ。

「んっ……！」

ずる、と舌が入ってくる。シャツ同様ボタンを切られたジーンズは、下着と一緒にあっけないくらい簡単にずり下ろされてしまった。手が添えられる。きついほどの愛撫は、やっぱりパーフェクトに的確で、大志はすぐに息が上がってしまった。あえぎ声を必死で噛み殺す。それを見てくぐもった笑いをもらした瞳一郎、大志の脚を抱え上げ、べろりと見せつけるみたいにくちびるを舌で湿《しめ》した後、すでにヤバい状態になっちゃってる箇所へいきなり口をつけてきたのだ！

ざわっと全身に瘧《おこり》のような震えが走る。これは前回のドボンに含まれていなかった行為だ。初《はっ》のお手合わせだ。言っておくけれど、大志としちゃ今まで何人もの女の子（あるいは女の人）にこの行為、していただいたことがある。

が、しかし。

夢見心地で口を半開きにし、みっともなく息を弾《はず》ませて、大志、完敗の白旗を掲げる。なんちゅーか、これがもう……ええんです。天国かっ？　ちゅーほどのもんなのです。ああ、この舌使い。なんでそない微妙に動くか。うわうわ、気持ちええっ。気ぃ狂てまうっ。

「うあっ………っく！」

我慢しきれなくて吐き出しかけたところを、寸前で塞《せ》き止められた。身悶えして脚のあいだにいる冷血男を睨みつける。すると、きゃつ、背筋が凍るような冷たい一瞥《いちべつ》を寄こし、くく、と喉の奥で笑いやがった。

かあっと頭に血が上る。いいように翻弄《ほんろう》されている自分が恥ずかしくて顔をそむけた。したらイケズ男、大志の頬をぐいと指ではさみ、自分のほうへと無理やり顔を向けさせて。

「帰りたくないって言え。でなきゃいつまでもこのままだぞ」

ぎり。奥歯が音を立てる。こんなやり方で言うこと聞かせられると思ってるのか。冗談じゃない。意地でも帰りたくないなんて言ってやるものか。なんでもかんでも思い通りになると思ったら大間違いだ。

だから大志、大きく息を吸いこみ、叩きつけるように答えた。

「死んでも帰ったる！　おまえなんかっ……大っ嫌いや！　大阪帰ったら二度とおまえの顔見らんでええさかい、せいせいするわっ！」

真上にある怜悧《れいり》な瞳がすうと細くなった。鋭い眼光が大志の目を射貫く。

酷薄なくちびるを笑いの形にゆがめ、見たこともないほど残酷な顔つきをした瞳一郎は、一語一語を区切るようにゆっくりとささやいた。

「……おまえ、俺はなにを言われても傷つかない人間だと思ってるだろ？」

くく。ひどく冷たい、機械じみた笑い声。

「いいだろう。このあいだみたいにおまえが自分からねだるまで、おまえ言うところのイケズに徹《てっ》してやる」

「なにっ……！」

抵抗する間もなく、脚が高々と持ち上げられた。舌と指を使って前だけじゃなく後ろも好き放題に嬲《なぶ》られる。舐めまわされ、もてあそぶみたいにいじくられ、何度も何度も高められては遮られ、一分が一時間にも感じられる地獄のような何十分か（あるいは何分か？）が過ぎて、とうとう大志は音を上げた。悲鳴にも似たあえぎの合間に、「もう勘弁して」と請《こ》うている自分の声を聞き取る。

「も……とういちろっ……おねがいやさかいっ……」

爆発的な排出の欲求に気も狂わんばかりになる。指を出し入れされているところが、熱くて熱くてたまらない。唾液で甘くうるおって、もっと強烈な刺激を求めている。飢餓と言っていいほどの欲情。だのに瞳一郎ときたら、人の体を舐めまわしながら意地悪く言うのだ。

「なんのお願いだ?」

この悪魔め……! 内心で毒突きながら、灼《や》けつくような息をせわしく吐き出し、わめく。

「わ、わかってるんやろっ……!」

「さあ、わからんな。生憎《あいにく》、俺は鈍感なんでな」

きー! とことんイケズするんかいっ!

数秒の逡巡《しゅんじゅん》の末、どうにもこうにも我慢の限界にきていた大志、プライドをうっちゃって吐き捨てた。

「いっ…イれたいんやろ! イれたらええやんけ、さっさとイれろやっ!」

「そういう命令口調は気に食わんな。もっと可愛く、そこはかとない恥じらいも見せて懇願してみろ」

ぐあー! ムカつくムカつくムカつくううう! ……ところでコンガンて、なに?

くやしさと恥ずかしさと自分の無知さ加減に歯ぎしりする。怒りのあまり思わず半身起こしかけ、とたん、つる、とすべり落ちそうになった。とっさに瞳一郎の腕が伸びてきて、すくい止められる。引き寄せられて再びボンネット上に磔《はりつけ》にされた。あきれたような、バカにしたような声音が言う。

「頭から落ちるとこだったぞ。しっかりバランス取ってろ。それ以上バカになりたくないだろ」

無機質な眼差し、落ち着いた態度、冷静な口ぶり。そういうの全部に、どかんとキた。

大志ひとりだけこんなに右往左往して、ぐるぐるして、困惑して、どうしてかなとか考えて、わけわかんなくなって。

だのにこいつは、いけしゃあしゃあと平気の平左《へいざ》って顔して、余裕のよっちゃんで、人を煙《けむ》に巻いて、なにもかも全部（キスしたのもセックスしたのも、一切合財なにもかも、だ）大志のせいにして。

そんなんズッコいと思いませんか？　めっちゃくちゃズルて卑怯ちゃいます？　怒んで、おれ、ほんま。

だから大志、抱き寄せられた腕の中で、精一杯もがいてやった。むっちゃんくっちゃんガンガンに暴れてやった。瞳一郎のメガネが吹っ飛ぶくらい、刃向かってやった。

両手を盲滅法《めくらめっぽう》、相手に打ちつけながら、叫ぶ。

「おまえなんかっ……き、きらい！　きらいやっ！　ぜんっ…ぜんぜん、やさしないしっ、イケズやしっ、おれおっ…おれのこっ…バ、バカとか言うしっ…ホモ嫌い言うてんのに、こんっ…こんなこと、するし！」

くやし涙とか流して、しゃくり上げながら、しっちゃかめっちゃかになった頭に浮かんできた言葉を、そのまんま舌先に乗せる。

「キっ…キスせえへん言うし！　あい、あいつとはすんのに！　あいつとっ…ヤったんやろ！　おれよっ、より先に！　他のやつともヤってんやろ！　おれ以外のやつとかて寝まくってんやろ！」

支離滅裂だ。それでも回りはじめた舌は止まらない。

「ム、ムカつくんじゃボケ！　アホ！　今までだれとヤっ…ヤってん、カス！　言えや！　言えっ…」

そうしてひとしきり泣いてわめいて殴って——激しい嗚咽が惰性みたいなすすり上げに変わったころ、瞳一郎がため息をついて、涙にぬれた大志の頬をコートの袖口でぐいとぬぐってきた。からかうようにたずねてくる。

「癇癪《かんしゃく》は治まりましたか、お利口さん？」

「おっ、おりこうさんて言うなっ」

「では、おバカさん」

「バカて言うな言うてるやろっ。……もっとちゃんとふけやっ。耳のとこもっ」

「こりゃ失礼。……はい、これでどうです？　満足いただける出来でしょうか？」

大志の顔中の涙を丁寧にぬぐい終えた瞳一郎が、おどけたようにそう言った。きまりが悪くて駄々っ子みたいに口を尖らせる。ぷい、と横向き、小声で要求した。

「キス」

「はい？」

とぼける瞳一郎に、がなりつける。

「キスて言うたの！　さっさとせえやっ」

く、と瞳一郎が笑う。けれどそれはイヤミな笑い方じゃなくて。

長身が、大志にぴったり重なるみたいに覆い被《かぶ》さってくる。それから、キス。ちゃんと、キス。初めはやさしくて、少しずつ激しくなってゆく。閉じたまぶたをうっすらと開いてみた。瞳一郎の完璧で冷たい瞳は、閉じられたまま。相変わらず、睫毛《まつげ》が長い。

かちゃ、とベルトのはずされる音がした。手が、腰のあたりを探ってくる。

「んっ……！」

剝《む》き出しの下半身に押しつけられたものがなんなのかは、すぐにわかった。大志の半分ほど萎《な》えていたものにこすりつけるみたいにして、それが動く。

「んっ、んっ……！」

激情が再燃してきた。息が上がってくる。重ねられたくちびるをはずして、乱れた呼気を吐き出した。

「は、あっ……とういちろっ……」

腕を伸ばして、自分をこんなふうにしてしまう憎ったらしい男の背にしがみつく。首筋にあたたかい息がかかった。舌先が、つう、と肌の上をすべってゆく。耳までたどり着いたそれは、ぴちゃ、と音を立てて、耳殻《じかく》を舐め上げた。かすれた声がささやく。

「……どうしてほしい？」

くちびるを噛む。なにがなんでも大志に言わせたいらしい。そのあたりの心理は同じ男としてわかる。つまり、「私はあなたにめろめろなのよん。このセックスで感じまくっているのよん。乱れまくっているのよん。もっと色々してほしいのよん。そのためならイヤラシイことだって言っちゃうわよん」というところを見せてほしいのデス、がんばっちゃってる身としては。ああ、単純なりし、男。

で、再度ちょっとした意地やプライドとの心理的攻防がありまして、大志、とうとう言っちゃったわけです。それも、可愛く。そこはかとない恥じらいも込めて。

「……お、おねがいやさかい…………いれ…………いれてっ……」

瞳一郎が満足げに喉を鳴らす。悪魔な冷血やろうも結局はただの男ってことですかい。

その事実に少しばかり溜飲《りゅういん》を下げた大志、けれど次の瞬間には屈辱のM字開脚体勢をとらされ、燃えるように熱くなったものを押し当てられて、ぐ、と歯を食いしばった。こじ開けるようにして侵入される。

初めのぞっとする圧迫感を必死でやり過ごし、引き攣《つ》れるような痛みを伴う数回の出し入れを我慢すると、鋭いほどの快感がそこから芽生えて全身に散り咲いていった。

「んうっ…ん！」

ああ、なんて気持ちのよさ。まぶたを閉じ、したたるような悦楽に陶酔する。

抜き差しのペースを微妙に変化させて大志を煽ったり焦らしたりしていた瞳一郎が、意識的にゆっくりした速度を取りはじめた。緩慢な動きに焦れる。物足りなさに、腰を押しつけ、みだらにせがんでしまった。

「……な、とういちろ……もっ…と……もっと、はよしてっ…！」

まだ二回目なのにこんなに乱れてしまうなんて。まるで麻薬のように常習性を高められてしまっている。

脚を抱えるようにつかむ瞳一郎の指が、肌にきつく食いこんできた。飢えた獣みたいな貪欲さで、一気に奥まで貫かれる。

「うあっ…あっ！」

弾けるような衝撃に、つむっていた目を開く。視界がゆらいだ。瞳一郎の肩ごしにパノラマの夜景が見える。涙でぼやけたそれは、ぼやけているにも拘《かかわ》らず、怖ろしいほどの鮮明さで瞳の奥に灼きついた。

ほんのりと明るい夜の色、肌に突き刺さるような冬の冷気、瞳一郎の息遣い。泣いてるみたいな自分のあえぎ声が今まで聞いたどんな女の子のものより甘ったるくて、思わず笑ってしまいそうになる。衣服ごしに感じるボンネットのつるつるした感触、後頭部にあたるフロントウィンドウのワイパー、酔いそうになる車体のゆれ。燃えるような体に打ちこまれた灼熱の異物、三センチの間近にある、端正で、だけど気むずかしげな白い顔。その顔の主は、大志と目が合うと、とたんに皮肉っぽい笑みを口端に乗せた。

「……バカ。なに見てる」

「またっ……バカ言うたっ……」

「何度だって言ってやる。バカバカ大バカ、有史以来、超弩級《どきゅう》の大バカやろう」

反論しようと開いた口は、すばやいくちづけで塞《ふさ》がれた。うっとりするくらい官能的なキス。舌を絡ませて食い合うみたいに互いを攻める。

「……」

唾液の糸を引いて離れた瞳一郎のくちびるが、なにか声にならない短い言葉をつぶやいた。聞き取れなくて耳をすます。眼差しで問いかけたら、返ってきたのは意地の悪い笑いと、このセリフだった。

「ぼけっとしてないで集中しろ、バカ」

「バカいっ……っ！」

後は声にならなかった。乱暴に突き上げられて息が詰まる。無理やりみたいな侵攻。

「やあっ…あ！　…あっ！」

背をのけ反《ぞ》らせて絶頂感に堪える。思いがけない突然の強引さに、気を失いそうになってしまった。

「んんんっ…とういちろうっ…！」

とろけてしまう。こんなに激しく求められたら。

薄く開けた目に、白く踊る息が見えた。自分のと、瞳一郎のと。お互いのせわしない息遣い。世界がぐるぐる廻りだす。上下の感覚がなくなって、体が逆《さか》しまになったような気がした。ぎゅう、と体が引き絞《しぼ》れる感覚。

「んあっ…！　いっ…ややっ…！」

叫んだ瞬間、暴発してしまっていた。瞳一郎は、もう三度、中で動いてから、ずるりと抜け、大志の脚の付け根に吐き出した。肌を生あたたかいものが伝い落ちてゆく。

「ん…」

ぐったりと脱力している大志に伸しかかるようにして、瞳一郎がキスをしてきた。背中に腕を回され、抱き締められる。なぐさめるみたいなくちづけが頬や額に幾度も降った。

親指の腹で、そっとくちびるをなぞられる。整った瞳を気怠《けだる》げに細めていた瞳一郎は、大志が見つめると、憂《うれ》えたような笑みを浮かべた。少し自嘲気味で、わずかに後悔の混じった笑み。

その笑みを見ていると、どうしてか涙が出てきた。言葉が勝手に口を衝《つ》いてこぼれる。

「…………かえりたない……」

「……大志？」

「かえりたないねん、とういちろう……なんとかせえやっ……」

そうして瞳一郎の首に腕を回し、大志は自分から、ぎゅう、と抱きついた。

かちかちかち。なにかの音とかすかな振動で、目が覚める。しばたたいた瞳に、暗い車内と運転席に座る瞳一郎の背中が映った。タバコの匂い。薄く開けられた窓から入ってくる冷たい夜気。

後部座席に横たわっていた大志はぞくぞくする寒気《さむけ》を感じて、かけられていた瞳一郎のコートを鼻まで引っぱり上げた。喉がいがらっぽい。関節に浮いたような不快感がある。体全体が重苦しくて熱っぽかった。

「……起きたか？」

視線を前方に据えたままで瞳一郎が問いかけてくる。

「おまえの家までもう少しかかるから寝てろよ」

いつも通りの平坦《へいたん》な声。赤信号で止まっても、縁なしメガネをかけた白い顔は大志のほうをふり向かない。

ちょっとくやしくなって、曲げていた足を伸ばし、靴の爪先で運転席の背もたれを軽く蹴ってやった。できるだけ不機嫌そうな声を作り、とがめるように言いつのる。

「なんべんも言うようやけどな、おれはホモちゃうんやからな。あんなんするのんも、ほんまはイヤやねんからっ。せやけどおまえがヤラセーヤラセーいう顔しとるから、しょーことなしにやなっ…」

「はいはい」

「大阪帰りたない言うたんかてな、おれがおらんようなってしもたら、イケズで根性悪《こんじょワル》のおまえのツレは想平だけになってまうし、あいつ最近ずうっと槙《まき》とばっかしおるし、おまえ、さびしいかなーとか思て、それやったら残ったってもええかなーいう、おれの親切心やねんからなっ」

「そりゃどうも」

「あ！　せやけど勘違いすんなよっ。別におれはおまえとおりたいから帰りたないんやのうて、やっぱし一番はお母ちゃんイヤやっちゅうこっちゃねんからなっ」

「あ、そう」

短くてそっけない返事に焦《じ》れる。もっとなんか……ちゃんと返事しろや。

もう一度、爪先で背もたれを蹴る。瞳一郎はやっぱりふり返らない。冷たくてきれいな横顔はまっすぐ前を見つめたまま。

ぽすぽす。クッションの入った革の背もたれを何度も蹴りつけ、口を尖らせた。コートを目まで引き上げてまぶたを閉じる。そうして思った。今、この瞬間に、瞳一郎が「きれいだよ」と言ってくれたらいいのに。あの、給水塔の時みたいに。初めてしてしまった夜みたいに。

けれど瞳一郎がつぶやいたのは、全然違うセリフだった。

「………いつまでも母親なんかに支配されてるな」

上がってきた熱のためか、その声は耳の中で執拗なくらい大きく反響した。目頭が熱くなる。横になっているのに、めまいがした。体がひどくだるい。寒気が増してくる。微弱な振動とかちかちいうウインカーの音が、すごく遠く感じられる。

意識がぼんやりしてきたと思うやいなや、大志は気絶するみたいに不快な眠りに墜《お》ちていった。

その後のことを大志は覚えていない。高い熱が出て意識朦朧《もうろう》となり、丸一日、眠ったままだったからだ(二月初めの極寒の宵に半裸であんなことイタシてたんじゃ、当たり前の結果だ)。ので、なにがどうなったかは、容態が少し落ち着いた月曜の朝に、悦己から教えられた。

夜景の見える空き地に向かう途中、立ち寄ったコンビニでやけに時間かかるなと思っていたら、瞳一郎が祖母に電話を入れて事情を説明していたこと。それを受けて母は結局来なかったこと。大志は今まで通りこっちにいていいと許可が出たこと。つまり、すべては元通りと相成ったわけだ。雨降って地固まる。

ただ、得心《とくしん》がいかないのは土曜以来の品子と悦己の態度だった。品子はとにかくあからさまに上機嫌で、「あんたはほんまにええ子ぉや。もう一生ここにおってええよ」とか、やけに大げさなことを言うし、悦己は悦己で、妙に大志をじろじろ見たり、薄笑いとも苦笑いともつかない笑いを浮かべて「おまえがのぅ」とか意味不明なことをつぶやいたりする。初美ちゃんのことって、そこまでの大事《おおごと》だったんだろうか。

でもまあとにかく、大阪に帰らずには済んだ。別に……別に帰ったって、よかったんだけれど。

ベッドの中で微熱の続くだるい体を持て余し、インターフォンと携帯の呼び出し音に耳を澄ませる。目覚めてからずっと、そうしてる。期待は裏切られてばかり。まったく、どういうつもりだろう。冷たいやつ。まぶたを閉じて、瞳一郎がやって来た時にぶつけるためのセリフを考える。おまえのせいでえらい目ぇに遭《お》うたわ、カス。大阪帰らんで済んだけど、別におまえのおかげとか思てへんからな、アホ。勘違いしとったらあかんさかい言うとくけど、おれ、おまえのことなんか、ぜんっっぜん——

ぱちりと目を開けて口を尖らせ、虚空に向けて吐き捨てた。

「ぜんっっぜん、大っ嫌いなんやからな、ボケっ」

「けど、すげえ水臭いよな、おまえら。おれ、そんなこと全っ然知らなかったから、なんか仲間外れにされた気分。言ってくれりゃいいのによ。おれら、友達じゃなかったっけ？」

ノートを持ってお見舞いに訪れた想平が、お持たせのケーキ（想平ご贔屓《ひいき》パティスリーのもの。極甘）を食べながら、またぞろグチグチ言い出した。ベッドに起き上がって湧《わ》かない食欲を叱咤《しった》しつつ生クリームをフォークで突ついていた大志、うんざりしてため息をつく。四日続けてお見舞いに来てくれたのはいいけれど、こう何度も同じ話を蒸し返されたのではたまらない。

「そりゃさ、おれも部のことで忙しかったしさ、気を遣ってくれたのはわかるけどさ……」

そこまで言った想平、迫力の三白眼《さんぱくがん》を大志の隣にはったと据えて。

「……そこにいるやつがおれよか色々知ってんのって、すげムカつくっていうかよ」

想平の視線の先には、ベッドに腰かけてにこにこ笑みつつ、大志に手を出す機会をうかがっている音羽がいる。うんざりの原因第二号だ。なにをどうしたものやら大志が病に伏しているのを嗅ぎつけ、連日見舞いと称してやって来るのだ。あんな真似しくさって、どのツラ下げて見舞いじゃい、と初めは怒り狂ったけれど、まるで悪びれないふうの音羽に根負けしてしまって昨日からは部屋に通してやっている（もちろん、想平かだれか第三者がいる時限定で）。

モンブランのてっぺんに載った砂糖浸《づ》けの栗を今しも頰ばろうとしていた音羽は、にっこり微笑んで想平の凶悪な目線ビームを跳ね返し、間延びした朗らか口調で相槌《あいづち》を打った。

「そうですよねえ、長年のお友達をないがしろにしちゃいけませんよお、大志くん」

と、音羽、ここで想平を上から下まで眺め渡し、

「……ところで、昨日も思ったんですけど、想平くんて可愛らしいですねえ。なんか泣き顔とかすごく…」

言いかけた音羽を遮るように、「へえ」という声が大志の背後から響いた。うんざり第三号は、本日も見《み》目麗《めうるわ》しきことこの上なしな弓道部部長兼体育部総長の槇圭介《けいすけ》くん。目下のところ想平とホモ関係（ぐえー）にある、大志とは仲良くもなんともないただのクラスメートがなぜここにいるかというと。

「『想平くん』ね……久我美、昨日知り合ったばかりの人にそんなふうに呼ばせてるんだ」

端麗な美貌に見る者を魅了する笑みを浮かべた槇、おだやか口調でぽそっとつぶやいた。昨日、音羽と鉢合わせした想平が「可愛らしい」を連発され、さわりまくられそうになったことを聞き及んで、静かに怒ってらっしゃるらしい。見舞いにやって来た想平の背後に槇の長身を見つけた時には、正直寒気がした。

「ちっ、違うよ、槇っ！　こいつが勝手にっ……！」

あたふたと言い訳する想平をさりげない仕種《しぐさ》で黙らせて、槇が黒々と深い眼差しを音羽に向ける。威嚇《いかく》

じみた槇の瞳を臆《おく》するふうもなく受けとめた音羽は、おもしろそうにためつすがめつ相手の麗容を眺め回した。

「きみ、見れば見るほど伊集院のタイプだなあ。あ、伊集院て僕の幼馴染み。すごい美形なんですよ。彼、ちょっと完璧主義の嫌いがあるんだけど、きみならお眼鏡に適《かな》いそう。今度紹介しますね」

音羽の言葉に想平が真っ青になった。槇を隠すように音羽の前に立ちはだかり、怒鳴りつける。

「なっ…なんだよ、それ！　やめろよ、絶対、紹介なんかするなよ！」

「きみ…マキくんでしたっけ？　明日もここ来ます？　だったら伊集院も連れてこようかなあ」

「連れてくんなっ！　槇も二度と来ねえよ！　ちくしょう、てめえ余計なことすんなよ、ぶっ殺すっ！」

「久我美、こんなところでケンカは…」

目の前で始まったいさかいに、あきれ果てる。こいつら、一体なにしに来たんだろう。病人の前なのに。微熱が続いてぐったりしていた大志は、ものも言えずに嘆息した。落ちこむ。想平たちが原因じゃない。原因は……。

物思いに沈みかけた大志の耳をイヤラしげな笑い声が打った。

「ケケケ、こいつぁー今後の展開に期待できそうっスよ。今日は来てよかったぜい。食いモンはたらふくあるしよ。マドレーヌ、もイッコもらおっと。ほら、杵島も食っとけ。久我美がよそ見してる間によ」

馴れ馴れしき態度で見舞いの品を我がもののように大志に差し出してきた人物が、これでラストのうんざり第四号。新聞部部長の霧ヶ峰くん。相変わらずのチェシャ猫笑いを頰に刻《きざ》み、いつぞやのチェス・トーナメントの時と同じ茶系セルフレームの伊達《ダテ》メガネをしている。

「ところで柏木のダンナ、見舞い来た？」

マドレーヌを口に放りこんだ霧ヶ峰が、もごもごと訊いてくる。タイミング良すぎて頬が引きつった。

「………一回も来てへん」

答える声がすごく毛羽《けば》だった感じで、自分でも面食らう。霧ヶ峰はふたつ目のマドレーヌに手を伸ばしながら、「だろうぜ」とこともなげに言った。

「ガッコでもめちゃ忙しそうだもんよ。休み時間もノートパソ広げてケータイかけまくりよ」

手にしたマドレーヌがつぶれる感触。また《互助会》絡《がら》みのなにかだろうか。大志が高熱でうなされたのだって元はといえば瞳一郎のせいなのに、電話一本寄こさないっていうのはちょっと許しがたい。

怒り百京倍な大志の耳元で、パシャと音がした。なんやねん、と顔をふり向けると、霧ヶ峰が小型カメラのシャッターを切っている。いなすような口ぶりで言われた。

「シケたツラしなさんなって。ま、おめーのそーいう顔、色っぺーからオレァ好きだけどよ」

ウインクして、

「なにやってんだか知んねえけどダンナも冷てーよなあ。見舞い来たら言ってやんな。あんまり放っとくと浮気しちゃうわよ！　なんてな」

一応なぐさめてるつもり、みたい。腹の立つことが多いやつだけど、根っこまで腐ってるわけじゃないようだ。もしかしたらいつものおちゃらけふざけ口調は、ゆがんだ照れ隠しなのかも。

「ありがとおな。土曜も……助けてもろたし。おまえおれへんかったら、おれ、マジでヤバかったわ」

ぎこちないながらも大志がまだ言ってなかった礼を述べると、霧ヶ峰、ちょっと面食らった顔して、それからめずらしくまともな笑顔を見せた。やんちゃ坊主みたいにあけすけなその笑顔に驚く。

うわあ、なんて見とれてる大志に、笑顔の主はちゃらっと。

「おまえって、かなり可愛いね。オイラ今、ちゅーしたくなっちまったい」

前言大撤回！　こいつは正真正銘、フザケたおちゃらけ男だ！

「気色悪いこと吐かっ…」

罵倒しかけて、そや、と手を打つ。

「おまえ、おれと瞳一郎のこと書いとるヒマあったら、ほれ、あいつらふたり…」

キレてる想平とそれをなだめている槇を指差して、声をひそめ。

「マジもんのホモ関係やぞ。そらもう、どーん売れんぞ。なんしろ相手、槇やし」

そそのかしたら、霧ヶ峰はにったらこと口を半月型にゆがめて。

「大志くーん、知ってんでしょー？　オイラやべえヤマには手ェ出さねえ主義なの。君子危うきに近寄らずってね。槇サマに逆らおうなんて、天に唾するようなもんよ？　くわばらくわばら」

「くっそー。あいつ体育部シキっとんもんな。あーもー瞳一郎かて槇くらいビビられとったらなー」

霧ヶ峰が、きょん、と目を丸くする。伊達メガネが鼻先へずり落ちた。

「……あのさー大志くん。どっちかっつーと、オイラ、槇よかダンナのが怖《こえ》ーんですけどねえ」

「せやけどおまえ、槇は記事にせえへんねやろ？　それてつまり槇は怖て瞳一郎は怖ないいうことちゃん？」

「………おい、ウソだろ……だいぶ前、あんなにヒントやっといたのに……マジ、ばっかー……」

ばっかーばっかーとくり返す霧ヶ峰に憤慨し、なにか投げつけてやろうとベッドヘッドの棚部分を探る。

固いものが手にふれた。つかみ取ってから、それが瞳一郎にもらったオルゴールだと気づく。

さすがにためらって手に載せたそれをまじまじ見ていたら、ようやく想平をなだめすかして座らせたらしい槇が「あれ？」と声を上げた。ちょっと見せて、と言われ、しぶしぶ差し出す。槇はオルゴールを引っくり返したり蓋を開け閉めしたり陶器に描かれた小花模様を確かめたりして、しばし首をひねっていたけれど、おしまいにこうたずねてきた。

「これ、どうしたの？　お祖母さんかだれかの譲りもの？」

「ちゃうよ。えーと……こないだ、知り合いにもろてん」

想平には内緒だと言われていたことを思い出し、口ごもる。槇は意外そうな顔をして小首を傾げ、それからびっくりするようなことを告げた。

「すごいね、マイセンのオルゴールだなんて。しかもこれアンティークだし、外型だけのはめ込み式じゃないからすごく値が張るものだ。一万二万じゃ買えないよ。桁《けた》が一桁か、へたすると二桁違ってくる」

「うえっ…？　う、ウソやろっ？」

あのケチケチ大魔神な瞳一郎がそんな高価なもの大志に寄こすはずがない。槇の見立て違いだ。

だから大志、鼻で笑って言ってやった。

「アホ言うなや。瞳一郎がそんな高いもん、くれるわけないやん」

「じゃ、これ、柏木にもらったの？」

「おう、正月に行ったドイツのみやげっちゅーて…」

ハッと気づいた時には遅かった。頬をふくらませた想平が、見事にそっぽ向いている。

「……へー。おれにはウソくさいコンクリートの塊《かたまり》だったのに、おまえはそんなのもらっちゃってたんだ」

「いやっ、ちゃうねん想平、これはやなっ…」

「いーよいーよ。どうせおれは大事なことも話してもらえねえでハブにされちまうヤツなんだよなっ」

あああ、またしてもネガティブ思考に支配されているっ。どうしてこいつはこう悪いほうへ悪いほうへと考えをねじ曲げてしまうんだろう。たまにイライラさせられる。

「そんなん言うたかてしゃーないやん。おまえ、ここんとこずうっと槇と仲良しさんで離れとったさかい」

自分でも意地悪いと思ったけれど、出てしまった言葉は取り戻せない。これにて完全につむじを曲げてしまった想平、床を蹴って立ち上がり、ずい、と大志に迫ってきた。

「だったらおまえはなんなんだよ！　ホモ反対とか気色悪いとか別れろとか、人に散々言っといてさ！　自分は瞳一郎と寝てんじゃねえか！　ホモなんじゃねえかよ！」

ぶちっ。大志、キレた。こいつ、言ってはならないことを。手の中でつぶれてぐちょぐちょになったマドレーヌを放り出し、ふらつく体でベッドから飛び下りる。想平と角《つの》突き合わせる形で睨み合った。

「なんやとコラ！　おれはホモちゃうんじゃ、今のん、取り消せやっ！」

「取り消してたまるか、もっと言ってやるぜ、このホモホモホモっ！」

「ぐおー！　もーマジ、キレたっ！　ホモはおまえやんけ、このドあほうっ！」

枕を引っつかんで、想平の顔面に投げつけてやる。見事、命中。三白眼がぎりりと吊り上がる。

「やったな、てめえっ！」

想平が手にしたのは、通販で購入されて後、一度も使われずに埃《ほこり》を被《かぶ》っていたブル・ワーカー。頭上にふり上げたところを、槇にあわてて止められている。

「ちょっ…久我美！　それはさすがにまずいっ…」

霧ヶ峰はすでにドアから半分身を出して、逃げる準備は万端だ。

「すっげー、久我美こえー。オイラ、とばっちり受けねえうちに帰ろっと。じゃな、杵島ー」

音羽は顔を輝かせてあどけない笑みを浮かべつつ、やんやの喝采《かっさい》。

「大志くん、ナイフかなにかで応戦したらどうです？　想平くんももっと破壊力のある武器を選んで」

その夜、大志の下がりつつあった熱は、一気に三十九度を超《こ》えた。


結局、瞳一郎がやってきたのは日曜になってからだった。祖母の品子は、下へも置かぬ歓待ぶり（なぜだ？）できゃつを部屋へと案内してきた折、毛布を頭から被って顔も見せない大志に、「ほほほ、なに照れてますのんな。瞳一郎くんとせえだい仲良うしいや」なんて言いやがった。

だれが照れとんねん！　とツッコミを入れてやろうと思ったけれど、やめておく。そんなことをして瞳一郎につけ入る隙を与えてはならない。大志はただ今、そりゃもうべらぼうに怒り狂っているのだから。

品子が瞳一郎に「お夕飯、うちで食べよし」と言い含めてドアを閉める。ちょっとの沈黙。衣ずれの音。きし、とベッドの端がたわんだ。一週間ぶりに聞く声が、確かめてくる。

「具合、どうなんだ？　まだ登校できないのか？」

わざとらしい。さっき玄関先で品子に訊いて、明日から学校へ行けるって知ってるくせに。

「想平が落ちこんでたぞ。ぶり返させたの自分のせいだって。ノートと見舞い、預かってきた」

ああ、そうですか。そら、ご親切にどうもすんません。

「……おい？　寝てるのか？」

返事なんかしてやらない。

瞳一郎がため息つくのが聞こえた。ベッドから腰を上げる気配。ドアへ向かう足音。……帰ってしまう？

がばりと起き上がり、毛布を払いのける。あせって泳ぐ目に映ったのは、腕組みをしてドアに寄りかかり、にやにや笑っている瞳一郎の姿。ちきしょう、だ。こんな常套《じょうとう》手段に引っかかってしまうなんて。

歯ぎしりしてる大志に、瞳一郎、ポケットからタバコを取り出しつつ、尊大に言ってきた。

「瞳一郎サマ、お助けいただいて、おありがとうございます、は？　なんなら土下座付きでもかまわんぞ」

「ケッ。だれが礼なんか言うかい。おまえが勝手にしたことやろが。おれ、別に頼んでへんもんね」

「ほう。なら先週の土曜、時間にして午後の六時半ごろ、車のボンネット上でのセックスの後、脚を大開きにした恥ずかしい格好のまま俺にしがみついて、帰りたくない、なんとかしてって泣いたのは、どこのだれだったんだろうな。俺の記憶違いじゃなければ、おまえだったような気がするが？」

こっ、事細かに状況説明までしやがって、この極悪性格男めぇえっ。仕返す！　今すぐ仕返しちゃる！

やっきになって報復手段を捻出《ねんしゅつ》しようとしている大志を鼻先で笑った瞳一郎、更に悪魔な一言をぼそり。

「まあ、あの五十万を礼の代わりにしといてやるか」

……五十万？　あの五十万だと？　もしや、初美ちゃんが返してくれた五十万のことか？　瞳一郎が「預かっておく」と言ってポケットにしまった、あの五十万？　てっきり祖母に渡しておいてくれたのかと思っていたのに、まさか、この男。

「おまえ、あの金っ……ネ、ネコババしたなっ？」

「ネコババとは人聞きの悪い。正当な報酬をいただいただけだ。タダ働きは俺の主義に反するんでな。それに品子さんにも了解をとってあるぞ。大志を助けてくれて、ほんまおおきに、とすこぶる感謝された」

いけしゃあしゃあと肯定されて、全身から力が抜ける。

……ええ、えーえ、そうでしょうとも。こいつが純粋に大志のためだけに動くはずなかったのだ。そんなの、チェス・トーナメントの時に実証済み。つまり今までのこと、ぜえんぶ計算ずく。同じベッドの中で「なんとかしてやる」って言ったことも、助けにきてくれたことも、あの夜景の見える空き地に大志を連れてったことも、すべて五十万ゲットのための布石だったたってこと。

くちびるを嚙み、ぎゅうとシーツをつかむ。バッカみたいだ。ほんと、バッカみたい。

どうしようもない怒りと羞恥心に襲われて、大志は毛布を頭から被りなおした。すぐに瞳一郎に引っぺがされる。肩を押さえられ、伸しかかられて、真上から見下ろされた。縁なしメガネが蛍光灯の光を弾《はじ》いて、奥にある瞳を見えなくさせている。冷たい金属のきらめき。

無機質で感情のない氷みたいな声が、からかうようにたずねてきた。

「なにスネてるんだ？　俺が見舞いに来ずにおまえを一週間もほったらかしてたから、淋しかったのか？」

それとも、と瞳一郎はいやらしげな忍び笑いなんかして、脚を絡めてきた。

「淋しかったのは体のほうか？　また女みたいに抱かれたくて身悶《みもだ》えしてたんじゃないだろうな？」

怒髪天を衝《つ》く。なんたる侮辱《ぶじょく》。許しがたい傲慢《ごうまん》。もう勘弁ならない。堪忍袋の緒が切れたっ。

怒りにまかせて瞳一郎の襟をつかみ、体勢を入れ替えるようにベッドに引き倒した。腰の上に馬乗りになって、首のネクタイをぎりりと絞る。このまま窒息させてやろうかとさえ思った。

ドスを利《き》かせた声でささやいてやる。

「……おれは女ちゃうんじゃボケ。しょむないこと言うとったら犯すどワレ。……いっぺんヤッたろか、マジで。びびって泣くなよ、オラ」

大志の脅しに、瞳一郎が白い喉をのけ反《ぞ》らせ、くく、と笑う。なんや？　とひるんでいると、薄いくちびるはとんでもない答を返してきた。

「いいぞ。ヤりたきゃヤれよ。別に俺はびびって泣いたりせんがな」

言うなり思わせぶりにメガネをはずし、ぽいと床に放る。素で見る切れ長二重の瞳には、ぞっとするような色気がにじんでいた。なにがなんだか事態の展開の意外さについてゆけず硬直している大志の手を、首から払いのけ、瞳一郎、ゆっくりとネクタイを解《と》きにかかる。たっぷり一分はかけてそれをゆるゆるはずした後、さらに二分かけてシャツのボタンを三つまで開けた。肌の白さがまぶたの裏に灼きつく。女の子なら胸の谷間が全部見える、けれど肝心なとこは隠れてるっていう、はだけ方だ。きわどくて妄想かき立てられまくりのグラビア撮影風。

大志の背を、ざわざわと浮いたような感覚が這い上ってきた。腰のあたりが熱を帯びたようになる。ヤバい。ヤバさ満開。目をっ、目をそらせ！　目をそらすんや、おれっ！

必死になって衝動と戦おうとしている大志の眼前で、瞳一郎が挑発するようにいやらしげな仕種でくちびるをひと舐めしてみせた。ごっくん。自分の喉が立てる大きな音が、耳に響く。いや、マズいですて、ほんまボクそんなシュミありませんもん、ホモちゃうし女の子好きやし、せやしマジ困りますて、やっ、そんなキミ瞳一郎くん、そんなんしたらあきませんてっ、ぐおおっ、おまえなんでそない色っぽいねーん！

脳味噌沸騰《ふっとう》直前の大志の手がつかまれ、はだけられた素肌へと導かれる。

「さわりたいんだろ？　さわれよ」

肌はさらりとした感触で、なめらかに整っていた。頭がぐんらぐら煮え詰まってくる。めまいがした。

「ほら、どうした。さっさとしないと俺の気が変わるぞ」

「ちゃっ…ちゃうっ…おれっ…おれホモちゃうしっ…そんな、さっきのんかて本気で言うたんとちゃうっ…」

あせって言い訳しながらも、視線は白い肌やら薄く開いたくちびるに釘付け状態。頭の中では大変よろしくない妄想がもやもやーんと大展開しはじめ、それに連動してか、下腹部に自己処理を怠《おこた》っていたここ一週間分のツケが一挙にどどーんと押し寄せてきた。奥の奥まで追いつめられた理性が、それはあかん、ちょっと待て、おれ、よう考えぇよ、自分からヤッてもうたら言い逃れでけんようなるんやぞ、ホモ決定やんけっ！　と訴えるも、本能は御《ぎょ》しがたいほどの勢いで生理的快楽を求め叫び出し……

もはやこれまでか？　と大志が欲望に身をゆだねかけた、その時。

「ホモっとるとこ悪いんやけど、ババアがメシでけたさかい、下りてこい言うとんぞ」

ノックもなしで悦己くん登場。大志、「ぎょー！」と叫んで瞳一郎から飛びすさった。

くわえタバコでこっちをじろじろ見てる従兄弟の長い足にすがりつき、釈明をはじめる。

「えええええっちゃん！　ちゃちゃちゃちゃうねん！　ここここれはなんかの間違いで、おれはっ……！」

「知っとるて。安心せえ。ワイはそんな偏見ないんじゃ。ババアなんか、むっちゃよろこびまくっとるしの」

「な、なに言うてんのん、えっちゃん…？　し、知っとるて、なにが？　なんか勘違いしてんちゃうっ？」

「まあ、えやないか。おまえの好きにせえや。ワイは関係ないさかいの。おら、ひっついてらんと、さっさと下りてこいや。……柏木クンも。ババア、えらい張り切って、てっちり仕込んできよったんやど」

「てっちり？」

シャツのボタンをとめながら瞳一郎が訊く。悦己は「ふぐのこっちゃ」と返して、男前な顔をニヤけさせた。

「気ィつけえよ。あのババア、一気に青田刈りしてまうつもりやど」

ふぐ鍋《てっちり》。ふぐ刺《てっさ》し。ふぐのから揚げ。奥の座敷に入るなり、ずらりと並べられたふぐ尽くしの膳《ぜん》が目に飛びこんできた。箸を配《くば》っていた祖母の品子が大志の姿を目にするなり、大急ぎで立ち上がり、喜色満面でこちらへ走り寄ってくる。少し照れてしまった。はにかみながら品子へ笑みを向ける。

「おばあちゃん、おれのカイキ祝いにしたら、えらいゴウセ…」

礼を言い終わる間もなく、祖母の手で邪魔だとばかりに、どんっ！　と突き飛ばされ、畳の上に転がる。

唖然とする大志なんか眼中ナシな様子の品子は、後ろにいた瞳一郎の腕を取って声を弾《はず》ませた。

「いやあ、瞳一郎くん！　なにしてましたんや、待っとったんえ。はよ座って座って！　……あ、大志、あんた、おりましたんかいな？　気ぃつかへんかったわ。なにしてますのん、そんなとこ転がって」

状況が把握できずにぽかんとしている大志を、悦己がよっこいしょ、と助け上げてくれる。

「え、えっちゃん……これ、どないなってんのん？」

にたりと笑った従兄弟は、瞳一郎に至れり尽くせり、かまいまくっている祖母を横目で見てささやいた。

「ワイの跡取りの座ぁが、おまえんツレの登場で脅《おびや》かされとんのじゃ」

意味がわからずきょとんとする。悦己は笑いをこらえるように口元に手を当て、ぼそぼそ続けた。

「柏木クンちゅーんは、どえらいやっちゃのお。たった一週間で東京の支店と大阪の本社、それに各工場を同時リンクさせるネットワークシステムを構築しよったんや。今まで個別に分断されとったんをつなげたわけやな。受注と製造・発送のあいだにタイムラグが無《の》うなって資材管理がやり良《よ》なる上、ペーパーレスで経費節減。そんなん今時当たり前っちゅうこっちゃけど、旧態依然のうっとこの会社にしてみたら画期的なことなんや。ババア、狂喜乱舞で浮かれまくりじゃ」

それだけやないで、と悦己はさらに声をひそめた。

「なんやようわからん税金をゴマかす裏技いうんをババアに入れ知恵してな。それ聞いたうちのおとんまで柏木クンにイカレこれ」

ぷわあ、と口からアワを吹く真似なんかしてみせ、

「トドメに今ハヤリのネット株取り引《オンライン・トレーディング》きや。これ買《こ》うとけ言われたのんが新製品の発表でドカンきて、五日で倍値。ババアとおとんが今からうっとこの会社に来てくれいうて目の色変えるんも無理ないど」

ぽんぽんと大志の背を叩き、三つ上の従兄弟はおもしろそうに瞳を細めた。

「ま、ババアとおとんの野望が叶《かな》うかどうかは、おまえのがんばり次第やの」

…………まるっきりわけがわからない。悦己の話の八割は理解不能。けれど、どうやら瞳一郎は杵島産業になんらかの貢献をしたらしい。それも祖母と叔父を同時にうならせるほどの。

そういえば霧ヶ峰が言っていた。瞳一郎はこの一週間、パソコン広げて携帯かけまくりだったって。

それにしてもなんだって瞳一郎がそんなことするんだ？ それに大志のがんばり次第ってどういう意味？

なにがなんだかわからず、おろおろしている大志に、瞳一郎に杯を持たせ、酒を注《つ》いでいた品子が、ぴしゃりと命じてくる。

「ちょっと大志、あんた、なにぼおっとしてますのんな。さっさとここ来て瞳一郎くんにお礼言いや。今回の件でえらいお世話になったんやさかい。瞳一郎くんがおれへんかったら、あんた今ごろ大阪やで」

ムッとする。杯を干した瞳一郎が大志をちらりと見ていけすかない薄笑いなんか浮かべたものだから、余計、頭にキた。このカネゴンは世話した分、きっちり五十万もぶんどってるじゃないか。だから、大志。

「こんなやつに礼なんか言う必要ないわっ。おれは別に助けていりませんでしたー、べろべろべー！」

両の人差し指で口を広げて舌を出し、ついでに目もぐるぐる回してやる。品子が、いや、この子いうたら、と大仰に驚いてみせ、大志の頬をぎうっとつねり上げてきた。幼少のみぎりにはよくやられたワザだ。

「いたっ！　痛いやん、おばあちゃん！　なにするんっ？」

涙目で頬をさすりさすり罵《ののし》る。祖母はぎろりと大志を睨み据え、早口の小声でまくし立てた。

「瞳一郎くんが色々やってくれたんは、だれのためや思てますのん。全部あんたのためやで。土曜に熱出したあんたを連れて帰ってきてくれた折、大志を大阪に帰さないでやってください、ここにおいてやってください言うて、うちに頭下げはったんえ。もう、おばあちゃん感激してしもて…」

着物の袂《たもと》で目頭を押さえた品子に、悦己が横でおえっと吐き真似《まね》。

「おえおえ、なんやけったいなこと吐《ぬ》かしとんぞ、このババア。だれやねん、その感激のご好意にツケこんだエゲツない交換条件出しよって、会社のことやら株のことやら、やらすように仕向けたんは。ああ、胸クソ悪…ぐお！」

「あんたは、あんたは、いらんこと言わんでよろし！」

「ちょっ…お、おばあひゃん、ぼーりょくはっ…」

両頬つねりをやられた悦己、イヤイヤと首を左右にふっている。

大志は今初めて聞いた事実にとまどって、杯を傾けている瞳一郎に、恐る恐るたずねてみた。

「ほ、ほんまにおばあちゃんに頼んでくれたん……？　色々やってくれたん、おれのため？」

すると我が友、柏木瞳一郎くん、ふふん、と鼻先で笑い、薄ら寒い笑みなんか寄こしてくれちゃったりなんかして。

「だれがおまえのためだ、気色悪い。なかなかグッドな報酬のために決まってるだろ。まったく、おまえってやつは、どうしてそう自意識過剰なんだろうな。あきれて笑い出しそうになるぜ。あはははは」

こ、このボケ、殺ス！　ブッ殺したる！

怒りめらめらの大志が握ったこぶしをイケズ男の頬に一発叩きこむより先に、品子がずいと割りこんできた。

「…いやあ瞳一郎くん、気ぃ悪うせんといてくれやす。うちの孫いうたら、ほほほ、ほんまアホやさかい。ああ、お酒カラになってしもてるねえ。…ほれ大志、お注《つ》ぎしぃや」

「ケッ。なんでおれがこんなボケに酒つがなあかんねんっ」

ぷいとそっぽ向いた大志の頭が、ばしん！　と叩かれた。品子が鬼面のごとき形相で凄《すご》んでくる。

「さっきからなにアホ言うてますのん。あんた、あんじょう瞳一郎くんのご機嫌とらなあかんやろ」

「なんでおれがっ？」

憤慨して訴えると、品子は袂《たもと》で口元を覆い、「ほほ」とわざとらしく笑ってみせて、上品に咳払いした。

「隠すことあらへん。全部聞いたえ。それやったらそうと、はよ言いなはれ。おばあちゃん、反対なんかしまへんえ？　どっちかいうたら好都合…もとい、大賛成どすわ。相手、瞳一郎くんやったら文句のつけようもあらへんし、なんしろ男はんやさかい今回みたいな騒ぎも起きまへんやろしなあ」

……なんだかすこぶるイヤな予感がしてきた。逃げ出したくなるほどイヤな予感だ。過去にも何度か感じたイヤすぎる予感。

慄然《りつぜん》として穴の開くほど祖母を見つめる。まさかな。そんなことあるわけないやろ。いくらなんでも、おばあちゃんにバラしたりは……

「あんた、瞳一郎くんとそないな仲やねんて？」

……………悪魔が本当にいるとしたら、そいつは絶対に瞳一郎の顔をしていると思う。もしも地獄があるとしたら、そこには瞳一郎が帝王として君臨していることだろう。

ぶるぶると痙攣《けいれん》を起こしかけている大志を尻目に、品子は悦《えつ》に入《い》った様子で言葉を継《つ》いだ。

「瞳一郎くんのおかげで女子《おなご》はんとも全部、手ぇ切れたそうやないの。これでうちも、ひと安心やわあ」

あまりのことに気が遠くなってきた。本気で倒れかけ、ぶんぶんとかぶりをふって正気を保つ。倒れている場合ではない。しっかりせねば。このままでは大志は確実ホモにされてしまう。しかも家族公認ホモだ。家族にまで認められちゃってるホモってことだ。そんなのイヤすぎるうっ！

「おおおばあちゃん！　おおおれホモちゃう！　ちゃうで！　こいつになに吹きこまれたんか知らんけっ…」

申し開きをはじめたとたん、品子に口をむんずとふさがれた。

「いらんこと言わんでよろし。瞳一郎くんがそうや言うたらそうやねん。あんたは絶対に瞳一郎くんに逆ろうたりしたらあかん。これからはなんでも瞳一郎くんの言うこと聞くんや。ええか？　なんでもやで？」

「ちょっ、ちょっと待ってえや、なに言うてんのん、おばあちゃんっ？」

「やかまし。瞳一郎くんはうちの会社にとっても逃《の》がしたらあかん子ぉなんや。死ぬ気ぃでつかまえとき」

わかってますな？　とでもいうようにぎろりと睨めつけられ、魂が抜けそうになった。救いを求めて従兄弟に目をやる。皿半分近くのふぐ刺しを箸ですくい上げていた悦己は、にたにた笑って言った。

「おまえは人身《ひとみ》御供《ごくう》ちゅうこっちゃ。せいぜい柏木クンに奉仕せえよ。満足してもらえれへんかったら、どえらいことになるど。なんしろババアの投資顧問で、うっとこの会社の将来の幹部で、おまえの未来の義弟《おとうと》になるかもしれんやっちゃからのお」

「お、おとーとっ？　なんじゃそらっ？」

仰天している大志の肩に、ふぐをたらふく口に詰めこんだ悦己が腕を回してきた。笑いを含んだ楽しそうな声で耳打ちしてくる。

「ババア、おまえダシにデケのよろしい柏木クンを釣り上げといて、ゆくゆくは蝶子《ちょうこ》か華子《はなこ》の婿《むこ》にしたろいう魂胆らしで。いや、それは前々から思とったらしけどな。年寄《とっしょ》りの考えることは、ほんま怖《おと》ろしのお」

ぷわぷわぷわーん。口から魂が抜け出てしまいそうになる。いや、魂抜けてる場合じゃなくて！

これはアイデンティティの問題だ。大志の沽券《こけん》、いや男の沽券に関わる大問題だ！

だから大志、髪をわしづかみ、駄々っ子のように地団太踏んでわめき散らした。

「いやじゃー！　おれはホモちゃうんじゃー！　おばあちゃんらまでおれをホモにする気ぃかー！　おれはおれはっ、ホホホホモホモホモちゃう言うてんのに、なんでみんなして、おれをおれをををををっ！」

おれの味方はこの世にひとりもおらへんのかああ、おれはこのままホモにされてまうんかあ、うわあん、と嘆き哀しんでいると、それまで沈黙していた瞳一郎が邪魔くさそうに手をふって。

「ああ、うるさい。おまえがそんなにうるさいことを言って反抗的な態度ばかりとってると、俺もいいかげんムカついて、今後、品子さんに株情報等、流すのをやめてしまうかもな」

瞳一郎が言い終わるやいなや、品子が大志の襟首をむんずと捕らえ、ものすごい迫力で詰め寄ってきた。

「あんたがホモやろうがホモやなかろうが、なんでもよろしのや。こないなったら、どうでも瞳一郎くんの言うこと聞かなあかんえっ」

「おれ、男やでっ？　あいつも男やねんでっ？　男同士やねんで！　孫がホモになってもええ言うんかっ？おばあちゃんはおれがあいつに押し倒されとってもええ言うんかあっ！」

「ほほほほほほ、かましまへん。そんなん、ちいとも気にならしまへんわ。なんぼでも押し倒されなはれ。

子供でけるわけやなし、なんの不都合がありますのんな」

いやー！　そんなに明るくきっぱり肯定しないでえええっ！

異常な展開にのたうち回る大志の脇で、品子が瞳一郎と怖ろしげなる会話を交わしている。

「では、僕はお孫さんを好きにもてあそんでいいということで」

「そらもう、瞳一郎くんのええにしとくれやす。大志は瞳一郎くんにお任せしますさかいに」

……………なんてことだ。なんてことだ、なんてことだ、なんっってことだ！　こんなとんでもない窮地に追いこまれるだなんて、信じられない！

ぐりんと瞳一郎に顔をふり向け、目にありったけの怒りを込めて睨みつけてやる。きゃつは大志の憎悪に燃える瞳を見事にはねつけて、にたりと微笑んでみせた。その微塵《みじん》の反省も後悔も罪悪感もない態度ときたら、いっそ清々《すがすが》しいほどだ。ええ、そりゃもう気分爽快じゃあーりませんかっ！

ぶつりと理性のタガがはずれた大志、喉も嗄《か》れよと絶叫した。

「こここころっ…ころひしいっ……うおるあえっ！　ごぐるう————————ッ！」

VS槇《まき》

「約束のものだ。確かめてくれ」

カバンから取り出した茶の封筒を向かい側に座る女の子ふたりへとすべらせ、瞳一郎《とういちろう》はにこりと微笑んだ。清和《せいわ》女子校のセーラーを着た女の子たちが目を輝かせる。

「いつもありがとう、柏木《かしわぎ》くんっ。……うわあ、えみちゃん、見て見て、槇《まき》くんの弓道着姿だあっ」

「きゃー半裸ショットもあるよ、愛《あい》！　これ体育の着替え中？　やだーうれしーっ」

「あ、こっち最新情報だっ。…えー、槇くん、期末の成績下がっちゃってるよお。二番だって」

「うそー。一番だれよ？　また柏木くん？　それとも犬伏《いぬぶせ》くん？」

恨みがましい目が四つ、瞳一郎を見つめてくる。肩をすくめて、答える代わりにコーヒーを口へ運んだ。

クラシックの流れる店内を見るとはなしに眺める。天井の高い、古き良き時代のミルクホールを思わせる造り。ウェイトレスたちはレトロな黒のメイド服に、白のエプロンをかけている。駅前通りを一本はずれたところにあるこのカフェは、最近の瞳一郎のお気に入りだ。良質の豆を挽《ひ》いて丁寧に淹《い》れられたブレンドが絶品なのだけれど、哀しいかな値段的に妥協できないものがあって、こういう機会にしか来れない。

「柏木くん、これ…」

向かって右側に座っている女の子、校則をきちんと守って肩すぎの髪を三つ編みにした愛ちゃんが、可愛い花柄の封筒を瞳一郎のほうへと差し出してきた。うなずいて受け取り、ジャケットの胸ポケットへとしまいこむ。ポケットの中には、すでに二通の現金入り封筒が押しこまれていた。彼女たちは本日、三組目のお客様なのだ。

満足してカップを持ち上げ、濃い茶色の液体を飲み下す。それをじっと目で追ってきた愛ちゃんが、恐る恐るといったふうにたずねてきた。

「えーとね柏木くん、それでちょっと訊きたいんだけど……うーと、槇くんて…だれかとつき合ってたり、しないよねえ？　あ、あのねっ、なんかね、うちの学校の子がねっ…えーと…」

口ごもるのを、おとなしめのリップを塗り、眉をわからない程度に描いたえみちゃんが引き取る。

「その子ね、大胆にも槇くんに告白してフラれちゃったんだけど……つき合ってる子がいるって断られたらしいの。で、もう、うちの学校、大騒ぎになっちゃって。泣いちゃう子も出てさ。ね、はんと…かな？」

ふたりして固唾《かたず》を飲んで両手を胸の前で組み、上目遣いに瞳一郎を見つめてくる。

瞳一郎はもちろん、笑顔で打ち消した。商品の価値を落とさないためにも、多少の嘘は必要だ。

「俺の聞いたところでは、そんな事実は一切ないな」

きっぱりとした否定に、女の子たちがきゃあと歓声を上げる。

「よかったあ。槇くんに彼女できてたらどうしようかと思ったあ。よかったねえ、えみちゃんっ」

「うん、もうマジほっとしたよ。柏木くんと杵島《きじま》くんのことでショック百倍だったうえに、槇くんに彼女できてたらシャレなんないよね。ほんと、よかった。ありがとね、かしわぎく…」

手に手を取り合って安堵《あんど》の吐息をついた女の子たちが、急にぽかんとした顔になり、言葉を切る。ふたりして瞳一郎の後方ななめ上あたりを見つめ、同時にかあっと頬を紅潮させた。

内心チッと舌打ちして、ゆっくり背後をふり返る。そこには予想に違《たが》わず、笑みを浮かべた槇圭介が立っていた。相も変わらぬ端麗な容貌と、人当たりのよい風情。だが一見おだやかなふうに見える黒々とした眼差しには、尋常ならざる殺気が含まれている。

「やあ柏木。こんなところで会うなんて奇遇だね。デート？」

しらじらしいセリフを吐いて女の子たちをちらりと眺め、にっこり。

「俺も待ち合わせなんだ。これから映画観る約束してんてね。ほら、柏木も知ってるだろう？　去年の秋からつき合ってる子」

どうやら今までの会話、すべて聞かれていたらしい。槇の無邪気を装った牽制《けんせい》に、愛ちゃんとえみちゃんの顔が見事に引きつった。瞳一郎に視線爆撃が降りかかる。

今後の取り引きがオシャカになる危険性を感じた瞳一郎、ごほんと咳払《せきばら》いし、早口で述べた。

「あれは厳密に言うと『彼女』じゃないだろう」

「『あれ』なんて言い方はよしてくれないか、俺の好きな子に」

もはや女の子たちは泣き出す寸前だ。ふたりして槇の視線を避けるようにそそくさと席を立ち、この災厄の場から去ろうとしている。その背に向けて、瞳一郎は声をかけた。

「伝票、忘れてるぞ」

憤怒の形相でふり返ったえみちゃんが、瞳一郎の手から伝票を奪い取る。そうして女の子ふたりは逃げるようにカフェから出ていった。

ガラス窓越しにその後ろ姿を見送っていた槇が、感心したようにつぶやく。

「まったく、きみはとことん金に執着しているんだね」

「勘違いするなよ。俺がこだわるのは金を儲《もう》けるまでの過程だ。金そのものには、そう執着はないね。ところで想平《そうへい》と待ち合わせってのは、本当なのか？」

「嘘だよ。……そろそろ立ちんぼうのクラスメートに椅子《いす》を勧《すす》めてくれないかな？」

お行儀よくうながされて、しかたなしに向かいの椅子を顎《あご》でしゃくる。できればこのまま立ち去ってほしかったが、どうやら相手はそんな気さらさらないようだ。

槇がスポーツバッグとカバンを床に置いたところで、ウェイトレスがレモンを絞《しぼ》った氷水を持ってきた。まだ十代らしき彼女は、ちらちらと槇と瞳一郎を見比べ、震える手でグラスを置く。ご注文は、とたずねる声もかすかに震えていた。

「イタリアン」

槇の注文に赤面しながらうなずいたウェイトレスへ、瞳一郎も追加オーダーする。

「一番高いやつ」

「……は？」

「この店で一番高いコーヒー。五杯分ほどポットで」

ウェイトレスが首をひねりひねり退場するのを待って、槇が口を開いた。

「前々からきみとはゆっくり話し合う必要があると思ってたんだ。例えば人のプライバシーを本人に無断で勝手に切り売りしていることについて」

「コミッションを寄こせって言い出すんじゃないだろうな。悪いが応じかねる」

「……人道的見地から話してるんだよ。女の子たちに俺の写真やなにかを売りつけるのはいいけど…」

「女だけじゃなく男も買ってくぞ。いかにもな体育会系のやつらだが」

槇が顔をほんの少々しかめてみせる。

「…………気味の悪いことを言って話をはぐらかさないでくれないか。とにかく、さっきみたいなでたらめを言うのは即刻やめてほしいね。回り回って、おかしな形で久我美《くがみ》の耳に入らないとも限らない」

「なんとでもごまかせるだろう、おまえなら」

「余計な面倒はごめんだ。久我美に関してはただでさえ思い通りにいかないことが多くて参ってるのに」

「おいおい、今さら一抜けたとか言い出すなよ。あいつが真《ま》っ新《さら》でおまえの前に据えられた裏には、俺の多大な努力があるんだぜ？　中等部以来、並みいるくだらん男どもを遠ざけてきてやったのはだれだと思ってんだ。しかもうまくいくよう要所要所でおまえの売り込みまでしてやって」

「そのわりに強烈な悪意を感じるんだけど。駅伝の時なんて思わず殴ってしまいそうになったよ。報酬に見合うだけの仕事はしていただきたかったね。それとも遠回しに邪魔してるのかな？」

人懐こい笑みをこぼしながら、目だけは笑っていない。槇の怖ろしいところは、どんな状況でも笑顔を絶やさずにいられるところだ。凡人は地雷を踏んだことにも気づけない。

「邪魔なんかするか。やっと想平のお守《もり》から解放されて、おまえには感謝しまくりだよ」

「別にお守したい相手もいることだし？」

からかい口調を無視して灰皿を引き寄せ、ポケットからタバコを取り出す。槇にも勧《すす》めると、学校ではそんなもの吸ったことございませんという澄まし顔を作っている優等生は、にっこり微笑《ほほえ》んで手を伸ばし、一本抜いた。ライターをすべらせてやると、手慣れた様子で火を点《つ》けている。

これでうまく話の腰を折ることができたかと思いきや、一筋縄ではゆかぬ相手は、きっちり脈絡を合わせてきた。

「このあいだから裏工作に余念がないようだね。さすが柏木といったところか。動くとすばやい」

ため息をついて、そっけなく言い返してやる。

「おまえみたいに乙女チック作戦を半年かけて計画・完遂するほどネチこい性格じゃないことは確かだな」

「一年半も我慢したきみのほうが執拗《しつよう》だと思うけどね。……もしかして俺が煽《あお》ってしまったのかな？」

爽《さわ》やか涼しげな目許に冷やかしの色をにじませ、タバコの煙をわざとなのかこっちに吐きつけてきた。今までの意趣返しといったところか。さて、厄介な。

そこへタイミングよく先刻のウェイトレスがやって来て、注文の品を震えのとまらない手でテーブル上に並べ始めた。瞳一郎の前には巨大なサイフォンがでんと置かれる。

「イタリアンと……ブルー・マウンテンでよろしいでしょうか?」

たずねるウェイトレスにうなずいて、あたためられたカップに自ら濃茶色の液体を注いだ。一口飲んで、満足の吐息をつく。さすがに味と香りと舌触りが違う。

コーヒーには口をつけずにタバコを吸っていた槙は、「そうそう」と話題を転換させた。

「ちょっと小耳にはさんだんだけど、生徒会は楽しいことをやっているそうだね。他校と賭博《とばく》だって?」

「……霧ヶ峰《きりがみね》か。あのコウモリ男め」

「両陣営に等分に与《くみ》するのは処世術の一環だとうそぶいてたよ」

灰皿でタバコをぎゅっと潰《つぶ》した槙が、尊大な態度で椅子の背にもたれかかった。普段はうまく隠蔽《いんぺい》している権高《けんだか》さが、瞳一郎という相手を前に、じわじわとにじみ出しはじめている。

「さて、これで俺はきみの弱みを握ったことになるのかな?」

「一緒に学院長の弱みもな」

あきれたような吐息と共に、体育部総長はうめいた。

「きみは学院長をギャンブルに巻きこんでいるのか!」

「トップを抱きこんでおけば様々なことが有利に働く。基本だろ」

「まったくきみの用意周到ぶりには頭が下がるね。なにもかも計算ずくで無駄がない。……だとすると、あのオルゴールもなにかの罠か汚い伏線なのかな？」

　虚《うつ》を衝かれて、ほんの少しだけ動揺してしまった。槇が楽しげに小首を傾《かし》げている。

　空《から》になったカップへ二杯目を注ぎ、瞳一郎は片方の眉を吊り上げた。

「……失敬な。純然たる贈り物だ」

「うさんくさいことこの上ないね。あんな高価なものをきみが下心なしにぽんと渡すなんて」

　苦笑する。どうやら瞳一郎は情緒的側面を一切持ち合わせない人間だと思われているらしい。

　ご期待に応えるべく、秘密めかした小声で補足してやった。

「あれは時限爆弾みたいなものなんだ。後からゆっくり効いてくる」

「やはりなにか企んでるわけか。秀明館の音羽《おとわ》とかいう不愉快な男を排除せずにいるのも策略の内かい？」

「俺の目の届かないところで勝手をされるより、監視下に置いておくほうが得策かと思ってな。やつの行動原理は確かに突飛《とっぴ》だが、予測範囲内だし、なによりディティールがザルより粗《あら》い。管理し易いタイプだよ」

　二杯目を飲み干して、三杯目を注ぐ。カップを乾杯でもするように目の高さまで持ち上げ、にたり。

「それに、あいつのは半分以上、俺に対する当てつけなんだ。実際には見当違いの逆恨みなんだが」

「当てつけ、ね。先日、杵島の見舞いに行った際には、到底そうは見えなかったけど。つまり、あまりの執着ぶりに」

　つまり、おまえはどうでも俺の内面を暴き出したい、と。

　縁なしメガネのブリッジを押し上げ、にたりと口端を上げる。

「おまえ、さっきからなにか勘違いしてるんじゃないか？　生憎《あいにく》だが俺はそんなつまらんことに興味はないぜ。音羽の好きにさせるさ。大志《たいし》がだれになにをされようと知ったこっちゃないしな」

そう。あの女以外のだれも、だれにだって、どんな焦りも嫉妬も感じない。瞳一郎よりはるかに強く大志の心を支配し、怯えさせ、泣かせることができる、ただひとりのあの女以外には。

槇がやれやれというように嘆息し、お上品になじってきた。

「次々と策を巡らせて追いこんだくせに、淡泊なことだね。冷静というか冷酷というか」

「おまえには負けるさ。想平に聞いたぞ。駅伝の後、弓道場でえらくしおらしい態度だったそうじゃないか。あいつは他愛もなく騙《だま》されてひとり感動してたが、俺がその場にいれば、体育部総長殿の名演に拍手を送ったことだろうよ」

言ったとたん、槇の顔の表面にあったなにかの膜が、するりと剝《は》がれた。ぞっとするほど獰猛《どうもう》な素顔が現れる。痩《こ》けた頰に張りつく薄笑い。黒々とした切れ長の瞳に宿る、尖って血生臭い光。すくい上げるように瞳一郎を見る眼差しは、猛禽類《もうきんるい》のそれのように残酷で、鋭い。

これが、本性。この男の本性なのだ。

物騒なオーラを放つ人物へ、静かに警告する。

「化《ば》けの皮が剝がれかかってるぞ、槇。さっさと取り繕《つくろ》え」

「……きみならどうした?」

感情を抑えた、だのに背筋がそそけ立つような小声で問われ、

「俺なら……」

少し考え、瞳一郎はくすりと笑った。

「おまえと同じことをした」

槇が、にい、と笑い返してくる。

「いいや、きみなら黙って背を向けたさ。そして相手に追わせる。自分は言い訳ひとつせずにね。相手をうまく誘導して、自らその道を選びとったように思わせるんだ。汚いやり口だよ」

「俺より俺自身の行動パターンをよくご存じなようだな。おまえは性格分析のオーソリティか？」

「自分を身の丈《たけ》以上に利口な人間だと思わないほうがいいんじゃないかな？」

ため息をつく。

「なあ槙、俺はどっちかって言えば、想平よりおまえの味方なんだぞ」

「それはどうも。だれにしろ人に好かれるというのはうれしいことだけど、きみに好かれるのだけはゾッとするね」

「俺はだれにしろ人に好かれるなんてのはゾッとするがな」

槙の整った瞳がゆったりと細まった。低い声が吐き捨てる。

「拝金主義の策謀家め……！」

「権力主義の二重人格者に言われる筋じゃないぜ？」

しばし、睨み合う。空気の凍えるような沈黙が降りた。槙が黒い瞳をすがめ、激烈な怒気を視線に乗せて叩きつけてくる。瞳一郎も縁なしメガネの奥から、尖った氷柱《つらら》のような眼差しを返してやった。

似ているから、苛立つ。理解できてしまうのが、腹立たしい。これは同族嫌悪という感情だ。

自分は相手で、相手は自分。互いの存在自体が、醜い姿を映し出す鏡。そこに映るのが美しいものだったらなら、こんな感情は湧《わ》き起こらないのだろうか。相手を塗りつぶして消し去ってしまいたいという、こんな昏《くら》い感情は？

そしてそれと相反するように存在する、複雑怪奇にねじくれた、不可思議なこの気持ち。憎くて憎くて、だけど、なぜかひどく愛しいような。

ぱりんっ。

すぐ側でなにかの割れる音がし、瞳一郎と槙は同時に互いから目をそらした。ふたりのいるテーブル下で、ウェイトレスの少女が、詫《わ》びを言いながら床に屈《かが》みこんでガラスの破片を拾っている。周囲に水がこぼれていた。どうやらお冷《ひ》やの代わりを持ってきて、手をすべらせたらしい。

すみませんすみません、とくり返し、すぐ新しいの持ってきます、と駆け出した少女の背に、槙が気にしないで、とやさしい言葉をかけ、瞳一郎は肩をすくめて、ドジだな、とつぶやいた。

中断された冷戦の名残《なご》りを捜して、互いの顔色をうかがう。それからどちらからともなく忍び笑いをもらした。

あのウェイトレスは、一触即発な雰囲気を感じ取って、わざと手をすべらせたのかもしれない。だったら慧眼《けいがん》ゆえの愚行に対して敬意を払い、即刻休戦協定にサインすべきだ。

白旗の代わりになるセリフを捜していて、ふと笑えるやつを思いついた。試しに言ってみる。

「おまえ、一度、俺と寝てみるか？」

槙は瞳を一瞬丸くし、それから薄いくちびるをほころばせた。

「魅力的な申し出だけど、残念なことに俺にはだれかれなしに男を組み敷く趣味はなくてね」

「だれが組み敷かれてやるって言った。組み敷かれるのはおまえだぞ」

先に吹き出したのは、槙だった。ふたりして大爆笑する。他の客やカフェの従業員たちが、ぎょっとしたようにこっちを見た。

ひとしきり笑い、メガネを上げて浮かんだ涙をぬぐう。四杯目をカップに注ぎがてら、空《あ》いた左手を宣誓のように胸に当てて、瞳一郎は素直に認めた。

「おまえの言う通りだよ。俺は汚いやり口が大好きなんだ。だから言ってやる。想平が気づきさえしなきゃ、なんでもアリだ。利用できるものは徹底的に利用しろ。それが相手のトラウマや弱点であってもな」

いつの間にやら元通り猫をかぶり直していた槇が、口の両端をきれいに上げて、柔和な笑みを刷《は》く。

「そんなふうに偽悪的になられると困ってしまうな」

そうしてすっかり冷めてしまったコーヒーを一口含み、ささやくように、ぽつりと。

「………俺も、汚いやり口が大好きなんだよ」

聞こえなかったふりで、瞳一郎はサイフォンに残っていた液体を全部カップに注いだ。クリームを少量たらして、マーブル模様が溶けてキャラメル色一色になるまで銀のスプーンで混ぜる。コーヒーはブラックで飲むのが一番だけれど、たまにはこういうガキくさいのもいいさ。

「想平の劣等感を打ち砕くためには『絶対神』ってのが必要なんだ。……おまえにはあいつの友人として感謝してるよ」

一気にそれだけ言い切ってしまうと、槇は少し驚いた顔をして、それからふっと破顔した。

「きみは意外に甘い面があるんだね。でも少しわかりにくいよ。杵島相手ならもうちょっと噛み砕いてあげないと。まあ、久我美に聞いた話によると、ベッドの中じゃやさしいそうだし心配ないかな」

「またおまえは、わけのわからんことを」

「そうそう、ベッドの中といえば、以前きみに一万円で売りつけられた本と指導法だけど、中級者用であまり役に立たなかったんだ。あれはどういうつもりの選択だったんだろうって、ずっと訊《き》きそびれててね」

これは早々に退散すべきだと判断した瞳一郎、何気ないふうを装って席を立った。すかさず、槇。

「逃げるのか？」

「生理的欲求だ」

レストルームのほうへ顎《あご》をしゃくる。槇は品よくうなずいた。

「これは失礼。……ところで、ひとつ訊いていいかな？」

「なんだ？」

「どうして杵島なんだ？」

いきなりのぶしつけな質問に、一瞬の間を置いて答えた。

「見捨てないからだ」

「……きみを？」

いぶかしげな表情をする相手に、にたりとくちびるをゆがませ、教えてやる。

「だれをもさ」

あいつは見捨てていいやつまで見捨てない大バカやろうなんだよ………

口の中で独りごちて、槇の目を盗み、床に置いていたカバンをすばやく拾い上げる。そのままレストルームに行くふりをして、レジへと直行した。

レジ脇にはロースト済みのコーヒー豆を売るコーナーが設けられていて、売り子のウェイトレスが立っている。彼女の背後の棚に、色とりどりのラベルの貼られた銀色の缶がずらりと並べられていた。

瞳一郎は迷いもなく棚の最上段に置かれた一番値の張る紺のラベル缶を指差し、「あれを五缶」と求めた。愛想よくうなずいた売り子が、紙の袋にそれらを詰めてくれる。

「一万五千七百五十円になります」

「あ、それ、あそこの窓際に座ってる男の伝票にツケといてください。ついでに先帰るって伝えておいてもらえます？」

「…え？　あの、でもっ…」

「じゃ、よろしく」

あわてる売り子から紙袋を奪いとり、ダッシュでその場を逃走した。店を出てすぐのところにあるビルの陰に、身をひそませる。

槇の甘いところは、最後の最後で人を信じてしまう点だ。それは体育部総長として手下どもをまとめてゆくにはいい資質なのだろうけれど、瞳一郎のような人間相手じゃ、逆手《さかて》にとられてつけ込まれるのがオチな弱点でしかない。

腕時計で時間を計りつつ、カフェのガラス張りの扉を見る。

予想通り、きっかり三分で、顔を強ばらせた槇が扉を叩きつけるようにして飛び出してきた。辺《あた》りをぐるりと睥睨《へいげい》し、獲物の逃走経路を模索《もさく》している。

呪《のろ》いの言葉らしきものを吐き捨てた槇は、この場合もっとも賢明な駅へのルートをたどり始めた。

「まったく、可愛《かわい》いやつ」

つぶやいて、ビルの陰からひょいと出る。見つからない程度の距離を空け、槇の後を尾《つ》けるように駅へと向かった。大体のところ、人間というのはめったに後ろをふり返ったりはしないものなのだ。だれかを追っている（と思いこんでいる）場合には、特に。

悠然と歩を進めながら、瞳一郎は手に持った紙袋を喜色満面で見下ろした。一日三杯としても、一カ月ちょっとはもつだろう。なんなら幻の一品だとフイて大志を騙《だま》くらかし、来るたび一杯千円也で飲ませてやってもいい。あいつはバカなうえ、限定ものにはめっぽう弱いタチだから、きっと、うわあ、ごっついなあ、ありがとお、こんなええもん飲ましてもろて、とか言って俺に感謝しまくることだろう。それとも音羽に一缶五千円くらいで売りつけてやるか。金銭感覚の壊れたバカ坊には、これからもどんどん金を吐き出し続けてもらわなければ。

そうそう、霧ヶ峰のことを忘れるところだった。やつには槇にくだらん情報提供をしてくれた礼として、少しばかり痛い目に遭ってもらうことにしよう。具体的に……

つらつらと愉快な想像をふくらませていると、自然と笑みが湧いてきた。くく、と声に出して、笑う。くくくくく。まったく、この世は楽しいことばかりだ。

雑踏の中、悪辣《あくらつ》な笑いで周囲の人々をびびらせた柏木瞳一郎は、深い深い満足感にひたって、冬の冷たい空気を肺いっぱいに吸いこんだ。

‡　あとがき　‡

……またしてもシクってしまいました。なぜシクるのでしょう。それは私がアホやからー♪

とかバカっぷりを披露したって言い訳にもなりゃしませんか。水森でございます。一回こっきりでおさらば、「そう邪険にしねえでくださいお嬢さん、あっしだって、あっしだってここに必要のねえ人間だってこたぁ、百も承知で！」（未練を残しつつ、地平の彼方へと去る。エンドマーク）、てな状況になるという大方の予想を裏切り、なぜか二冊目を出していただくことになったりして、恥の上塗りをしとります。ああ恥や。桜桃さんの汚点や。

今回はさらにリアリティの無さに磨きがかかり、最後の最後、校正段階で初めてしかたなく全編読み通した際（私は自分の汚らしい文章が大っっ嫌い、ムカついてプリントアウトを破り捨てたことも多々ある。だから絶対中途段階で読み通さない）、両手をぶるぶる震わせて「無茶な…」と呆然としてまいました。なんじゃ、こら。この世の法則をことごとく無視しとるやんけ。あははは。まいったなあ、もう。だれ、こんなん書いたのん。信じられへん。ボケちゃうん。……私ですう。………えーんえーん。

マジ自分の才能の無さかげんに改めて再々々々度、愕然としたっちゅーか、それより先に人間としてもう死ね？　いう感じっちゅーか、……なーんて、もう全部終わってしもたから、どーでもええんですけどね。今さらどうしようもないしよ。ヘッ。（あああ、またやさぐれて投げやりに…）

実はこの話、本来なら一年前に発行されてるはずなのでした。それが一年遅れてしもたのは……ああ、そうさ。私が得意ワザ、ちゃぶ台返しをやってしもたからさ！　つまり書き上げた一冊分の原稿を「気に食わーん！」と叫んで、全部ボツにしたんですねえ。過去にも何回かしたことあるんですけど、さすがに今回は四百枚ちょっとあってアイタタタって感じ…とか言うとる間に一発でまともなもん書けや、自分！　しかも書き直してこの出来やし！　ううう、世にいう『才能』やら『文章力』やら『構成力』やらいうんは全体どこに隠されとんねん！　今すぐ私に寄こせ、神！（無神論者のくせに都合悪い時だけこれやし…）

　とか、そんなことは今さらどうでもよくって（いえ、よかないんですが）、とにかく終わってうれしいです。一生終わらへんのちゃうかと怪奇《カイキ》なことを考えておりましたので。まさにラビリンスに迷いこんだ気分やったです。担当さんに電話して「もう、やめます」と告げよう、と一日百回くらい考えてました。本当に言ったこともあります。でも聞いてくれませんでした。当然か。盲腸とかになったら書かんでええんやろか、とかは一日千回くらい想像しました。でもなりませんでした。代わりに胃が痛くなりました。突如ワープロが壊れたらとか、隕石がうちの屋根をぶち抜いたらとか、アラブのヒヒジジイな石油王にヒルトンホテル前で見初められて求婚され、十何番目かの妻になるとか、現実逃避を色々しました。このようにくだらん妄想にうつつを抜かしておらねば、原稿はもっと早くに終わってたと思います。人、これを因果応報という。（なぜアラブのヒヒジジイかというのには深い訳があるのですが、長くなるので割愛）

　話は飛びますが、『悪魔の論理学』というタイトルは、別にほんまに悪魔がどうこうするわけじゃなく、イコール屁理屈って意味です。一見論理に基づいてるように聞こえるけど、その実うさんくさい詭弁ってやつ。でも瞳一郎に言わせようと思ってた屁理屈が結局あんまり書けなかったので、これもシクり例です。前回のあの赤面もののアホなタイトルよかは、断然マシですが。

　そういえば、おやさしくも慈悲深き読者様からいただく、ありがたきお便りのほとんどに、「瞳一郎は鬼畜だ」と書かれていて、なぜだろう、と首をひねってしまいました。なにゆえそんな誤解が生まれるのでしょう。えろジジイに大志を売っぱらいそうな気配でもあるのでしょうか。ははは、まさか、そんなんしませんよ。……百万ほど積まれたらわかりませんけど。ちゅーか彼の場合、反対にえろジジイを犯してひーひー言わせ、倍乗せさせた二百万を自ら懐《フトコロ》に入れるって方法をとると思うんですが。そうして虜《トリコ》にしたえろジジイと月イチでホテル密会し、小遣いと称して現金を巻き上げ…うそです。ごめんなさい。またしてもしょーもないことを言うて乙女の夢を壊してまいました。今、私はなにかに憑かれとるのです。

それにしても今回の新書はなんだか人口密度が高くて、うっとうしかったです。これでも一応、七人くらい削ったのですが。そして主人公嫌いのワタクシは、やはし大志と瞳一郎を嫌いになってしまいました。

そうそう、担当女史が大志と瞳一郎の関係を「のび太とドラえもんみたいですね！」と言わはって、私、爆笑してまいましたよ。だったら槇がジャイアンで想平はスネ夫かあ。ハマってんなあ、とか感心して。

彼女は大層な美人なのですが、熟考型でおっとりとしてはり、関西人的典型の、考えるより先に口が動く思慮浅き私と対極をなしております。今回も女史にはたくさん助けていただきました。作中オルゴールの件で、「なにか意味を持たせたほうが」と助言してくださったのを筆頭に（そして彼女は「このオルゴールって瞳一郎の罠なんですか？」と言った。瞳一郎、かなり不信を買ってるらしい）、様々な貴重なるアドバイス、ありがとうございました。最低な私を励ましてくださったこと、最後までおつき合いくださったこと、感謝してもしきれません。多分、何度も心の中で私を殴りたくなられたことでしょう。だのにそれをおくびにも出さず、辛抱強く指導してくださいました。何回も「やめたい」とか言ってごめんなさい。後ろ向きなのも許してください。全ボツとかして反省してます（…でもまたやると思います）。

蔵王先生、多忙な中、今回もイラストを描いてくださって、本当にありがとうございました。そして……ごめんなさい！　十二月に全部の原稿をお渡ししなくちゃいけなかったのに、二話分しかお渡しできず、三話目が一月にズレこんでしまい、多大なるご迷惑をおかけしてしまいました。本当に本当に申し訳ありませんでした。自分で自分を殴っておきます（ばきっ）。お許しください。そして、そのような状況にもかかわらず、素晴らしいイラストを描いてくださって、本当にありがとうございました。

いつもお手紙くださる読者の皆様。……もう大好き♥ どれくらい好きかっていうと、お釈迦様の掌くらい好きです（つまり無限大）。マジめろめろ。ネガティブな私がこの作品を書き切れたのは、皆様のおかげです。ラストのほうで「もう、あかん…」とあきらめムードになった時、皆様のお便りを目の前にずらっと並べてがんばりました。この方たちは裏切れん！ とかひとり熱血して（アホですな）。ただ皆様、かなり私に甘くていらっしゃるので、ちょっと怖いくらいです。もっとがんがん批判してくださっていいのに。甘やかしちゃダメっスよ。まあどんな甘言にも乗れないのが私っちゃ私なんですが。ダークだ…。

もちろんエクリプス読者の皆様も忘れちゃおりません。応援してくださったことへの感謝と、大好きの証明に、私の投げキッスなど。うちゅ、うちゅ♥ …あ、そんな避けないでっ。受けとめてプリーズ！（かわいそうなやつなんです、かわいそうなやつなんです。見逃したってください…）

そしてこの本を読んでくださったすべての方に。前回よりさらに面白ないぞ、金返せ！ と紙面に向かって罵倒してらっしゃる方には、二年ぶりのお元気ですか。そして、うわあ、こんなん買うてシクりまくり、と後悔してはる初対面のあなた様には、初めまして。ほんまに、読んでくれはって、ありがとうございます。感謝の印に、作中のお好きなキャラ一名が、お嬢様方の前にひざまずき、お手をいただきまして、白魚のごときその甲へと、王子様キスだあ！（但し、音羽除く。もちろん瞳一郎は有料）

さてさて、今回も蔵王先生がお忙しい中、あとがきを書いてくださいました。皆様、どきどきわくわくしてらっしゃいますね？ 心の準備はよろしいですか？ それでは、次のページへ、れっつ・ごー！ ←

ごめんなさい。4話がくる前にネタ作っちゃったんです・・・・

瞳一郎の方が強いと思ったわけですよ。

ああ〜っっだから4話がくる前にネタ…　あう

言いそうだと思ったら・・・ねえ・・・(笑)

あとがき

どうも蔵王大志です。あとがきページをいただきましたので四コマ描いてみました。だって水森先生ってば私のパロディ心のツボをぐりぐりと押しまくるような話書いてくれるんですもの。そりゃもう「あとがきが――」と言われたらやらずにはいられんでしょうっ!!ってなもんですわ(笑)…ただ諸事情によりネタがアリャ…?って感じになってますが、理由は四コマタイトルに書いてある通りです。「あ!! ダブった!!?」と思ったんですがそのままやってしまいました♪ でもこのマンガで水森先生の小説の世界壊しちゃってたらすみません これはあくまで蔵王のパロディですからお許し下さい♪

私としては聖マリアンヌ女学院の話とか読んでみたいなーとか思ってんですが、ボーイズラブ小説じゃムリか♪ せっかく制服デザインしたのにね(笑)

いやー今回、瞳一郎がバリッカッコよくて!! 受になろうとするし、はー…もうツボッ!! 前回のカップル(槙×想平)がかすんじゃいましたですよ(笑) 今も私の頭の中は瞳一郎(受)でいっぱ…ゴホッゴホゴホッ…… とにかく妄想かけめぐってて大変です♪ 脇キャラの他の人も動かしたい人いっぱいいるし…。(門倉とか…プッ…) ホント、一読者として楽しませてもらいました。いつか「水森しずく先生本」出してみたいですね。←希望(笑)

オチはバレバレか…♪

私的には逆でも別に(笑)

ECLIPSE ROMANCE

この本を読んでのご意見・ご感想
ファンレターをお寄せ下さい。

〒153-0051　東京都目黒区上目黒1-18-6　桜桃ビル3F
(株)桜桃書房　第一コミック編集部
「水森《みずもり》しずく先生」係 ／「蔵王《ざおう》大志《たいし》先生」係

悪魔の論理学

2000年5月20日　第1刷発行
2000年7月25日　第3刷発行

著　者――水森しずく
発行人――長嶋正巳
発行所――株式会社桜桃書房
〒153-0051
東京都目黒区上目黒1-18-6
【営業】TEL. 03-3792-2411
FAX. 03-3793-7048
FAX. 03-3792-7143
【編集】TEL. 03-3793-4939
FAX. 03-3793-9348
郵便振替――00190-6-27014
印　刷――共同印刷株式会社
装　丁――鳥居泰果

Printed in Japan